René Sommer

Fernab

Zuletzt erschienen (edition jeu-littéraire):

Play Huch. Gedichte. ISBN: 978-3-7528-2037-9

Das avocadogrüne Känguru. Kurzgeschichten. ISBN: 978-3-7481-3002-4

Alldadarin. Roman. ISBN: 978-3-7481-5764-9

Der Wal heißt Beethoven. Kurzgeschichten. ISBN: 978-3-7494-4962-0

Eine Frage der Libelle. Gedichte. ISBN: 978-3-7412-9958-2

Der schlafende Löwe. Kurzgeschichten. ISBN: 978-3-7504-0301-7

Trotzdas. Roman. ISBN: 978-3-7504-3790-6

Das Sofa beim Waldstein. Kurzgeschichten. ISBN: 978-3-7519-0507-7

Ultramarin und Rosmarin. Gedichte. ISBN: 978-3-7504-9989-8

Der farngrüne Tiger. Kurzgeschichten. ISBN: 978-3-7526-1113-7

René Sommer

Fernab

Roman

Bibliografische Information der Deutschen Nationalbibliothek:
Die Deutsche Nationalbibliothek verzeichnet diese
Publikation in der Deutschen Nationalbibliografie;
detaillierte bibliografische Daten sind im Internet über
http://dnb.dnb.de abrufbar.

Editor Factory: ib-lyric (edition jeu-littéraire 2/4)
Author Photo: Erika Koller
Cover Image: Itta Beaux

Herstellung und Verlag:
BoD – Books on Demand, Norderstedt

ISBN: 978-3-7526-8382-0

Inhalt

Die schlafende Riesin   7

Der Feuerdrache   23

Die Biene im Wald   39

Das Hochzeitszelt   55

Das leuchtend grüne Kätzchen   71

Aprikosenorange und Himbeerrot   87

Das fliegende Kanu   103

Das Flüstern der Pflanzen   119

Der tanzende Pinsel   135

Das Zebra verschwindet   151

Der unsichtbare Regenbogen   167

Die moosbetupfte Steinbank   183

Das Labyrinth   199

Das Bootswrack klingt   215

Die Leinwand über der Wurzelhöhle   231

Der Lochstein   247

Der Ohrwurm fürs Auge   263

Der riesige Nussbaum   281

Der zartblaue Fluss   297

Die Wunder der Luft   313

Erstes Kapitel

Die schlafende Riesin

Der See schimmert von Blitz- über Tiefblau und Azur bis zu Türkistönen.

Johann Sebastian Huch rollt die Zehen ein und aus.

Eine Frau wandert am Strand.

- Hallo, ich bin Nadia Askin.

Sie trägt einen Kimono.

- Wie siehst du dich in der Zukunft?

Ein Mann kommt.

- Hallo, ich bin Elio Vohl.

Er trägt einen Trainingsanzug und bringt eine Kristallkugel.

- Willst du hineinschauen?

Nadia richtet sich auf, deutet mit dem Zeigefinger in die Luft.

- Sie ermöglicht dir einen Blick.

Vohl blinzelt.

- Und das atemberaubend schnell.

Eine Frau tritt auf.

- Hallo, ich bin Ilana Holly.

Sie trägt Sportleggings.

- Die Zukunft begeistert mich.

Nadia fährt sich durchs Haar.

- Ja, dann ergreif die Gelegenheit!

Vohls Bauch hüpft vor Lachen.

- Guck in die Kristallkugel!

Ilana stellt ein Bein gestreckt nach hinten.

- Darf ich?

Nadia wirkt sicher und entspannt.

- Ja, sehe, erlebe und genieße die Zukunft.

Vohl hält ihr die Kristallkugel hin.

- Es ist einfach!

Ilana schaut hinein.

- Ich glaube es nicht!

Nadia beißt sich auf die Unterlippe.

- Wieso?

Vohl hebt das Becken an.

- Was siehst du?

Ilana legt beide Handballen auf die Stirn.

- Einen roten Teppich!

Ein Mann schlurft heran.

- Hallo, ich bin Frank Rick.

Er trägt eine Operettenuniform und bringt einen chiliroten Teppich.

- Wo darf ich ihn ausrollen?

Nadias Blick gleitet über den Strand.

- Überall dort, wo er noch nicht ist.

Vohl macht einen Sprung.

- Warum zögerst du?

Ilana hat ein feines Lächeln auf den Lippen.

- Was wäre das schlimmste, das passieren könnte?

Rick schüttelt kaum merklich den Kopf.

- Wenn ich merke, dass ich ihn am falschen Ort ausrolle.

Nadia zupft Huch am Ärmel.

- Kannst du ihm einen Tipp geben?

Eine Frau trippelt zum Ufer.

- Hallo, ich bin Lilian Damico.

Sie trägt ein Matrosenkleid.

- Überlasst es mir!

Vohl berappelt sich.

- Was hast du vor?

Lilian nimmt Rick den Teppich ab.

- Ich rolle ihn aus.

Ilana senkt den Blick.

- Warum gerade hier?

Lilian richtet sich auf.

- Geometrisch liegt er jetzt in der Mitte.

Nadia dreht Pirouetten.

- Was macht den Teppich eigentlich so unwiderstehlich?

Vohl beugt die Knie.

- Er gibt dir ein gutes Gefühl.

Ilana streckt und räkelt sich.

- Probieren wir es aus?

Rick fügt bei.

- Was erleben wir dabei?

Lilian reibt ihren Zeigefinger rund um die Nase.

- Wie kommen wir uns vor?

Nadia richtet den Blick auf Huch.

- Du stehst in der zweiten Reihe.

Vohl verfällt mit zurückgelegtem Kopf in ein schalkhaftes Lachen.

- Versteckst du dich?

Huch reckt das Kinn.

- Nein, ich betrachte den Teppich.

Er verschränkt die Arme auf dem Rücken.

- Sein Rot flammt.

Ilanas Lippen beginnen kurz zu zucken.

- Unser Herz geht in Richtung Rot.

Rick beugt sich nach vorn.

- Wir sehen dich auf dem Teppich.

Lilian lächelt so auffordernd, als gelte es, keine Zeit zu verlieren.

- Wir sind dein Publikum.

Nadia schubst Huch auf den Teppich.

- Tu uns den Gefallen!

Eine Katze läuft herbei.

Vohl dreht den Kopf.

- Sie kommt zu dir.

Huch räuspert sich.

- Was ist mit euch? Wir haben alle auf dem Teppich Platz.

Ilana stemmt den Arm in die Hüfte.

- Wir schauen lieber zu.

Ricks Augen leuchten.

- Du und die Katze, ihr beeindruckt uns.

Lilian unterdrückt ein Kichern.

- Ihr heizt ein.

Huch geht einen Schritt, dreht sich um.

- Sie folgt mir.

Nadia räkelt sich mit halb geschlossenen Augen.

- Was ja nur menschlich ist.

Ein Mann durchquert den Strand im Geschwindschritt.

- Hallo, ich bin Pero Utz.

Er trägt eine Weste und bringt einen Aufnäher.

- Es ist ein Walfisch.

Nadia streicht mit der Hand über den Stoff.

- Es gibt Aufnäher der unterschiedlichsten Größe.

Vohl wackelt mit dem Kopf.

- Deiner ist eher klein, dafür sehr farbig.

Ilana zieht die Augenbrauen hoch.

- Möchtest du ihn verschenken?

Utz strafft den Rücken.

- Ja, ich möchte ihn einem Tierfreund geben.

Rick ermuntert ihn.

- Dann schau auf den roten Teppich!

Lilian weist mit dem Arm auf Huch.

- Er versteht die Katze.

Utz fragt Huch.

- Möchtest du den Aufnäher?

Huch winkelt das Bein beim Knie ab.

- Würde ich damit eher jünger oder älter wirken?

Nadia streicht sich die Haare aus der Stirn.

- Gute Frage! Wir suchen die Antwort.

Vohl verrenkt den Hals.

- Sie fällt uns nicht leicht.

Ilana guckt verstohlen auf den Aufnäher.

- Es klingt abenteuerlich, aber ich glaube, er macht dich jünger.

Rick senkt den Arm ab.

- Du verwandelst dich in ein Kind.

Lilian legt den Kopf leicht schräg.

- Es läuft herum, sucht etwas.

Utz winkt mit dem Aufnäher.

- Dann stößt es früher oder später auf den Walfisch.

Nadia klopft Huch auf die Schulter.

- Wenn du ihn am Arm hast, wirst du ihn immer tragen.

Huch guckt ratlos.

- An welchem Arm?

Vohls Augen blitzen.

- Am Jackenärmel! Kannst du nähen?

Eine Frau läuft über den Strand.

- Hallo, ich bin Wilma Yavuz.

Sie trägt einen Overall, bringt Nadel und Faden.

- Ich sehe einen Aufnäher.

Ilana berührt ihren Unterarm.

- Liebst du Walfische?

Wilma spricht leise und überlegt.

- Ja! Ich fasse nur an, was mir Spaß macht.

Ricks Blick schweift zu Huch.

- Zieh die Jacke aus!

Lilian dreht sich mit ausgestrecktem Arm langsam um die eigene Achse.

- Ich stelle mir vor, wie Nadel und Faden tanzen.

Utz reicht Wilma den Aufnäher.

- Ich freue mich darauf.

Huch streift die Jeansjacke ab.

- Sie ist noch nie so umsorgt worden.

Wilma fädelt den Faden ein.

- Nähen ist magisch.

Nadia springt, tänzelt, lockert die Muskeln.

- Das versteht kaum jemand richtig.

Vohl biegt das rechte Knie weit nach außen.

- Es verspricht Lust.

Die Katze streicht Huch um die Beine und trollt sich.

Ilana schaut ihr nach.

- Sie geht.

Rick stützt den Kopf lässig in die Hand.

- Unauffällig, aber ungemein locker.

Lilian berührt Huch mit der Fingerspitze am Ohrläppchen.

- Du hast ein super Verhältnis zu Katzen.

Huch weicht einen Schritt zurück.

- Ich glaube eher, dass sie zu mir kam.

Utz läuft fast schwerelos über den roten Teppich.

- Sie mag dich.

Wilma beißt den Faden durch.

- Ich bin fertig!

Nadia tänzelt um Huch herum.

- Du musst die Jacke sofort anlegen.

Er nimmt sie Wilma ab, betrachtet den Ärmel.

- Danke, dass du den Walfisch angenäht hast!

Vohl lächelt freundlich und breit.

- Ich bin ein Fan von deinem Aufnäher.

Ilana streift wie zufällig seinen Arm.

- Er hat der Jacke gefehlt.

Rick lässt die Augen zu Wilma wandern.

- Hast du den Wal entworfen?

Sie stellt sich auf die Zehenspitzen.

- Ja! Zuerst sind mir ein paar pfiffige Ideen eingefallen.

Lilian zuckt für die Dauer eines Wimpernschlags.

- Wie findest du die beste heraus?

Wilma lässt den Blick träumend über den See schweifen.

- Ich schreibe alle an die Wand.

Utz fragt Huch.

- Wo hat es eine Wand?

Ein Mann sprintet barfuß.

- Hallo, ich bin Stanislaus Can.

Er trägt einen Zylinder.

- Zögert ihr oder seid ihr entschlossen?

Wilma stupst ihn an.

- Was empfiehlst du uns?

Can winkt.

- Verliert keine Sekunde! Folgt mir!

Nadia hält den Atem an.

- Wo gehst du hin?

Er setzt einen Fuß vor den anderen.

- Zu einer Wand.

Vohl schließt sich an.

- Am Strand lässt sich wunderbar spazieren.

Ilana rückt auf.

- Wir lassen den Sand zwischen den Zehen knirschen.

Rick betont.

- Persönlich wichtig ist mir der Teamgeist.

Lilian hüpft in Trippelschritten.

- Wir sind zusammen, nicht allein unterwegs.

Utz öffnet die Arme wie ein Gefäß gegen den Himmel.

- Besonders gut gefällt mir der Austausch.

Wilma küsst die Luft.

- Ich schätze das Beisammensein.

Die einsame Bucht endet vor einer Steilwand.

Can lässt die Hand über das Bein gleiten.

- Wir sind am Ziel.

Nadia hebt einen Fuß hoch, winkelt ihn leicht an.

- Vorerst jedenfalls! Wir brauchen etwas zum Schreiben.

Vohl strahlt und neigt den Kopf zu Huch.

- Hast du Kreiden?

Eine Frau gesellt sich dazu.

- Hallo, ich bin Bettina Zender.

Sie trägt ein Plusterkleid und bringt eine Schachtel Ölkreiden.

- Warum seid ihr hier?

Ein Lächeln huscht über Nadias Gesicht.

- Der Strand zieht uns an.

Vohl kriecht auf allen Vieren.

- Uns gefällt der backpulverweiße Sand.

Ilana zeichnet mit dem Fuß eine Linie.

- Er schmiegt sich an die Sohle.

Bettina lenkt den Blick auf den Felsen.

- Und sonst, was wollt ihr vor der Wand?

Rick klaubt eine grelllila Kreide aus der Schachtel.

- Wir könnten Ideen aufschreiben.

Lilian wirft den Kopf nach hinten.

- Ich schlage vor, dass eine Untertasse landet.

Rick schreibt Lilians Idee auf, fügt eine „1" bei.

- Es macht Spaß, Außerirdische zu treffen.

Utz wählt eine neonblaue Kreide.

- Wir sehen einem Marienkäfer zu, wie er einen Halm hochklettert.

Wilma verdreht die Hüfte.

- Schreib das an die Wand!

Can geht in eine tiefe Hocke.

- Das klingt interessant.

Bettina fährt mit dem Zeigefinger über die Wand.

- Vergiss nicht, eine „2" beizufügen.

Nadias Hände fliegen von oben nach unten.

- Es ist unsere zweite Idee.

Vohl richtet 3 Finger auf.

- Wir gehen zum Baum, der auf dem Berg steht, ganz oben.

Ilana lässt das Becken kreisen.

- Er wartet auf uns, weil er allein ist.

Rick glättet das Gesicht zu einem sonnigen Lächeln.

- Mit welcher Farbe schreibst du die dritte Idee auf?

Vohl nimmt eine zitronengelbe Kreide.

- Gelb passt.

Lilian schlägt ein Rad.

- Es reißt uns mit.

Utz guckt an die Wand.

- Die Ideenliste wächst.

Wilma spielt mit ihrem Haar.

- Schalten wir eine Denkpause ein!

Can hält die Beine zusammen.

- Welche Idee verstärkt das Wir-Gefühl?

Bettina hält die Handfläche nach oben.

- Das Glücksrad wäre eine Option.

Nadia bläht leicht die Nasenflügel.

- Es dreht sich, rastet bei einer Ziffer ein.

Ilana beugt den Daumen zum kleinen Finger hinab.

- Ist es die 2, dann suchen wir den Marienkäfer.

Rick reibt sein Kinn.

- Deutet der Zeiger auf die 3, gehen wir zum Baum.

Lilian greift nach Huchs Ellbogen.

- Hast du ein Glücksrad?

Ein Mann folgt dem Weg durch die Steilwand.

- Hallo, ich bin Kornelius Jul.

Er trägt eine Badehose und bringt ein Glücksrad.

- Könnt ihr euch ein größeres Geschenk ausmalen?

Utz nimmt es ihm ab.

- Kaum! Ohne Glück geht es nicht.

Wilma stellt es in den Sand.

- Ich bin gespannt.

Can dreht das Rad.

- Welche Idee ist angesagt?

Bettinas Finger fliegen.

- Der Zeiger entscheidet.

Das Glücksrad rattert, rastet ein.

Nadia sprintet im Kreis, hält inne.

- Es bleibt stehen.

Vohl fuchtelt mit den langen Armen in der Luft herum.

- Wir haben die 1!

Ilanas Stimme kippt leicht über.

- Sie gibt uns die Chance, eine außerirdische Person zu erleben.

Eine Untertasse gleitet im Tiefflug über die Bucht.

Rick kneift kurz die Augen zusammen.

- Da ist sie!

Lilian legt das Kinn auf 2 Finger.

- Zentimeter für Zentimeter schwebt sie in Zeitlupe auf uns zu.

Utz fährt sich mit der Zunge über den Mundwinkel.

- Vielleicht fordert sie uns auf, Pinsel und Farbe in die Hand zu nehmen.

Wilma zuckt leicht die Schultern.

- Warum?

Er stutzt bei dieser Frage einen Moment lang.

- Damit wir die Welt bunt und attraktiv machen.

Die Untertasse landet am Strand.

Eine Frau steigt aus.

- Hallo, ich bin Teresa Gallo.

Sie trägt einen Reifrock.

- Habt ihr Taschen?

Can biegt den Rücken.

- Welche Taschen brauchst du?

Teresa wiegt den Körper hin und her.

- Ich hätte gern Jutetaschen.

Bettina fragt Huch.

- Kannst du ihr einige besorgen?

Ein Mann trifft ein.

- Hallo, ich bin Ole Monk.

Er trägt ein Cap.

- Hinter der Steilwand schläft eine Riesin.

Jul zieht die Augenbraue kurz hoch.

- Was macht sie, wenn sie aufwacht?

Monk reibt die Handinnenflächen gegeneinander.

- Dann sammelt sie unentwegt Jutetaschen.

Nadia schiebt die Hüfte leicht nach vorn.

- Bringst du uns zu ihr?

Er führt sie auf dem Serpentinenweg durch die Felswand.

- Wird jemandem schwindlig?

Vohl hält Schritt.

- Was verstehst du unter schwindlig?

Monk dreht sich um.

- Nun, du schaust hinunter und fühlst dich unwohl.

Vohl stützt das Kinn in die Hand.

- Danke für die Erklärung! Jetzt bin ich gut unterwegs.

Ilana dehnt den Hals.

- Warum?

Er schreitet behutsam.

- Weil wir uns sprachlich verstehen.

Farne wachsen zwischen den Felsen.

Rick biegt den Arm.

- Ich streiche mit den Händen über ihre Blätter.

Lilian winkelt den Zeigefinger ab.

- Das kitzelt.

Utz hört den ruhigen Atem der Riesin.

- Das spricht für einen nicht sehr aufgeregten Charakter.

Wilma zieht die Nase kraus.

- Woher weißt du das?

Can horcht.

- Vielleicht schläft sie.

Die Riesin liegt vor einem Höhleneingang, öffnet die Augen.

- Hallo, ich bin Xenia Quednau.

Sie trägt ein Rüschenkleid.

- Was hält ihr von Jutetaschen?

Bettina lässt eine Hand locker baumeln.

- Sie gefallen uns.

Xenias Augen treten scharf und wachsam aus dem Gesicht hervor.

- Sprichst du für alle?

Bettina streicht eine Strähne hinter die Ohren.

- Ich denke schon. Warum?

Xenia zieht leicht die Luft ein.

- Gerade bei Jutetaschen sind die Geschmäcker verschieden.

Jul winkelt ein Bein an.

- Das gilt für einzelne Menschen. Aber wir sind ein Team.

Sie weist auf die Höhle.

- Dann bedient euch!

Teresa tritt ein.

- Ich hätte nie gedacht, dass wir Berge von Taschen finden.

Monk ruft durch die hohlen Hände.

- Xenia ist ein Star im Sammeln!

Xenia verschränkt die Arme auf dem Rücken.

- Es ist ganz einfach. Wenn mir jemand alles Gute wünscht, sage ich: Ich hätte lieber alles Jute.

Nadia geht in die Höhle.

- Jute befreit uns von belastenden Gefühlen.

Vohl hebt das Handgelenk.

- Es liegt an der Faser.

Ilana dreht die Füße einwärts.

- Ich fühle mich, als ob ich auf Wolken schweben würde.

Ricks Blick wandert über die Taschen.

- Ich gäbe viel darum, wenn meine Uniform aus Jute wäre!

Lilian nimmt eine Handvoll Taschen.

- Ich bringe mein Matrosenkleid ins Kunsthaus.

Utz fragt Huch.

- Weißt du, wo es sich befindet?

Ein Mann dringt in die Höhle.

- Hallo, ich bin Achim Nipp.

Er trägt eine Fliege.

- Interessiert euch das Kunsthaus?

Wilma betrachtet ihren Overall.

- Ja, da wollen wir hin.

Nipp schwingt die Hüfte.

- Kommt mit! Es liegt nur einen Katzensprung von hier entfernt.

Can gesellt sich zu ihm.

- Danke! Auf dem Weg lernen wir dich besser kennen.

Bettina beugt den Zeigefinger.

- Vielleicht passt du in unser Team.

Jul deckt sich mit Jutetaschen ein.

- Darf ich so viele nehmen, wie ich tragen kann?

Ein Lächeln huscht über Xenias Mund.

- Bedient euch!

Teresa packt Huch am Arm.

- Du nimmst gar keine!

Er hält die Beine eng geschlossen.

- Ich schaue, dass es bei mir nicht stressig wird.

Ole kraxelt über einen Stoffberg.

- Stopfe ein paar Taschen in eine Tasche!

Xenia rät Huch.

- Du kannst auch einen schmalen Streifen abschneiden.

Er wippt mit den Füßen.

- Davon könnte ich wahrscheinlich profitieren.

Wilma fragt augenzwinkernd.

- Willst du meine Schere?

Huch senkt den Blick.

- Sind besondere Vorkenntnisse erforderlich, um Jute zu schneiden?

Nipp trägt eine Handvoll Taschen zum Höhlenausgang.

- Nein, das ist kinderleicht.

Nadia verlässt die Höhle.

- Jutetaschen passen zu uns.

Fernab

Zweites Kapitel

Der Feuerdrache

Vohl kämmt sich das Haar aus der Stirn, lacht.
- Wir sind jetzt ein Jute-Team.
Ilanas Blick wandert zu ihm.
- Du hast ein ansteckendes Lachen.
Er breitet die Arme aus und knickst.
- Danke! Jutetaschen machen eben fröhlich.
Der Weg führt durch einen lichten Buchenwald.
Eine Frau tritt hinter einem Stamm hervor.
- Hallo, ich bin Eva Virtanen.
Sie trägt Sandalen, bringt Schere, Nadel und Faden.
- Ihr habt wahnsinnig viele Jutetaschen.
Rick bleibt stehen.
- Willst du eine?
Eva schnippt mit der Schere.
- Nein, ich möchte dir eine Juteuniform schneidern.
Er reicht ihr seine Taschen.
- Danke! Dann muss ich nicht länger davon träumen.
Lilian vergräbt das Gesicht in den Händen.
- Wenn ich doch nur ein Matrosenkleid aus Jute bekäme!
Ein Mann jongliert mit Fadenspulen.
- Hallo, ich bin Ingo Happ.
Er trägt einen Gehrock.
- Ich erfülle den Wunsch.
Sie gibt ihm ihre Jutetaschen.

- Wenn es dich nicht gäbe, müssten wir dich erfinden.

Utz stößt die Luft aus.

- Eine Weste aus Jute könnte Begleiterin durchs ganze Leben werden.

Eine Frau klettert vorsichtig von einem Baum herab.

- Hallo, ich bin Flora Rehberg.

Sie trägt eine Schürze und klaubt ein Nähkästchen aus dem Rucksack.

- Du hast recht. Jute steht dir gut. Ich nähe dir eine Weste.

Utz stellt ihr seine Taschen zur Verfügung.

- Dann sehe ich bestimmt modisch aus.

Wilma legt die Hand auf den Nacken.

- Ob es möglich ist, einen Overall aus Jute zu schneidern?

Ein Mann fordert sie durch eine Handbewegung auf heranzukommen.

- Hallo, ich bin Larry Dill.

Er trägt eine Hasenohrenmütze und hat ein Messband umgehängt.

- Mit Jute ist alles möglich. Gib mir deine Taschen!

Sie wirft sie ihm zu.

- Bist du überzeugt?

Dill fängt die Taschen auf.

- Ja sicher! Wer Jute trägt, tut seinem Körper eigentlich etwas Gutes.

Can stößt sich kräftig mit den Beinen vom Boden ab.

- Ein Overall aus Jute! Was denn sonst noch?

Eine Frau wieselt durch den Wald.

- Hallo, ich bin Pamela Urbach.

Sie trägt ein ärmelloses Kleid und bringt Nähzeug.

- Wer hätte nicht gern einen Zylinder aus Jute?

Er händigt ihr seine Jutetaschen aus.

- Das stimmt! Von selber wäre ich kaum darauf gekommen.

Pamela legt sie auf eine mächtige Wurzel.

- Darum tauschen wir uns doch aus.

Er streckt die Arme hoch.

- Der Jutezylinder wird ein Unikat!

Bettina kontrolliert den Sitz ihres Kleids.

- Ein Plusterkleid aus Jute kann ich mir kaum vorstellen.

Ein Mann streift durch den Wald.

- Hallo, ich bin Wallace Yung.

Er trägt eine Jacke und öffnet sein Näh-Set.

- Du musst dich nur einer Frage stellen.

Sie richtet ihre Haare.

- Und die wäre?

Yung prüft mit kritischem Blick.

- Hast du genug Jutetaschen?

Bettina breitet sie auf dem Waldboden aus.

- Das will ich doch meinen.

Er klaubt das Messband aus dem Set.

- Dann nehme ich Maß, wenn du es erlaubst.

Jul hält seine Taschen vor den Bauch.

- Würde eine Badehose aus Jute optimalen Komfort bieten?

Eine Frau gibt freundlich Antwort.

- Hallo, ich bin Sara Costa.

Sie trägt ein Baumwollkleid, zückt eine Schere.

- Dazu muss ich nur eine Tasche zerlegen.

Er reicht ihr die ganze Beige.

- Die Badehose sollte locker sitzen.

Sara liest eine Jutetasche aus.

- Ich weiß, was bei dir ankommt.

Teresa ruft mit glockenheller Stimme.

- Ließe sich allenfalls auch ein Reifrock schneidern?

Ein Mann lacht zu ihr herüber.

- Hallo, ich bin Bruno Zack.

Er trägt eine Kapitänsmütze.

- Klar! Ein Reifrock aus Jute löst Stress und vertreibt die Unruhe.

Sie schenkt ihm ihre Taschen.

- Brauchst du ein paar Anregungen?

Zack blinzelt verschwörerisch.

- Ich weiß doch, wie er genäht wird.

Monk tritt von einem Bein aufs andere.

- Ist es schwierig, ein Cap aus Jute zu bekommen?

Eine Frau klemmt eine Nadel zwischen Daumen und Zeigefinger.

- Hallo, ich bin Klara Jablonski.

Sie trägt ein Charleston-Trägerkleid.

- Ich habe herausgefunden, wie ich ein Jute-Cap im Handumdrehen herstelle.

Er reißt die Hand hoch.

- Ich dachte es! Jute ist nicht wegzudenken.

Klara nimmt ihm eine Tasche ab.

- Sie bietet genug Stoff.

Monk richtet den Daumen nach oben.

- Ich werde mein Cap abziehen und das neue tragen, sobald es fertig ist.

Xenia lässt den Kopf hängen.

- Warum gibt es keine Rüschenkleider aus Jute?

Ein Mann dreht Pirouetten.

- Hallo, ich bin Theodor Gasch.

Er trägt eine Lederjacke.

- Bei mir ist immer fast alles zu haben.

Sie deckt ihn mit einem Berg Jutetaschen ein.

- Kannst du ein Rüschenkleid auf die Schnelle schneidern?

Gasch klaubt ein Messband hervor.

- Klar! Immer einen Hauch früher als geplant.

Nipp langt sich an den Hals.

- Wie sähe bitte eine Fliege aus Jute aus?

Eine Frau trippelt auf Zehenspitzen um ihn herum.

- Hallo, ich bin Oda Murrow.

Sie trägt ein aus Flicken zusammengesetztes Kleid.

- Bist du mit deiner nicht mehr glücklich?

Er legt die Hände vor dem Herzen zusammen.

- Doch! Aber etwas macht mir Sorge.

Oda guckt neugierig.

- Was denn?

Nipp öffnet die Lippen.

- Dass ich bald nicht mehr zum Jute-Team gehören könnte.

Sie nimmt eine seiner Taschen.

- Dem beugen wir schnellstens vor.

Ein Mann tritt zu Huch.

- Hallo, ich bin Xavier Quandt.

Er trägt eine Mütze.

- Ich muss dir ein Kompliment machen.

Huch richtet den Blick auf ihn.

- Warum?

Quandt streckt beide Arme seitlich aus.

- Du begeisterst einen Wald voll Leute für Jute.

Huch hebt die Augenbrauen.

- Passiert das nicht Tag für Tag?

Quandts Oberlippe bebt fast unmerklich.

- Soviel ich weiß, ist das vorher noch niemandem gelungen.

Huch senkt den Blick.

- Nun ja! Was reibungslos läuft, darf weiterlaufen.

Quandt streicht mit dem Daumen über den Zeigefinger.

- Genau darauf wartet der kleine Tiger in uns.

Nadia schaut erst zu Quandt, dann zu Huch, dann wieder zurück zu Quandt.

- Kannst du den kleinen Tiger in dir rauslassen?

Er zieht die Mundwinkel hoch.

- Für dich immer! Was willst du?

Sie drückt ihm ihre Taschen in die Arme.

- Verwandle sie in einen Kimono aus Jute!

Er stellt die Beige ab.

- Sofort! Atme ruhig und tief!

Nadia greift sich an die Stirn.

- Wieso?

Quandt rollt das Messband aus.

- Der Kimono, den ich mache, dürfte für schnelles Herzklopfen sorgen.

Vohl streckt den Arm zur Seite.

- Für einen Trainingsanzug ist Jute sicher keine schlechte Wahl.

Eine Frau lässt sich die Taschen geben.

- Hallo, ich bin Ulrike Rauschenberg.

Sie trägt einen Mantel.

- Das sehe ich genauso.

Er spreizt Zeigefinger und Mittelfinger zum Victory-Zeichen.

- Brauchst du ein Schnittmuster?

Ulrike beschäftigt beide Hände mit den Taschen.

- Nein! Ich möchte nur wissen, was du trainierst.

Vohl reißt lächelnd den Mund auf.

- Ich trainiere die Teamfähigkeit.

Ilana setzt einen Fuß vor den anderen.

- Sicher sind ein paar Handgriffe mehr vonnöten, um Sportleggings herzustellen.

Ein Mann rennt durch den Wald.

- Hallo, ich bin Eugen Salm.

Er trägt ein Polohemd.

- Im Gegenteil! Das gestaltet sich ganz einfach.

Sie hält die Taschen in die Höhe.

- Ist Jute denn attraktiv für Menschen, die etwas für ihre Gesundheit tun?

Salm bewegt den Arm.

- Unbedingt! Sie spricht gerade dich und dein Team an.

Ilana kratzt sich.

- Warum?

Er nimmt ihre Taschen.

- Jute regt an und beruhigt gleichzeitig.

Auf dem Weg trifft Huch eine Frau.

- Hallo, ich bin Zita Harper.

Sie trägt ein Minikleid.

- Hast du mein Kunsthaus gesehen?

Huch wiegt den Kopf hin und her.

- Nein, ich habe nur davon gehört.

29

Zita stellt sich breitbeinig zwischen 2 Bäume.

- Ob du das Haus siehst oder nur davon hörst, ist schon ein Unterschied.

Er schwingt die Arme.

- Ich stelle es mir vielversprechend vor.

Sie hakt sich bei ihm ein.

- Auf den ersten Blick wirkt es unscheinbar.

Huch streicht sich mit der Hand über das Kinn.

- Vielleicht wartet es darauf, entdeckt zu werden.

Der Pfad steigt steil an.

Zita zeigt auf ein fliegenpilzrotes Haus mit birkenweißen Fensterrahmen.

- Da ist es.

Er winkelt die Arme aus.

- Was stellst du aus?

Sie tritt auf einen runden Platz.

- Momentan geht es vorrangig um Kleider.

Huch legt Daumen und Zeigefinger ans Kinn.

- Hast du schon eine Idee?

Zitas Blick schweift über den Platz.

- Ja! Wir schichten sie zu einem Haufen auf.

Er reckt und streckt sich.

- Möchtest du zeigen, dass sie nicht nur Gebrauchsgegenstände sind?

Sie streichelt ihm über den Unterarm.

- Genau! Kleider sind Stücke mit eigener Seele.

Rick kommt aus dem Wald.

- Was sagt ihr zu meiner neuen Juteuniform?

Zita reibt sich die Hände.

- Sie ist unschlagbar!

Er dreht die Schultern hin und her.

- Danke! Was soll ich mit meiner alten Operettenuniform anfangen?

Sie berührt den Boden.

- Lege sie auf den Platz!

Rick lässt die Hose und die Jacke fallen.

- Was gibt das?

Zita führt die Zunge zur Oberlippe.

- Ich stelle Kleider aus.

Er dreht die Knie einwärts.

- Auch außerhalb des Platzes?

Sie hebt die Mundwinkel kaum an.

- Warum nicht? Hier entsteht einmal der erste Haufen.

Lilian bewegt sich wie in Zeitlupe auf den Platz.

- Ich möchte euch meinen neuen Stil zeigen.

Sie trägt ein Matrosenkleid aus Jute.

- Ihr glaubt kaum, wie unsäglich dankbar und erleichtert ich bin.

Zita reckt erwartungsvoll das Kinn.

- Was machst du mit deinem alten Matrosenkleid?

Lilian blickt zu Boden.

- Da liegt Franks Operettenuniform.

Rick nickt energisch.

- Ich bin sie los und trage nur noch Jute.

Zita legt den Finger auf die Unterlippe.

- Ich nehme alle Kleider.

Lilian wirft das alte Matrosenkleid auf Franks Uniform.

- Danke! Du entlastest mich.

Rick verdreht die Hand leicht nach außen.

- Auf dem runden Platz soll ein Kleiderhaufen entstehen.

Utz kommt mit weit ausladenden Schritten.

- Mache ich eine gute Figur in der Juteweste?

Zitas Stimme klingt hell.

- Absolut! Damit kannst du laufen und rollen.

Rick hüpft.

- Über Hindernisse springen.

Lilian grinst über das ganze Gesicht.

- Durch enge Röhren krabbeln.

Utz deutet mit einem Nicken auf seine alte Weste.

- Was wird daraus?

Zita ballt eine Hand zur Faust, öffnet sie wieder.

- Dafür gibt es nur einen Ort.

Rick bekommt glänzende Augen.

- Den Kleiderhaufen vor dir.

Lilian dreht sich herum.

- Willst du sie loswerden?

Utz legt die alte Weste auf den Haufen.

- Hilft das mir, Stress abzubauen?

Zita zieht eine Schulter hoch.

- Aber sicher! Du wirst ein Kleidungsstück los.

Rick streicht sich eine Haarsträhne aus dem Gesicht.

- Jute steht jetzt hoch im Kurs.

Lilian wirbelt auf der Spitze eines Fußes herum.

- Deine neue Weste macht dir mehr Spaß.

Utz betastet die Schulter.

- Ich würde sie mit verbundenen Augen erkennen.

Wilma streunt über den Platz.

- Mein neuer Overall aus Jute ist quasi eine Klimaanlage.

Zita dreht sich einmal um die eigene Achse.

- In anderen Kleidern wischen wir uns den Schweiß von

der Stirn.

Rick schiebt die Hand über die Brust.

- Aber du hast nie mehr zu heiß.

Lilian hält den Kopf schräg.

- Was machst du mit dem alten Overall?

Utz schlägt die Augen auf.

- Legst du ihn auf den Kleiderhaufen?

Wilma blickt in die Runde.

- Wofür sammelt ihr?

Zita richtet den Oberkörper auf.

- Wir stellen Kleider aus.

Rick spreizt die Finger.

- Der Haufen passt zur Landschaft.

Lilian lehnt sich ein wenig vor.

- Aber er fügt sich nirgends ein.

Utz streift das Schläfenhaar hinter die Ohrmuschel zurück.

- Wahrscheinlich wächst er unaufhaltsam.

Wilma fragt etwas unsicher.

- Geht es um die Stückzahl?

Zita atmet tief aus.

- Nein! Von der Stückzahl ist er unbedeutend.

Rick wirft die Stirn in Falten.

- Wir verstehen ihn als Hingucker.

Lilian wippt mit dem rechten Fuß.

- In dem Sinn: Schaut her! Da sind unsere Kleider.

Utz zieht eine Braue leicht hoch.

- Die haben wir getragen, bevor wir Jute entdeckten.

Wilma beigt den alten Overall auf den Haufen.

- Dann gehört er sicher dazu.

Can durchschreitet den Platz mit festem, schnellem Schritt.

- Still und heimlich vollzieht sich hier ein kleiner Wandel.

Zita streckt den Kopf lächelnd weit vor.

- Du trägst jetzt auch einen Jutezylinder.

Rick blickt ihn bedeutsam an.

- Du hast klug entschieden.

Lilian strahlt über das ganze Gesicht.

- Wir schauen neugierig auf deinen alten Zylinder.

Utz wippt auf den Zehen.

- Behältst du ihn in der Hand?

Wilma schüttelt die Hände, als wollte sie den Regen beschwören.

- Oder krönst du den Haufen?

Can trennt sich vom alten Zylinder.

- Was wohl? Ich muss nur die Hand ausstrecken und ihn loslassen.

Bettina kommt beflügelt im Plusterkleid aus Jute.

- Möchte jemand mein altes Kleid tragen?

Zita reibt sich das Kinn.

- Alle wechseln auf Jute.

Rick führt beide Hände zur Stirn.

- Wir entfachen einen Boom, wie du siehst.

Lilian legt den Zeigefinger auf die Mitte der Braue.

- Wer Jutekleider will, hat derzeit gute Karten.

Utz fährt sich mit der Zunge über beide Lippen.

- Die alten Kleider behalten dennoch ihre Attraktivität.

Wilma klappert mit den Augendeckeln.

- Dieser Zauber ist der Grund, warum wir sie ausstellen.

Can zieht die Achseln hoch.

- Kleidergrößen zählen nicht mehr.

Bettina deckt mit ihrem alten Plusterkleid den Zylinder.

- Ich verstehe. Es zählt nur noch die Größe des Haufens.

Jul präsentiert sich in der Badehose aus Jute.

- Mein Verhältnis von Hüfte und Taille ist ausgerechnet.

Zita spitzt die Lippen.

- Was heißt das?

Er bläst die Backen auf.

- Die neue Badehose sitzt.

Rick saugt tief Luft in seinen breiten Brustkasten.

- Wie lange kannst du auf einem Bein balancieren?

Jul hebt das linke Bein.

- Das müsste ich ausprobieren.

Lilian ruft mit charmantem Augenzwinkern.

- Erstmals steht ein Mensch in Jutebadehosen auf einem Bein.

Utz kratzt sich am Hinterkopf.

- Warum fahren wir eigentlich so auf Jute ab?

Wilma verbeugt sich.

- Sie ist ein natürlicher Stoff, der nie zur Ruhe kommt.

Can sackt fast unmerklich in sich zusammen.

- Im Gegensatz zu unserem Kleiderhaufen.

Bettina richtet einen prüfenden Blick auf Jul.

- Spendierst du deine alte Badehose?

Ein Lächeln huscht über sein Gesicht.

- Wie? Darf ich sie auf den Haufen legen?

Zita tippt ihm auf die Schulter.

- Die Frage ist schnell zu beantworten.

Jul schleudert die alte Badehose auf den Haufen.

- Danke vielmals! Ich bin erleichtert.

Teresa zuckelt im Reifrock aus Jute auf den Platz.

- Ich habe etwas gehört.

Ricks rechte Augenbraue schnellt in die Höhe.

- Was denn?

Sie hüpft durch die Luft.

- Hinter dem Kunsthaus soll ein riesiger Drache hausen.

Zita legt die rechte Hand aufs Herz.

- Das stimmt.

Teresa wirft den alten Reifrock auf den Haufen.

- Was macht er dort?

Zita blickt herausfordernd.

- Er liebt Menschen, die Jutekleider tragen.

Monk trottet auf den runden Platz.

- Ich habe leider nur ein Cap aus Jute.

Sie streicht sich eine Locke aus der Stirn.

- Damit kann der Drache leben.

Er gibt sein altes Cap ab.

- Nach und nach werde ich alle Kleidungsstücke ersetzen.

Zita macht eine großzügige Geste in Richtung Haufen.

- Bringe alle mir!

Rick kratzt sich am Kinn.

- Warum geben wir die alten Materialien auf?

Lilian spielt mit ihrem Matrosenkleid.

- Es ist einfach interessanter, aus Jute etwas zu kreieren.

Xenia geht über den Platz.

- Ich mache einen Selbsttest.

Sie schwingt ihr riesiges Rüschenkleid aus Jute.

- Wie steht es mir?

Utz wirft einen prüfenden Blick auf sie.

- Vortrefflich! Du nimmst automatisch eine gesündere Körperhaltung ein.

Wilmas Augen wandern.

- Und du wirst erst noch dem Drachen gefallen.

Xenia deckt den Haufen mit ihrem alten Rüschenkleid.

- Kann ich reiten?

Zita bewegt die Hände langsam auseinander.

- Ihr könnt euch alle auf seinen Rücken setzen.

Can macht sich klein.

- Das muss ein gigantischer Drache sein.

Als hätte er nur mal spähen wollen, betritt Nipp den Platz.

- Der Austausch funktioniert kinderleicht.

Er schleudert die alte Fliege auf den Kleiderberg.

- Auf den Haufen damit!

Bettina stellt ein Bein vor das andere.

- Ist eine Jutefliege noch eine richtige Fliege?

Nipp hebt den Fuß etwas vom Boden ab.

- Ganz richtig! Mit unseren Jutesachen lässt uns der Drache fliegen.

Zita dreht den Oberkörper zu Huch.

- Du hast noch nichts aus Jute.

Er zieht den Ellbogen ein.

- Ich möchte lieber zuschauen.

Jul stützt nachdenklich seinen Kopf auf die rechte Faust.

- Ich habe eine Frage.

Sie richtet sich auf.

- Sprich sie ruhig aus!

Er hüpft auf der Stelle.

- Lernt der Drache vom Menschen, oder lernen wir von ihm?

Zita setzt ein Lächeln auf.

- Wir alle lernen! Er ist keineswegs grau und staubig.

Nadia lässt den alten Kimono auf dem Kleiderstapel.

- Wenn ich heirate, trage ich einen Kimono aus Jute.

Vohl legt seinen alten Trainingsanzug darauf.

- Mein neuer Trainer ist bequem.

Ilana trennt sich von den alten Sportleggings.

- Ich habe mich für Leggings aus Jute entschieden.

Hinter dem Kunsthaus wartet der goldene Feuerdrache.

Teresa berührt ihn mit der Fingerkuppe.

- Habe ich zu viel Rotkäppchen gelesen?

Monk macht eine Faust mit nach oben zeigendem Daumen.

- Er hat die Größe eines Zeppelins!

Drittes Kapitel

Die Biene im Wald

Xenia steigt auf.

- Es hat den Anschein, dass er mit 4 Flügeln fliegt.

Nipp schwingt sich auf den Rücken des Drachens.

- Ich sehe nur 2.

Nadia zuckt etwas ratlos die Schulter.

- Wie reitet man am besten?

Zita zieht sich hoch.

- Manche sitzen mit überschlagenen Beinen.

Vohl schiebt sich über den Flügel.

- Wenn wir den Start gut überstehen, lehne ich zurück.

Ilana hüpft auf den Hals.

- Gemeinsam fliegen wir besser als allein.

Rick klettert auf den Rücken.

- Ich fühle mich wie ein tanzendes Küken in einer Eierschale!

Lilian schwebt im Trippelschritt über den Schwanz des Drachens.

- Vor Freude habe ich Konfetti im Kopf.

Utz kauert über dem Flügel.

- Ich spüre, hier tut sich mächtig was.

Wilma überkreuzt die Beine.

- Was ist mit Teamplayern, die Drachen einfach gerne mögen?

Can rappelt sich hoch.

- Sie treffen sich für einen Flug wie wir.

Bettinas Augen funkeln.

- Selbst Fans können nicht genau sagen, warum ihr Herz höherschlägt.

Jul weist mit der Hand auf seine Badehose.

- Passend für den Rundflug sind wir in Jute gekleidet.

Zita schießt funkelnde Blicke auf Huch ab.

- Darf ich dich zu einer ungewöhnlichen Reise einladen?

Ein Mann läuft ums Kunsthaus.

- Hallo, ich bin Salvatore Falz.

Er trägt eine Radlerhose und bringt winzige, mit Seidenpapier gestopfte Damenschuhe.

- Wem passen sie?

Huch guckt aus großen Augen.

- Suchst du die Frau?

Falz gibt ihm die Schuhe.

- Nein, das überlasse ich dir.

Er besteigt den Drachen.

- Ich gehe lieber fliegen.

Zita wirft ein Auge auf Huch.

- Wir sind zuversichtlich, dass du die Frau findest.

Nadia hebt den Arm nicht höher als zur Schulter an.

- Zweifel platzen wie Seifenblasen.

Ein Ruck geht durch den Körper des Drachen.

Vohls Hände flattern wie aufgeregte Vögel.

- Natürlich ist gewünscht, dass unser Team zusammenbleibt.

Ilana wiegt den Kopf.

- Aber hier machen wir eine kleine Ausnahme.

Rick zeigt mit dem Finger auf die Damenschuhe.

- Der Grund ist winzig klein.

Der Drache schlägt die Flügel, hebt ab.

Utz klammert sich an.

- Der Start macht schon den Reiz dieses Ausflugs aus.

Die Bäume rauschen.

Über die Wipfel gleitet der Drache dahin.

Eine Frau läuft barfuß zu Huch.

- Hallo, ich bin Indira Lonny.

Sie trägt große Blumenohrringe.

- Ich bin ein klein wenig außer Atem.

Er zeigt ihr die winzigen Schuhe.

- Kannst du dir vorstellen, sie zu tragen?

Indira klaubt das Seidenpapier heraus.

- Erst, wenn ich sie trage, stelle ich sie mir vor.

Huch bückt sich.

- Passen sie?

Sie schlüpft in die Schuhe.

- Ja! Danke! Hast du einen Liegestuhl?

Ein Mann federt herbei.

- Hallo, ich bin Olaf Nepp.

Er trägt ein Sakko und bringt 2 Liegestühle.

- Sagt euch die Farbe zu?

Indira tupft mit dem Finger auf den Ellbogen.

- Ja, sie ist leuchtend rot und kaum zu übersehen.

Nepp klappt die Liegestühle auf.

- Die Farbe sorgt für gelöste Stimmung.

Indira legt sich hin.

- Die Liegestühle sind ein Blickfang.

Er sagt zu Huch.

- Der zweite ist für dich gedacht.

Eine Frau schreitet sehr würdig ums Kunsthaus.

- Hallo, ich bin Tiziana Piano.

Sie trägt ein Paillettenkleid.

- Kommt mit! Ich habe ein Reh gesehen.

Indira guckt fröhlich.

- Sicher sucht es ein Plätzchen im Schatten.

Nepp streckt sich auf dem zweiten Liegestuhl aus.

- Vielleicht kann ich das Reh von hier aus beobachten.

Tiziana zieht das Kinn zurück.

- Hast du einen Feldstecher?

Er faltet die Hände vor dem Bauch.

- Nein, aber es könnte vorbeikommen.

Indira winkelt den Ellbogen an.

- Das würde mir gefallen.

Tiziana steht mit geschlossenen Füßen.

- Soll ich warten?

Nepp atmet ruhig.

- Nicht nötig! Folge dem Reh!

Indiras Blick schweift.

- Wir folgen dir, sobald wir uns ausgeruht haben.

Tiziana wendet sich an Huch.

- Was hast du vor?

Er lauscht aufmerksam in den Wald hinein.

- Ich würde das Reh gern sehen, wenn wir es nicht verscheuchen.

Das Licht umspielt ihre Haarsträhnen.

- Mach dir keine Sorgen!

Ein Ahorn spreizt die Zweige über den kurvigen Weg.

Tiziana hält den Kopf in den Wind.

- Es darf unseren Geruch nicht wittern.

Huch teilt die Zweige, erspäht das Reh.

- Es äst am Gegenhang.

Sie stellt sich auf die Zehenspitzen.

- Hast du etwas zum Malen?

Er beugt den Unterarm.

- Denkst du an einen Bleistift?

Tiziana steht wie angeklebt.

- Ja! Dann entstehen in schnellen Zügen erste Skizzen.

Ein Mann taucht aus dem Wald auf.

- Hallo, ich bin Yigit Kapp.

Er trägt einen Tropenhut.

- Es gäbe genügend Möglichkeiten, ein richtiges Bild zu malen.

Tiziana kreuzt die Arme.

- Was ist für dich ein richtiges Bild?

Kapp erklärt mit nachsichtigem Lächeln.

- Wir brauchen Leisten für einen Rahmen.

Eine Frau tanzt versunken durch den Wald.

- Hallo, ich bin Valentina Cantando.

Sie trägt eine Robe.

- Ich habe eine Postkutsche auseinandergenommen.

Tiziana sieht sie freundlich an.

- Hast du Leisten freigestellt?

Valentina blickt nach links in eine Lichtung.

- Genau die und nichts Anderes will ich euch zeigen.

Kapp verschränkt die Arme.

- Hoffentlich lassen sie sich mit einfachen Handgriffen zusammensetzen.

Sie geht voran.

- Mitreißend einfach! Darauf kannst du dich verlassen.

In der Mitte der Lichtung liegt eine bis auf den letzten Nagel in ihre Einzelteile zerlegte Postkutsche.

Tiziana greift ins Haar.

- Die Teile bedecken gut einen Viertel der Lichtung.

Kapp streckt den Arm.

- Zum Glück hast jedes Stück mit einer Nummer verziert.

Valentina klatscht auf die Beine.

- Bedient euch! Ich habe eigens eine Ecke für Leisten eingerichtet.

Tiziana stöbert sie auf.

- Tatsächlich! Sie liegen dicht beieinander.

Kapp wählt 4 Leisten aus.

- Sie warten direkt darauf, dass ich einen Rahmen zusammensetze.

Valentina lässt den Blick unverwandt auf Huch ruhen.

- Was wollt ihr malen?

Er lächelt mit halboffenen Augen.

- Ein Reh.

Tiziana hüpft ein paar Meter.

- Kann da überhaupt etwas schief gehen?

Kapp schiebt die Leisten zum Rahmen zusammen.

- Es fällt mir leicht.

Valentinas Füße kommen ins Wippen.

- Ich schlage vor, dass ihr mich ins Team nehmt.

Tiziana sagt mit drolligem Augenklimpern.

- Du bist dabei.

Kapp stellt den Rahmen auf.

- Das haben wir als Team geschafft.

Valentina schaut Huch fragend an.

- Hast du Leinwandstoff?

Ein Mann beschleunigt seinen Gang.

- Hallo, ich bin Jarmo Wing.

Er trägt eine Safariuniform und bringt eine Schere.

- Ich zeige euch einen riesigen Baldachin.

Sie wandern durch ein Wimmelbild aus Blättern und Flechten.

Tiziana streicht sich über den Hinterkopf.

- Gibt es wirklich einen Baldachin aus Leinen?

Wing macht eine große, ausladende Handbewegung.

- Ja! Er hängt über einem Himmelbett.

Kapp trägt den Rahmen.

- Dürfen wir ein Stück herausschneiden?

Wing schnippt mit der Schere.

- Aber sicher! Es ist mein Bett.

Valentina stupft ihn mit dem Finger.

- Willst du wirklich ein Fenster im Baldachin?

Er lächelt ihr aufmunternd zu.

- Das gefällt mir. Dann ist mein Bett stets gut gelüftet.

Das Himmelbett steht auf dem Waldboden.

Der Baldachin reicht bis ins Moos herab.

Tiziana legt Kapp von hinten den Arm über die Schulter.

- Würdest du uns einen Gefallen tun?

Kapp wendet den Kopf.

- Das versteht sich von selber.

Sie eilt federnden Schrittes zum Bett.

- Halte den Rahmen an den Baldachin!

Er folgt ihr.

- Soll ich ihn anheben oder anstellen?

Valentina geht ihm zur Hand.

- Wir nehmen nur Maß.

Wing schneidet den Stoff aus.

- Die Schere ist bereits herausgeholt.

Tiziana strahlt ihn an.

- Du hast es im Griff.

Kapp zieht das Kinn leicht zur Brust.

- Die Klingen gleiten durch den Stoff.

Valentina biegt den Kopf etwas nach hinten.

- Hast du dich konzentrieren müssen?

Wing breitet die ausgeschnittene Leinwand auf dem Boden aus.

- Nein, das geschah auf spielerische Weise, ohne die geringste Mühe.

Tiziana und Kapp legen den Rahmen mittig darauf.

- Gemeinsam sind wir eine unschlagbare Crew.

Er erhebt sich neugierig

- Hat es genügend Überhang?

Valentina blickt heiter drein.

- Sicher! An jeder Seite überragt der Stoff den Rahmen.

Wing fragt Huch.

- Hast du einen Tacker?

Eine Frau schlendert durch den Wald.

- Hallo, ich bin Eliana Dimo.

Sie trägt ein Schleifenkleid.

- Kommt mit! Im See blüht eine Riesenseerose.

Tiziana hält die Luft an.

- Riesenseerosen sind für manche unvorstellbar.

Kapp wiegt den Kopf.

- Ich würde sie gern mit eigenen Augen sehen.

Valentina streckt ein Bein in die Höhe.

- Ich müsste eine Libelle sein.

Wing zeigt beim Lächeln die Vorderzähne.

- Wie kommst du auf die Idee?

Sie spreizt die Finger ab wie kleine Flügelchen.

- Dann könnte ich ganz nah über die Blüte fliegen.

Eliana fordert sie mit einem Winken auf, ihr zu folgen.

- Das ist nicht nötig.

Sie schreitet auf einem schmalen Weg zum See.

- Ihr könnt auf ihren großen Schwimmblättern gehen.

Das Wasser bedecken blattgrüne Teller.

Tiziana faltet die Hände vor der Brust.

- Wie groß schätzt ihr den Durchmesser?

Kapp guckt nach rechts und nach links.

- Das müssen 2 Meter sein.

Valentina fragt kopfschüttelnd.

- Und ich sinke nicht ein, wenn ich den Fuß daraufsetze?

Wing tigert am Ufer herum.

- Jemand von uns sollte es versuchen.

Eliana schaut Huch von der Seite an.

- Du traust dich sicher.

Ein Mann trippelt tänzelnd ans Ufer.

- Hallo, ich bin Marten Arp.

Er trägt ein Vogelkostüm.

- Ich hüpfe über die Blätter bis zur Blüte.

Tiziana bekommt glasige Augen.

- Das trifft sich gut.

Kapp schiebt eine Schulter nach vorne.

- Unser Ziel ist die Blüte.

Valentina hockt sich ins Gras am Ufer.

- Wir sind auf Wolke sieben, wenn du sie erreichst.

Wing hat die Hände tief in den Hosentaschen.

- Sich von einem Blatt tragen lassen, das funktioniert eher selten.

Eliana streicht sich über das Kinn.

- Doch was machst du, wenn du die Blüte erreichst?

Arp springt aufs erste Tellerblatt.

- Dann bringe ich euch den Tacker.

Tiziana starrt mit halboffenem Mund.

- Was? In der Blüte liegt ein Tacker?

Er hopst aufs nächste Blatt.

- Seerose ist nicht einfach Seerose.

Kapp zieht den Kopf zwischen die Schultern.

- Das muss eine besondere sein.

Valentina schwenkt den Arm.

- Für mich ist das kaum vorstellbar.

Wing kauert am Boden.

- Marten kommt trockenen Fußes über den See.

Eliana wedelt mit dem Finger in seine Richtung.

- Er federt wie ein Grashüpfer ab.

Arp beugt sich über die Seerose.

- Nur schon die Blüte allein ist ein wunderschöner Anblick.

Er greift hinein.

- Aber den Tacker könnt ihr vielleicht sogar brauchen.

Tiziana hebt die Hüfte an.

- Und wie! Wir wollen nämlich Stoff spannen.

Kapp tippt mit der Zehe an die Ferse des anderen Fußes.

- Vielleicht später! Ich sehne eine Pause herbei.

Valentina schließt die Augen.

- Ich auch! Wir sind zum See gelaufen.

Wing biegt sich zur Seite.

- Nahezu rastlos, würde ich sagen.

Eliana zieht die Brauen nach oben.

- Wir nehmen eine kleine Auszeit.

Arp springt über die Blätter ans Ufer zurück.

- Wem darf ich den Tacker geben?

Eine Frau balanciert über glatt geschliffene Steine.

- Hallo, ich bin Galina Baryon.

Sie trägt ein Tenniskleid.

- Ich hätte ihn gern.

Tiziana tippt ihr von hinten an die Schulter.

- Möchtest du nicht mit uns die Aussicht auskosten?

Galina hebt die Arme zur Seite hoch.

- Lieber nicht!

Arp gibt ihr den Tacker.

- Du hast richtig Glück.

Er wendet sich ans Team.

- Ist es euch recht?

Kapp schaut auf den See hinaus.

- Durchaus! Wir gucken jetzt die Seerose an.

Valentina liegt in der Sonne und hört den Libellen zu.

- Gerade steht sie in voller Blüte.

Wing hält die Zehenspitzen ins Wasser.

- Im Gegensatz zu uns! Wir sitzen.

Elianas Blick schweift zu Arp.

- Und wie entscheidest du dich?

Er blinzelt und atmet durch.

- Immer fürs Relaxen.

Galina fragt Huch.

- Gibt es irgendwo Stoff zum Tackern?

Er geht voran.

- Im Wald.

Sie stakst vorsichtig ohne Socken und Schuhe durchs Gehölz.

- Du kennst dich aus.

Huch führt sie zum Rahmen, der auf dem Waldboden liegt.

- Ich war nur am Spazieren.

Galina ist hingerissen.

- Stoff und Holz liegen bereit.

Er genießt den Schatten der Bäume.

- Wir könnten nachdenken, ob vielleicht jemand etwas unternehmen möchte.

Sie dreht sich um die eigene Achse.

- Ja nein! Das Material lässt keine Pause fürs Überlegen zu.

Ein Mann steigt über die Wurzeln.

- Hallo, ich bin Herbert Ott.

Er trägt einen Wollschal.

- Ich spanne den Stoff gern.

Galina setzt den Tacker ein.

- Jeder Helfer zählt.

Ott zupft den Stoff zurecht.

- Über längere Zeit betrachtet, bildet sich auf diese Weise ein Team.

Sie beugt sich über den Rahmen.

- Das Tackern bereitet mir viel Spaß.

Er spannt die Leinwand.

- Wir haben einen guten Start.

Galina tackert mit rasenden Bewegungen.

- Mit welchem Menschen machst du gern etwas?

Ott wirft seinen Kopf zur Seite.

- Mit dir!

Sie nimmt sich die letzte Leiste vor.

- Fürs Bespannen benötigen wir Fingerspitzengefühl.

Er strafft den Stoff mit beiden Händen.

- Ja, und dass wir gut aufeinander eingehen.

Galina kauert am Boden.

- Könnte es womöglich sein, dass wir schon fertig sind?

Otts Gesicht hellt sich auf.

- Sicher! Die Leinwand ist gespannt wie ein Trommelfell.

Galinas Blick gleitet zu Huch.

- Hast du Farbe?

Ein Mädchen schreitet durch den Wald.

- Hallo, ich bin Rotkäppchen.

Sie trägt ein samtrotes Käppchen, bringt einen Pinsel und eine Flasche.

- Vermisst ihr Farbe?

Galina schlenkert mit den Armen.

- Ja, darauf warten wir.

Ott weitet die Nasenflügel.

- Welche Farbe empfiehlst du?

Rotkäppchen reicht ihm die Flasche.

- Wer nicht zum altbewährten Rehbraun greifen möchte, wählt Grün.

Galina kehrt Huch das Gesicht zu.

- Hast du einen Napf?

Ein Wolf trifft ein, lässt eine halbe Kokosnussschale aus dem Maul fallen.

- Hallo, ich bin der Wolf.

Sein Fell tanzt im Wind.

- Wer es eher natürlich mag, besinnt sich auf Kokosnuss.

Galina reibt sich die Hände.

- Diese Schale würde jedes Atelier der Welt schmücken!

Ott hebt sie auf.

- Ich gieße die Farbe hinein, wenn es recht ist.

Rotkäppchen fasst sich an die Nase.

- Erschreck nicht! Sie ist knallgrün.

Der Wolf kneift listig die Augen zusammen.

- Um nicht in Stress zu verfallen, musst du gut atmen.

Galina streicht sich das Kleid glatt.

- Nicht zu flach, würde ich empfehlen.

Ott öffnet die Flasche.

- Leuchtende Töne sind total angesagt.

Rotkäppchen wendet sich zum Gehen.

- So viel ist sicher: Knallgrün sorgt für Aufsehen.

Der Wolf macht sich auf den Weg.

- Und für zahlreiche Komplimente.

Galina fährt sich mit der Hand durchs Haar.

- Wollt ihr nicht bleiben?

Ott gießt die knallgrüne Farbe in die Kokosnussschale.

- Wir fangen eben erst an.

Rotkäppchen drückt Huch den Pinsel mit der Bitte in die Hand.

- Vergiss uns nicht!

Der Wolf dreht sich um.

- Es wäre kein Abschiedsgeschenk, wenn wir bleiben würden.

Galina zieht die Schultern hoch.

- Aber deswegen müsst ihr doch nicht gehen.

Ott streckt den Fuß spitz.

- Nur, dass der Pinsel zum Abschiedsgeschenk wird.

Rotkäppchen klemmt die Mundwinkel zu einem Lächeln ein.

- Der Wolf und ich haben viel über Teams nachgedacht.

Er wuselt auf dem Waldweg herum.

- Zusammen bilden wir 2 sozusagen ein Denk-Team.

Sie lehnt gegen einen Baumstamm.

- Wir bedanken uns, dass ihr Pinsel und Farbe genommen habt.

Der Wolf dreht eine Schleife.

- Sich verabschieden kann lähmen und sprachlos machen.

Rotkäppchen verschwindet zwischen den Bäumen.

- Und ihr wollt doch malen.

Er heftet sich an ihre Fersen.

- Deshalb gehen wir.

Galinas Gesichtszüge entspannen sich.

- Teamwork wird bei uns großgeschrieben.

Ott guckt Huch an.

- Ich halte dir die Schale hin.

Galina kauert am Boden.

- Und du malst ein Reh auf die Leinwand.

Huch tunkt den Pinsel in die Farbe.

- Ist gut!

Er malt einen Kreis auf die Leinwand.

- Das ist der Kopf.

Galina berührt Huchs Ellbogen.

- Wollen wir eine Pause einlegen?

Ott stellt die Kokosnussschale und die Flasche ins Moos.

- Danach ist das Hirn umso kreativer und produktiver.

Galina sieht eine Biene.

- Wir könnten schauen, wohin sie fliegt.

Ott legt den Finger auf die Lippen.

- Wir sollten uns aber ruhig verhalten.

Sie rennt der Biene nach.

- Die Tiere im Wald wollen wir weder erschrecken noch verjagen.

Er hopst hinterher.

- Ich balanciere auch gern über Baumstämme.

Viertes Kapitel

Das Hochzeitszelt

Eine Frau läuft über einen schmalen Pfad durch den Wald.
- Hallo, ich bin Uljana Neumann.
Sie trägt ein Abendkleid.
- Was malst du?
Er blickt länger auf die Leinwand.
- Ein Reh.
Uljana beugt den Kopf zu ihm.
- Wie wäre es denn, mal Augen, Nase und Maul einzufügen?
Huch pinselt 2 Kreise und 2 Striche.
- Ich dachte, dass irgendetwas fehlt.
Sie sortiert sich eine Haarsträhne hinters Ohr.
- Gibst du mir den Pinsel?
Er gibt ihn aus der Hand.
- Gern.
Uljana malt 2 Ohren.
- Zusammen bringen wir viel zustande.
Ein Mann huscht durch den Wald.
- Hallo, ich bin Ibo Fink.
Er trägt eine Zipfelmütze.
- Für mich ist das Malen etwas ganz Neues.
Sie winkt ihn heran.
- Hast du noch nie einen Pinsel gehalten?
Fink reißt die Arme nach vorne.

- Schon sehr lange nicht mehr.

Uljana atmet flach durch den Mund.

- Verwandle dich in die Rolle eines Malers hinein!

Er legt 3 Finger an die Lippen.

- Wie geht das?

Sie zeigt ihm, wie man den Pinsel hält.

- Male dem Reh einen Bauch!

Fink nimmt Farbe.

- Neben dem Kopf scheint es ein wenig Raum zu haben.

Uljana schenkt ihm einen aufmunternden Blick.

- Untertreibe nicht! Die ganze Leinwand gehört dir.

Er malt einen Kreis.

- Dankeschön! Du gibst mir Motivation.

Eine Frau jagt durchs Gehölz.

- Hallo, ich bin Lona Rosenblatt.

Sie trägt einen Badeanzug.

- Darf ich mitmachen?

Uljana neigt den Kopf zurück.

- Gern! Das würde uns freuen.

Fink streckt ihr den Pinsel entgegen.

- Was hast du vor?

Lona greift zu.

- Ich male 4 Beine.

Uljana schiebt ihr die Kokosnussschale zu.

- Stress vermeiden ist für uns ein großes Thema.

Fink streicht sich die Zipfelmütze zurecht.

- Du kannst dich also auch mit 2 Beinen begnügen.

Lona taucht den Pinsel in die Farbe.

- Ich schaffe 4 mit links.

Uljana beugt das Knie.

56

- Deine Linien können zart sein.

Fink schnipst mit dem Finger.

- Oder kräftig, wenn du sie betonen möchtest.

Lona zieht 4 Striche.

- Diese Farbe ist wie grünes Gold.

Uljana lässt den Arm gestreckt nach unten hängen.

- Ich finde, du hast die Beine ausdrucksstark gemalt.

Fink berührt mit dem Daumen die Kuppe des Zeigefingers.

- Das Reh sieht aus, als würde es sich ausruhen.

Lona legt den Pinsel ab.

- Wir sind etwas nah dran.

Uljana tänzelt über den Waldboden.

- Treten wir ein paar Schritte zurück!

Fink hebt die Schulter an.

- Wir könnten das Bild aufstellen.

Lona lehnt es gegen einen Baumstamm.

- Mit etwas Abstand entfaltet es womöglich eine erstaunliche Wirkung.

Uljana lässt den Mund vor Staunen offenstehen.

- Das stimmt. Ich sehe es intensiver.

Fink schiebt die Oberlippe über die Zähne und lächelt.

- Es kommt auf meine ganz persönliche Liste unvergesslicher Bilder.

Lona beugt die Schultern nach vorn.

- Mich freut, dass in unserem Team alle gefragt sind.

In diesem Augenblick bewegt sich das Reh, hüpft aus dem Bild.

Uljana zieht beide Augenbrauen nach oben.

- Es tickt anders, als wir es uns ausgemalt haben.

Finks Hand flattert.

- Es rennt den Hang hinauf.

Lona läuft hinterher.

- Wir müssen es verfolgen.

Uljana schließt sich ihr an.

- Es flieht im Eiltempo.

Fink bewegt sich geschmeidig und gelenkig.

- Was treibt es bloß hinauf?

Lona verschwindet zwischen den Bäumen.

- Ich nehme eine Abkürzung.

Ihre Schritte und Stimmen verhallen.

Ein Mann wandert durch den Wald.

- Hallo, ich bin Quarto Smart.

Er trägt einen Leinenanzug.

- Die leere Leinwand lächelt mich an.

Huch senkt den Blick.

- Alle können sie haben.

Smart hebt sie auf.

- Ich bin daran, ein Mal-Team zu gründen.

Huch zieht den Ellbogen ein.

- Das bringt Erfreuliches mit sich.

Smart wirft ihm einen Blick zu.

- Nimmst du die Kokosnussschale und die Flasche mit?

Eine Frau durchquert den Wald.

- Hallo, ich bin Zana Gildenstern.

Sie trägt eine Caprihose.

- Ich bin voller Tatendrang.

Smart macht eine Faust mit nach oben zeigendem Daumen.

- Möchtest du in unserem Team malen?

Sie ergreift die Schale, klemmt die Flasche unter den Arm.

- Das käme mir gelegen.

Smart trampelt vor Begeisterung mit den Füßen.

- Ich hätte nie gedacht, dass ein Team so schnell entstehen kann.

Zana tupft Huchs Schulter an.

- Was machen wir mit dem Pinsel?

Ein Mann nähert sich mit bedächtigen Schritten.

- Hallo, ich bin Oliver Papp.

Er trägt ein Barett.

- Das hier ist genau die Art von Pinsel, die mich bezaubert.

Smart atmet schneller.

- Es gibt in der ganzen Welt keinen besseren.

Zana steht grazil da, ein Bein vor das andere gestellt.

- Nimm ihn!

Papp geht in die Knie.

- Genau das habe ich vor.

Eine Frau hüpft auf dem Waldweg.

- Hallo, ich bin Kaya Vallendar.

Sie trägt ein Dirndl.

- Am Waldrand gibt es eine stillgelegte Fabrik.

Smart schiebt die Mundwinkel vergnügt nach oben.

- Andere träumen nur von freien Räumen.

Zana schubst Huch mit einem Finger an.

- Dort könnten wir malen.

Ein Mann springt ihnen entgegen.

- Hallo, ich bin York Beach.

Er trägt eine Clownsnase.

- Ich würde wahnsinnig gern in einem Team sein.

Papp macht eine einladende Handbewegung.

- Wer könnte sich besser eignen als du.

Kaya stützt die Hände in die Hüfte.

- Ohne dich geht gar nichts.

Beach hebt ein Bein, schaukelt den Fuß.

- Danke, dass ich mitkommen darf.

Kaya führt das Team zum Weg.

- Vielleicht wird das Malen zu unserer neuen Leidenschaft.

Eine Frau läuft durch den Wald, bleibt vor Huch stehen.

- Hallo, ich bin Wally Hamburger.

Sie trägt ein Eichhörnchenkostüm.

- Darf ich dir einen Kirschbaum zeigen?

Er geht mit ihr zwischen mäanderndem Wurzelwerk.

- Gern! Keinen Kirschbaum gibt es zweimal.

Die Äste strecken sich wie Greifarme aus.

Wally guckt schelmisch hinter dem Haar hervor.

- Miteinander zu gehen, ist ein besonderes Vergnügen.

Huch neigt den Kopf leicht zur Seite.

- Ja, wir kommen ins Gespräch.

Der Kirschbaum steht auf einer Anhöhe.

Wally wiegt sich in den Hüften.

- Das ist mein Lieblingsbaum.

Huch wippt auf seinen Zehen.

- Den müssen wir uns näher ansehen.

An einem Ast hängt ein Rucksack.

Sie kratzt sich vielsagend am Hals.

- Er wartet auf dich.

Ein Mann wandelt mit am Rücken verschränkten Händen.

- Hallo, ich bin Egon Mink.

Er trägt Flipflops.

- Würdet ihr es schätzen, wenn ich ihn herunternehme?

Wallys Stimme klingt vergnügt.

- Und wie! Gleich, als ich dich sah, dachte ich, du würdest uns helfen.

Mink kreist die Schulter nach hinten.

- Das größte Wunder wäre, wenn ich mich nur auszustrecken bräuchte.

Sie presst die Hände gegeneinander.

- Das kannst du in aller Ruhe ausprobieren und wirst auch nicht geschubst.

Er hüpft in die Luft, packt den Rucksack.

- Aber so schwungvoll wie nur möglich.

Wally beugt die Beine.

- Wer weiß, was drin ist.

Mink stellt den Sack auf eine Wurzel, öffnet ihn.

- Es nimmt mich wunder.

Über ihre Stirn huscht zarte Freude.

- Ohne dich geht gar nichts.

Er findet einen Brief.

- Ich höre gern das Papier knistern.

Wally strafft das Kinn.

- Ist das nicht fast ein bisschen schade, dass der Umschlag geschlossen ist?

Mink zieht den Hals ein.

- Ich mache ihn auf.

Sie dreht das Handgelenk.

- Da habe ich keine Bedenken.

Er reißt das Couvert auf.

- Habt ihr noch einen Wunsch?

Wallys Augen leuchten.

- Ja! Bitte lies den Brief vor!

61

Er entfaltet das Blatt.

- Hallo, ich suche einen Bräutigam. Liebe Grüße.

Eine Frau zuckelt zum Kirschbaum.

- Hallo, ich bin Angelika Discher.

Sie trägt eine Federboa.

- Darf ich euch einen hochgelegenen Garten zeigen?

Wally streckt den Kopf vor.

- Gern! Für einen Garten würde ich einmal um die ganze Welt laufen.

Mink schaut sich erwartungsvoll um.

- Ich finde es immer wieder interessant, Blumen anzuschauen.

Angelikas Blick schweift zu Huch.

- Ist das dein Rucksack?

Er lässt die Arme baumeln.

- Nein, er hing am Ast.

Angelika wirft das Haar in den Nacken.

- Wir nehmen ihn mit.

Ein Mann trottet vergnügt auf die Anhöhe.

- Hallo, ich bin Tadeo Cam.

Er trägt schneeweiße Handschuhe.

- Ich träume davon, einen Rucksack zu tragen.

Wally legt die Hand auf seinen Arm.

- Das verstehen wir.

Mink wendet den Kopf.

- Er kann belebend wirken.

Angelika spreizt die Arme ab.

- Schon beim ersten Blick habe ich ihn total anziehend gefunden.

Cam hängt den Rucksack um.

- Ich würde ihn um keinen Preis der Welt wieder hergeben.

Steil windet sich der Weg zwischen den Bäumen hindurch.

Wally lässt ihre langen Haare wehen.

- Zusammen wandern verbindet.

Am Eingang zum hochgelegenen Garten wachsen Kräuter. Eine Frau liegt auf der Gondel eines efeuumrankten Riesenrads.

- Hallo, ich bin Undine Jacobi.

Sie ist ganz in Weiß gekleidet.

- In meinem Kalender steht eine Hochzeit.

Mink atmet ein oder 2 Mal tief durch.

- Suchst du einen Bräutigam?

Undine faltet die Beine nach links.

- Gewiss! Hast du meinen Brief gefunden?

Er kommt ins Stammeln.

- Ja! Und ich geriet total aus dem Häuschen.

Sie breitet die Arme aus wie Flügel.

- Was mir zu meinem Glück fehlt, ist ein Mann.

Mink dreht schräg und unsicher die Schultern.

- Hast du viele Freunde?

Undine wackelt mit den Händen.

- Wir sollten uns kennenlernen.

Wally schlägt sich auf die Schenkel vor Freude.

- Wollen wir ein Team formieren?

Undine spricht mit aufmunternder Stimme.

- Auf jeden Fall! Ich bin zu allem entschlossen.

Angelika lässt die Luft links und rechts neben der Zunge mit einem sanften Rauschen entweichen.

- Du bist mutig.

Cam dreht Pirouetten.

- Wir bewundern dich.

Undine schwenkt den Kopf zu Huch.

- In dieser Gondel kann ich wunderbar relaxen.

Ein Mann trippelt tänzelnd in den Garten.

- Hallo, ich bin Galvano Och.

Er trägt ein Jackett.

- Steht es mir?

Wally wiegt den Kopf.

- Was?

Och geht hin und her.

- Ich meine mein Jackett.

Mink deutet mit den Händen einen Kreis an.

- Es ist ein echter Hingucker.

Angelika senkt die Lider.

- Es wirkt elegant und lässig zugleich.

Cam stößt die Nasenspitze nach vorn.

- Worte können das gar nicht ausdrücken.

Undine streckt die linke Hand aus.

- Ein Platz in der Gondel ist frei.

Och steigt ein.

- Das sehe ich auch so.

Wally streicht sich die Haare aus dem Gesicht.

- Ihr seid ein Traumpaar.

Mink neigt den Kopf zur Seite.

- Ihr solltet heiraten.

Angelika zieht ihr Top ein wenig nach oben.

- Dagegen spricht wohl kaum etwas.

Cam springt in die Luft.

- Eine Hochzeit würde uns begeistern.

Undine leckt sich über die Lippen.

- Davon habe ich immer geträumt.
Och schaut ihr in die Augen.
- Ich bin in dich verliebt.
Eine Frau läuft wie auf Wolken in den Garten.
- Hallo, ich bin Lore Bata.
Sie trägt ein Halstuch.
- Würde euch ein Hochzeitszelt interessieren?
Wally hüpft fröhlich beschwingt.
- Im Zelt heiraten, wer möchte das nicht!
Mink dreht eine Pirouette.
- Dort könnte eine neue Geschichte beginnen.
Angelika lässt ein Lächeln aufblitzen.
- Das ist das Paradies.
Lore trippelt auf den Fußspitzen aus dem Garten.
- Eine Besichtigung lohnt sich.
Cam eilt im tänzelnden Laufschritt hinterher.
- Dabei erfahren wir gewiss viele Neuigkeiten.
Ein kurvenreicher Weg windet sich zur Bergwiese hinauf.
Undine geht schlendernd und wachen Blicks.
- Kannst du dir vorstellen, wie das Leben ohne Gräser und Blumen wäre?
Thymian verströmt einen intensiven Geruch.
Och schnuppert.
- Nein! Wir sind auf alle Lebewesen angewiesen.
Schmetterlinge flattern um ein riesiges Zelt aus watteweißer Gaze.
Undine zupft sich am Ohrläppchen.
- In meinen Augen hat es genau die richtige Größe.
Er tänzelt um sie herum.
- Ist Weiß deine Lieblingsfarbe?

Sie schlägt den Blick nieder.

- Unbedingt! Mein Herz schlägt für weiße Kleider und weiße Zelte.

Ein Mann schlägt den Vorhang am Eingang zurück.

- Hallo, ich bin Rainer Pan.

Er trägt eine Kappe.

- Kann es ein schöneres Ziel geben als mein Zelt?

Wally tritt ein.

- Kaum! Es zieht den Blick auf sich.

Mink folgt ihr.

- Es ist sehr verlockend.

Angelika schließt sich an.

- Wer richtig heiraten will, sollte keinen Augenblick zögern.

Cam fährt mit dem Finger über den Stoff.

- Mich fasziniert die Gaze.

Undine schreitet ins Zelt.

- Ich freue mich schon auf die Hochzeit.

Och begleitet sie.

- Heute ist unser Glückstag.

Lore schenkt Pan einen Augenaufschlag.

- Es gibt in der ganzen Welt kein besseres Zelt als deins.

Er verneigt sich fast bis zum Boden.

- Danke! Ich habe es extra für euch aufgestellt.

Dann rollt er einen Teppich aus, schaut Huch an.

- Du solltest unbedingt dabei sein.

Eine Frau geht über die Wiese.

- Hallo, ich bin Vicki Zamba.

Sie trägt eine Inkamütze.

- Ich würde dir liebend gern die Schafe zeigen.

Huch schließt die Augenlider halb.

- Es gibt verschiedene Schafe.

Pan rollt den Teppich wieder ein.

- Du kannst ja nachher ins Zelt kommen.

Vicki grapscht nach Huchs Arm.

- Dein Interesse freut mich.

Er drückt sein Kreuz durch.

- Welche Schafe meinst du?

Sie tollt über die Wiese.

- Du wirst sie gleich treffen.

Er zieht die Oberlippe auf einer Seite nach oben.

- Was sollte ich noch über sie wissen?

Vicki führt ihn zur Herde.

- Das sind weiße Alpenschafe.

Sie trotten Zentimeter um Zentimeter näher, schnuppern an Huch.

Vicki rafft ihren Rock.

- Du musst auch noch die Schwarznasen sehen.

Er hebt den Kopf.

- Das kann ein beeindruckendes Erlebnis sein.

Die Schwarznasen grasen auf saftigem Grün.

Vicki wirft Huch einen Blick zu.

- Sie mögen es gern ruhig.

Ein Mann winkt freundlich.

- Hallo, ich bin Quill Kink.

Er trägt eine Livree.

- Möchtet ihr das Margarinelächeln lernen?

Vicki klatscht in die Hände.

- Durchaus! Wir sind sofort dabei.

Kink deutet mit dem Finger auf ein Plakat am Ende der

Wiese.

- Kommt mit!

Schmetterlinge flattern um die Blüten.

Vicki wippt mit den Füßen.

- Ich liebe die Art, wie sie fliegen.

Er weist aufs Plakat.

- Fühlt ihr euch angesprochen?

Eine Frau ist abgebildet. Sie hat eine Box Margarine in der Hand.

Vickis Mundwinkel zucken.

- Ich versuche mir vorzustellen, wie es wäre, wenn ich so lächeln könnte.

Kink macht einen Handstand und tapst auf den Händen hin und her.

- Du würdest dich beflügelt fühlen.

Die Box fällt aus dem Plakat.

Huch fängt sie auf.

- Vor einer halben Sekunde stand ich noch ohne Box da.

Vickis Lächeln strahlt ihm zahnweiß entgegen.

- Du hast eine rasche Reaktion.

Kink stellt sich auf die Füße.

- Wir sind stolz auf dich.

Ihre Augen blitzen.

- Margarine ist ein wertvolles Geschenk.

Er richtet die Augen auf Huch.

- Mich nimmt wunder, wie sie schmeckt. Darf ich sie probieren?

Huch reicht ihm die Box.

- Ist es schwierig, den Deckel abzunehmen?

Kink zieht an der Aufreißlasche.

- Nein! Das einzige Wort, das mir dazu einfällt, ist: Kinderleicht.

Vicki deutet mit dem Zeigefinger.

- Und was sagst du zur Margarine?

Kleine Lachfältchen kräuseln sich in seinem Gesicht.

- Es ist gar keine darin.

Sie reckt den Kopf in die Höhe.

- Das ist doch eher seltsam.

Kink bricht in Kichern aus.

- In der Box ist hellviolette Farbe.

Vicki wippt von einem Bein aufs andere.

- Ich liebe Überraschungen.

Er schließt die Box.

- Wir können jede Minute mit Malen beginnen.

Eine Frau marschiert mit großen Schritten.

- Hallo, ich bin Nancy Fahrenholz.

Sie trägt eine Daunenjacke.

- Möchtet ihr eine Freilichtbühne sehen?

Vicki schiebt die Finger ineinander.

- Ja! Das finden wir spannend.

Kink winkelt den Ellbogen nah am Körper an.

- Bühnen begeistern uns auf Anhieb.

Nancy geht aufrecht voran.

- Ich weiß eben, was ihr wünscht.

Der Weg führt am Rand der Ebene entlang.

Vicki hüpft und malt mit dem Finger einen winzigen Halbkreis in die Luft.

- Wir sind gern zusammen unterwegs.

Kink trippelt auf den Zehenspitzen.

- Das schafft uns ein neues Wir-Gefühl.

Nancy tritt vor die Bretterbühne.

- Da sind wir.

Fünftes Kapitel

Das leuchtend grüne Kätzchen

Ein Mann springt lässig von der Rampe.
- Hallo, ich bin Yodit Inch.
Er trägt ein Matrosenhemd.
- Unter der Bühne liegt eine Tasche aus mistelgrünem Leder.
Vicki bückt sich, späht.
- Was ist drin?
Inch dreht sich mit Schwung in der Luft um die eigene Achse.
- Ich weiß es nicht, aber ihr alle seid herzlich eingeladen, mit zu raten.
Nancy holt die Tasche hervor.
- Oder darf ich sie einfach auftun?
Er zeigt auf sie und lacht.
- Selbstredend! Was liegt näher!
Sie öffnet den Verschluss, nimmt einen Pinsel heraus.
- Genau das, was uns gefehlt hat!
Kink entspannt seine Schultern.
- Das ist eine angenehme Überraschung!
Inch wischt sich mit der Hand über die Wange.
- Ich würde es als Wunder bezeichnen.
Eine Frau tippelt am Rand der Ebene.
- Hallo, ich bin Sakina Echterhoff.
Sie trägt ein Glitzerkleid.

71

- Wollt ihr ein kleines, weiß getünchtes Haus sehen?

Vicki streichelt sich das Kinn.

- Das könnten wir tun.

Kink klimpert mit den Wimpern.

- Wer möchte das nicht?

Nancy spielt mit dem Pinsel.

- Machen wir uns auf den Weg!

Inch schiebt die Unterlippe vor.

- Ich freue mich!

Sakina stößt Huch in die Rippen.

- Ich wusste es. Ihr seid ein Team, das ich begeistern kann.

Der Weg steigt mäßig steil, aber pausenlos an.

Vicki fasst sich an den Hals.

- Ich finde es schön, dass wir zusammen unterwegs sind.

Wie ein faseriger Wattebausch hängt eine kleine Wolke über der Wiese.

Kink legt die Hand auf die Schläfe.

- Ich würde vorsichtig vorhersagen, dass wir gleich ankommen.

Die weiß getünchte Fassade glänzt in der Sonne.

Nancy dehnt ihre Beine.

- Fast könnte man meinen, das Haus würde auf uns warten.

Inchs Zehen heben sich langsam vom Boden ab.

- Ich kann mir gut vorstellen, die Wand zu bemalen.

Sakina tanzt im hohen Gras.

- Das tönt vielversprechend.

Vicki hält die Hand locker flatternd in die Luft.

- So eine Fassade gibt es sicher weltweit kein zweites Mal.

Kink öffnet den Deckel, reicht Huch die Box.

- Mein Traum wäre, dass du malst.

Nancy gibt ihm den Pinsel.

- Wir verlassen uns auf dich.

Inch bewegt die Hand wie ein Pendel hin und her.

- Zögere keine Sekunde!

Sakina hebt die Augenbrauen.

- Gib alles!

Huch malt einen Bogen, der sich rund über die Fassade spannt.

- Was sagt ihr dazu?

Das Licht ist so hell, dass Vicki blinzeln muss.

- Ich finde den Bogen großartig.

Kink legt die Hand aufs Herz.

- Er ist ungewöhnlich, aber auch passend.

Ein Mann tritt aus dem weißgetünchten Haus, betrachtet den Bogen.

- Hallo, ich bin Oskar Abt.

Er trägt eine Narrenkappe mit Federn.

- Ich bin überwältigt.

Nancy streicht sich das Haar aus dem Gesicht.

- Deine Meinung interessiert uns.

Inch legt den Zeigefinger an die Wange.

- Gefällt dir der Bogen?

Abt formt mit beiden Händen ein O, als würde er eine Kristallkugel halten.

- Ganz bestimmt! Das steht außer Frage.

Sakinas Herz schlägt schneller.

- Also, wenn er dir Freude macht, sind wir glücklich.

Abt zeigt mit dem ausgestreckten Finger auf den Bogen.

- Keine Worte können ausdrücken, wie dankbar ich bin.

Vicki schürzt unmerklich die Lippen.

- Ja was! Übertreibst du nicht ein bisschen?

Sein Blick senkt sich.

- Überhaupt nicht! Ich würde gern etwas für euch tun.

Kink nimmt die Schultern nach vorn.

- Denkst du an etwas Bestimmtes?

Abt reckt die Arme.

- Genau! Ihr dürft 3 Wünsche äußern.

Nancy berührt flüchtig, wie zufällig seine Hand.

- Wir würden gern einen Elefanten sehen.

Der Boden bebt. Ein Elefant trabt über die Wiese.

Inchs Augenbrauen hüpfen.

- Wir möchten, dass er den Rüssel hebt.

Der Elefant kommt näher, streckt den Rüssel hoch.

Sakina wippt herum.

- Er versteht uns! Das ist ja kaum zu fassen.

Abt beugt den Rücken.

- Und was wäre der dritte Wunsch?

Vicki nimmt einen tiefen Atemzug.

- Der Elefant sollte uns prüfen.

Abt streift mit dem Daumen den Zeigefinger.

- Das geht in Ordnung.

Kink fährt mit einem Ruck empor.

- Da sind wir aber gespannt, wie er vorgeht.

Der Elefant legt ihm den Rüssel auf die Schulter.

Nancy hopst vor Freude.

- Heißt das: Er mag uns?

Abt erklärt mit strahlendem Gesichtsausdruck.

- Ja! Er zählt euch zu seiner Herde.

Inch knöpft das Matrosenhemd auf.

- Wir haben sein vollstes Vertrauen.

74

Abt sagt augenzwinkernd.

- Genau! Bei euch stimmt alles.

Der Elefant entfernt sich mit schnellen Schritten.

Vicki läuft ihm nach.

- Mein Herz schlägt für ihn.

Kink heftet sich an ihre Fersen.

- Er hat eine gute Ausstrahlung.

Nancy beschleunigt ihren trippelnden Gang.

- Ich kann mich vor Glück kaum fassen.

Inch bewegt sich ruhigen Schrittes.

- Wir haben den Elefanten auf unserer Seite.

Sakina steigert das Tempo ihrer Schritte.

- Da darf ich nicht zögern.

Abt schlendert hinterher.

- Alle können mitmachen.

Eine Frau lugt um die Ecke.

- Hallo, ich bin Ganna Patelli.

Sie trägt ein Papierkleid.

- Ich wünsche mir nichts sehnlicher als deine Farbe.

Huch zeigt die Box.

- Kannst du dir vorstellen, damit zu malen?

Ganna reckt langsam ihren Arm.

- Aber sicher! Ich nehme alle Farben, die mir zur Hand kommen.

Er reicht sie ihr.

- Ich überlasse sie dir gern.

Ein breites Lächeln huscht über ihr Gesicht.

- Danke! Was will ich mehr!

Huch klemmt den Pinsel zwischen Daumen und Zeige-finger.

- Möchtest du ihn?

Ein Mann streift durch die Wiese.

- Hallo, ich bin Mo Bill.

Er trägt ein Piratenkostüm.

- Von diesem Pinsel habe ich immer geträumt.

Ganna schaut aufmunternd.

- In dem Falle kannst du ihn haben.

Bill hält die Luft an und legt ein paar Schweigesekunden ein.

- Wirklich? Ich finde keine Worte.

Huch gibt ihm den Pinsel.

- Hast du sonst noch einen Wunsch?

Bill läuft weg.

- Nein! Ich werde dich nie vergessen.

Ganna entfernt sich.

- Du bist großzügig.

Huch hebt beschwichtigend die Hände.

- Es war ein leicht erfüllbarer Wunsch.

Ein Regenbogen spannt sich über das Haus und die dahinter aufragenden Bäume.

Eine Frau kreuzt auf.

- Hallo, ich bin Taki Uhlen.

Sie trägt ein Strandkleid.

- Siehst du den Regenbogen?

Huch legt den Kopf in den Nacken.

- Ja! Er ist zum Greifen nah.

Taki breitet die Arme aus.

- Er dient als Brücke zwischen uns und dem Himmel.

Ein Mann beschleunigt die Schritte.

- Hallo, ich bin Cameron Haff.

Er trägt ein Rabenkostüm.

- Ich würde gern mit euch über den Regenbogen gehen.

Sie läuft freudestrahlend ums Haus.

- Ist jemand schneller bereit als wir?

Haff hüpft in vielen kleinen Sprüngen.

- Aller Wahrscheinlichkeit nach sind wir die Ersten.

Taki dreht den Kopf zu Huch.

- Wie denkst du darüber?

Er nestelt an seinem Schal.

- So etwas habe ich noch nie gemacht.

Haff spricht mit singender Stimme.

- Wir lassen uns einfach darauf ein.

Taki berührt Huch am Handgelenk.

- Du gehörst zum Team.

Er reckt den Kopf zum Himmel.

- Wir sollten uns beraten lassen.

Eine Frau tippelt zum Regenbogen.

- Hallo, ich bin Leonora Dahlke.

Sie trägt ein Taftkleid.

- Braucht ihr einen Tipp?

Taki beugt sich vor.

- Ja! Wir stehen gerade erst am Anfang des Bogens.

Haff spreizt die Finger.

- Was rätst du uns?

Leonora legt gelassen die Hände übereinander.

- Viele Menschen träumen davon, hinaufzugehen.

Taki holt tief Luft.

- Mit gutem Grund: Wir fühlen uns hingezogen.

Haff sagt mit rudernden Armen und einer sich hoch-
schraubenden Stimme.

- Wir können kaum widerstehen.

Leonora fährt sich durch das Haar.

- Das Wichtigste ist das Wir-Gefühl.

Sie steigt gemessenen Schrittes hinauf.

- Die Verbindung darf nie abreißen.

Taki lässt den Blick über den Bogen gleiten.

- Nichts schmeichelt dem Auge so wie die funkelnden Farben!

Haff betritt den Regenbogen stürmisch.

- Das Blitzblau übertrifft alles.

Leonora kehrt zu Huch zurück.

- Ich bin zuversichtlich, dass du mitkommst.

Er setzt ein Lächeln auf.

- Woran erkennst du das?

Sie legt die Hand auf seine Schulter.

- Ich höre auf mein Bauchgefühl.

Ein Mann tigert mit federnden Schritten zum Regenbogen.

- Hallo, ich bin Wendel Rahn.

Er trägt eine Schirmmütze.

- Gibt es etwas, bei dem ich euch helfen kann?

Taki stülpt die Unterlippe nach vorn.

- Hast du besondere Fähigkeiten?

Rahn macht einen Luftsprung.

- Ich bin außerordentlich bereitwillig.

Haff verlagert sein Gewicht von einem Fuß auf den anderen.

- Das begeistert uns.

Leonora lehnt den Oberkörper leicht nach vorne.

- Mit dir zusammen sind wir in Hochform.

Rahn tippt sich an die Mütze.

- Am liebsten würde ich mich eurem Team anschließen.

Taki breitet die Arme aus.

- Wir nehmen dich auf.

Haff wirft den Kopf auf.

- Du gehörst zu uns.

Leonora läuft wie auf Wolken hinauf.

- Hoch mit uns! Wir dürfen nicht das Ziel aus den Augen verlieren.

Rahn scheint vor Energie zu sprühen.

- Jetzt gibt es kein Zurück mehr.

Der Goldschimmer des Grases liegt viele Höhenmeter weiter unten.

Taki reißt die Augen weit auf.

- Wie klein die Wiese auf einmal wirkt!

Von Kirschrot über Ananasgelb bis Waldrebenviolett leuchtet der Regenbogen.

Haffs Stimme rutscht eine Oktave höher.

- Er wartet mit extremen Farbtönen auf.

Leonora hebt die Hände und sagt nur.

- Mir fehlen die Worte!

Eine Gitarre gleitet durch den Himmel. Aus ihrem Schallloch flattern froschgrüne Herzen.

Rahn verharrt beim Anblick.

- Tagelang könnte ich den Herzen zusehen.

Sie bilden einen Schwarm, kreisen um Huch.

Taki lehnt sich an seine Schulter.

- Die Herzen fliegen dir nur so zu.

Eine Frau geht mit riesigen Schritten über den Regenbogen.

- Hallo, ich bin Yuki Morrow.

Sie trägt ein Glitzerkostüm.

- Wollt ihr einen Wasserfall sehen?

Haff sperrt die Augen auf.

- Ja! Das wird uns sicher gefallen.

Leonora lässt das Becken wippen.

- Die Frage ist nur: Wer zeigt uns den Weg?

Yuki reibt die Hände.

- Ich gäbe viel darum, wenn ich das dürfte.

Rahn zuckt mit den Augenbrauen.

- Drängen würden wir dich nie.

Taki drückt den Zeigefinger auf die Daumenbeere.

- Aber wenn du uns führen möchtest, kommst du wie gerufen.

Yuki sagt fröhlich.

- Ihr könnt euch auf mich verlassen.

Am Ende des Regenbogens strömt ein Fluss durch ein einsames Waldtal.

Haff schlägt die Hände vors Gesicht und lacht.

- Wir sind begeistert.

Leonora setzt einen Fuß vor den anderen.

- Und das nicht ohne Grund.

Yuki schreitet rascher aus.

- Der Fluss verzaubert alle, die ihn sehen.

Farn umwächst das Ufer.

Rahns Augen schimmern.

- Wir sind sozusagen auf einer Entdeckungstour.

Sträucher hängen ihre Äste ins Wasser.

Taki atmet tief durch die Nase ein.

- So ein verwunschenes Tal finde ich wohltuend.

Der Fluss stürzt über einen bemoosten Felsen herab.

Haff spreizt die Finger seiner linken Hand weit auseinander.

- Der Wasserfall fasziniert mich.

Das Rauschen übertönt alle anderen Geräusche.

Leonora beugt den Oberkörper vor.

- Für mich klingt es wie Musik.

Ein Regenbogen glitzert im Sprühnebel.

Rahn lehnt sich an einen Baum.

- Ich bin überwältigt.

Ein leuchtend grünes Kätzchen rennt zum Felsenbecken.

Yuki wendet sich Huch zu.

- Findest du das auch aufregend?

Er schiebt den Hut in den Nacken.

- Es hat eindrucksvolle Augen.

Taki reckt den Hals.

- Wir müssen uns langsam bewegen.

Haff sagt mit gedämpfter Stimme.

- Es darf sich nicht gestört fühlen.

Leonora schaut ihm über die Schulter.

- Es trinkt.

Das Kätzchen räkelt sich, läuft weg.

Rahn verfolgt es aufmerksam und mit funkelnden Augen.

- Wo geht es wohl hin?

Yuki leckt sich die Oberlippe.

- Etwas Neugier sei uns an dieser Stelle verziehen.

Der Fluss strömt türkisblau durch die Schlucht.

Taki lächelt, hält sich die Hand vor den Mund.

- Es macht Spaß, Tiere zu beobachten.

Haff lässt die Arme baumeln.

- Wir müssen bewusst langsam vorgehen, sonst fühlt es sich gejagt.

Das Kätzchen huscht auf einem kleinen Pfad durchs Dickicht.

Leonora setzt Fuß vor Fuß.

- Sein leuchtendes Grün ist meine Lieblingsfarbe.

Rahn geht schrittweise vorwärts.

- Das ist das Schönste an der Farbe, dass sie leuchtet.

Bei einer Felsterrasse springt das Kätzchen auf eine Kiste.

Yuki dreht den Körper leicht zur Seite hin.

- Was könnte darin sein?

Taki bleibt stehen.

- Ich bin aufs Höchste gespannt.

Ein Mann flitzt durchs Waldtal.

- Hallo, ich bin Zacharias Eck.

Er trägt einen Pullover.

- Keine falsche Scheu!

Haff zieht die Schulter hoch.

- Kennst du dich aus mit grünen Katzen?

Eck geht etwas in die Hocke.

- Aber ja! Du musst sie nur berühren, dann verwandelst du dich.

Er streichelt sie, schrumpft, läuft als leuchtgrüner Kater weg.

Leonora beugt leicht die Knie.

- Die Berührung wirkt sofort.

Das Kätzchen huscht von der Kiste, jagt dem Kater nach.

Rahn zieht den Schirm seiner Mütze tief nach unten.

- Es ging leichter, als ich dachte.

Yuki schiebt die Hüfte etwas vor.

- Möchtet ihr wissen, was in der Kiste ist?

Taki macht einen Ausfallschritt.

- Natürlich! Vielleicht ist ein Schatz darin.

Leonora tastet die Kiste konzentriert mit Blicken ab,

- Das ist nicht unwahrscheinlich.

Rahn öffnet den Deckel.

- Ich bin aufs Höchste gespannt.

Er klaubt eine Handvoll Kastanien hervor.

- Stellt euch vor, was wir alles damit machen können!

Yuki läuft über die Felsterrasse.

- Am liebsten würde ich einen Kreis auslegen.

Taki tritt näher heran.

- Hier? Auf der Felsterrasse?

Haff streckt einen Arm nach vorne, den anderen nach hinten.

- Wenn das nicht der richtige Ort ist, verstehe ich die Welt nicht mehr.

Leonora beginnt mit dem Kreis.

- Ich denke, das ist eine bestechend einfache Idee.

Rahn fügt Kastanien an.

- Etwas verspielt geht es bei uns zu.

Yuki jongliert mit Kastanien.

- Wir sind ein wunderbares Team.

Taki reißt die Augen auf.

- Du hast unvergleichliche Hände.

Yuki wirbelt im Kreis durch die Luft.

- Komplimente höre ich gern.

Haff setzt die letzte Kastanie ein.

- Ein Kreis entstand, und ich durfte dabei sein.

Leonora lehnt gegen einen Baum.

- Mehr machen wir nicht.

Rahn gähnt mit singender Stimme.

- Du sagst es! Wir müssen versuchen, uns vor Stress zu bewahren.

Yuki biegt die Finger.

- Es ist Zeit für uns zu relaxen.

Eine Frau flaniert zur Felsterrasse.

- Hallo, ich bin Gina Kirchner.

Sie trägt einen Morgenmantel.

- Liebt ihr weiße Rosen?

Taki hebt den Kopf hoch.

- Und wie! Sie regen zum Träumen an.

Haff schließt die Augen.

- Weiß ist eine besondere Farbe.

Gina führt sie aus dem Waldtal.

- Dann kommt in meinen Garten!

Auf dem kleinen Trampelpfad duftet es nach Jasmin.

Leonora schließt halb die Augen.

- Die Freude an Gärten ist weit verbreitet.

Rahn guckt vergnügt.

- Daran besteht kein Zweifel.

Hohe Bäume umgeben den Garten.

Yuki stampft vor Freude mit den Füßen.

- Ehrlich, hier weiß ich, dass ich mich sofort wohlfühle.

Zwischen den Stämmen ist ein verwirrendes Netz von Hängematten gespannt.

Gina spitzt die Lippen.

- Das ist die Hauptsache.

Rosenduft liegt in der Luft.

Taki klettert in eine Hängematte.

- Ich genieße gern eine kleine Atempause.

Haff legt sich in die benachbarte Matte.

- Ich habe nichts anderes im Sinn.

Leonora wirft Rahn einen Blick zu.

- Welche Hängematte bevorzugst du?

Seine Augenlider sind schwer.

- Die nächste natürlich, die direkt vor meiner Nase schwebt.

Yuki streckt und räkelt sich wohlig.

- Ich fühle mich sofort relaxt.

Gina nähert sich Huch auf Zehenspitzen.

- Wie steht es mit dir? Willst du dich nicht ausruhen?

Ein Mann nimmt ein paar Schritte Anlauf, als wollte er sprinten.

- Hallo, ich bin Adem Pax.

Er trägt eine Trainingshose.

- Komme ich ein bisschen ungestüm?

Gina hüpft in eine Hängematte.

- Ich antworte später.

Pax lässt die Schultern hängen.

- Wann?

Sie legt die Beine übereinander.

- Zuerst tanke ich Kraft in einer Verschnaufpause. Dann kannst du mich fragen.

Er sucht sich eine Hängematte aus.

- Das ist eine glänzende Idee.

Eine Frau geht zur Schaukel, die an einem großen Ast hängt.

- Hallo, ich bin Nike Bator.

Sie trägt ein Prinzessinnenkostüm, schaut zu Huch hinüber.

85

- Schenkst du mir eine weiße Rose?

Ein Mann tanzt zuckend.

- Hallo, ich bin Scott Fax.

Er trägt einen Anzug und bringt eine Rebschere.

- Ich will mich nicht vordrängen.

Nike nestelt mit den Fingern am Saum des Kleids.

- Hast du einen bestimmten Wunsch?

Fax stellt sich ganz nah an den Strauch.

- Ist es in Ordnung, wenn ich die Rose schneide?

Sie setzt sich auf die Schaukel.

- Willst du das wirklich für uns tun?

Er schnüffelt an einer Blüte.

- Es ist mir ein Vergnügen.

Sechstes Kapitel

Aprikosenorange und Himbeerrot

Nike schaukelt.
- Verstehst du etwas von Blumen?
Fax schneidet eine Rose ab.
- Ja! Ich habe ständig das Gefühl, dass sie mit mir reden.
Sie rutscht von der Schaukel.
- Ist es schwierig, mit der Rebschere umzugehen?
Er gibt ihr die Rose.
- Nein, manche Dinge lernen wir im Schlaf.
Nike führt die Zunge zur Oberlippe.
- Danke! Das ist nett von dir.
Fax gähnt.
- Gern geschehen!
Sie deutet auf eine Hängematte.
- Darf ich dir einen Rat geben?
Ein Lächeln schleicht sich in sein Gesicht.
- Darauf warte ich. Es gibt nur eine Frau, die weiß, was mir guttut.
Nike neigt den Kopf.
- Wer ist das?
Fax beugt leicht das Standbein.
- Das bist du.
Sie schaut in sein Gesicht.
- Du übertreibst! Ganz viele Menschen können dir den gleichen Tipp geben: Lege dich in eine Hängematte und

87

ruhe dich aus.

Er fläzt sich in die nächste Matte.

- Vielen Dank!

Nike lässt den Blick zu Huch schweifen.

- Finden wir eine Vase?

Er stemmt die Hände in die Hüften.

- Das könnte ich mir vorstellen.

Sie verlässt den Garten.

- Ich auch. Wir haben viel gemeinsam.

Huch sieht sich um.

- Ja, wir kümmern uns um die Rose.

Der Weg schlängelt sich langsam auf eine Höhe.

Nike riecht an der weißen Blüte.

- Sie hat einen intensiven Duft.

Huch legt den ausgestreckten Zeigefinger an die Nase.

- Vielleicht hat sie Durst.

Eine Frau wandelt auf dem Weg.

- Hallo, ich bin Ornella Ilgner.

Sie trägt einen Rock und bringt eine Gießkanne.

- Was würdet ihr wünschen, wenn ihr einen Wunsch offen hättet?

Nike stellt die Unterlippe vor.

- Das weiß ich im Schlaf. Ich hätte gern Wasser für meine Rose.

Ornella räkelt sich wie eine Katze.

- Dagegen spricht wahrscheinlich kaum etwas.

Ein Mann schreitet mit gebeugtem Rücken voran.

- Hallo, ich bin Valdemar Queck.

Er trägt eine Baseballcap und bringt eine Vase.

- Mit meiner Vase kann ich schöne Botschaften übermitteln.

Nike schaut großäugig.

- Sicher? Wir würden zunächst einfach gern Wasser einfül-
len.

Ornella stützt die Schläfe gegen den Handrücken.

- Das wäre gut für die Rose.

Queck steht von einem Bein aufs andere.

- Und wie! Wassermangel kann ungeheuren Stress auslö-
sen.

Nike setzt ein strahlendes Lächeln auf.

- Fast muss man von einem Glücksfall reden, dass wir dir
begegnet sind.

Ornella gießt Wasser ein.

- Du hast eine interessante Vase, die man sonst eher selten
findet.

Queck schmunzelt mit scharf gezeichneten Mundwinkeln.

- Das macht mich ein wenig stolz.

Nike stellt die Rose ein.

- Davon können andere nur träumen.

Ornella richtet den Blick salbungsvoll gegen den Himmel.

- Die Welt, wenigstens wir, atmet auf.

Queck schwebt einen Tick über dem Boden.

- So fühlt sich das Glück an.

Eine Frau trifft ein.

- Hallo, ich bin Tessy Constantini.

Sie trägt ein Seidenkleid.

- Darf ich euch einen Haufen bunter Murmeln zeigen?

Nike wippt auf den Zehen.

- Gern! Das gefällt uns.

Ornella hebt die Arme über den Kopf.

- Mit Murmeln spielen ist mein Lieblingssport.

Tessy geht beflügelt voran.

- Ihr habt die gleichen Interessen wie ich.

Der Weg windet sich langsam hinauf.

Queck benagt mit den Schneidezähnen die Oberlippe.

- Was macht das Besondere aus?

Sie schließt verzückt die Augen.

- Murmeln haben eine magische Anziehungskraft.

Zwischen schroffen Kalksteinfelsen wächst Wacholder auf einer Trockenwiese. Der Murmelhaufen liegt auf einer Rampe neben einer langen Bahn aus Holz.

Nike verwirft die Hände.

- Ich habe null Erfahrung. Was muss ich tun?

Ornella lässt die Arme locker baumeln.

- Zunächst schauen wir die Murmeln an.

Queck schiebt die Unterlippe vor.

- Sie schillern in allen Farben.

Tessy richtet den Blick auf Huch.

- Suchst du eine Murmel aus?

Nike berührt seine Schulter.

- Entscheide dich in aller Ruhe.

Ein Mann klettert die Böschung herauf.

- Hallo, ich bin Kalle Gold.

Er trägt Clownschuhe.

- Drachengrün ist meine Lieblingsfarbe.

Ornella streicht sich das Haar aus der Stirn.

- Es ist nicht leicht, sie im Haufen zu finden.

Queck sperbert.

- Aber gemeinsam gelingt es.

Tessy greift eine drachengrüne Glaskugel heraus, gibt sie

Gold.

- Damit kannst du das Murmeln stressfrei genießen.

Seine Lippen kräuseln sich an den Rändern.

- Sie liegt wirklich gut in der Hand.

Nike wendet ihm das Gesicht zu.

- Wir möchten, dass du sie ausprobierst.

Gold senkt leicht die Augenlider.

- Wieso ich?

Ornellas Lächeln nimmt das ganze Gesicht ein.

- Du bist der einzige auf der Welt, der eine Murmel in der Hand hält.

Er legt sie auf die Bahn.

- Das stimmt.

Sie kugelt durch viele Kurven und Windungen kreuz und quer den Hang hinab.

Queck läuft die Trockenwiese hinunter.

- Ich frage mich, wohin sie rollt.

Tessy begleitet ihn.

- Keine Murmelbahn existiert ohne Ende.

Gold breitet mit leicht durchgebeugtem Knie die Arme aus.

- Schauen wir nach, wo sie landet.

Nike öffnet die Lippen zu einem strahlenden Lächeln.

- Ich kann es kaum erwarten.

Ornella klopft Huch auf die Schulter.

- Du wirst sehen: Das Ende ist bestimmt seltsam und magisch.

Die Murmel kullert durch ein Tor, prallt gegen eine Glocke.

Queck wippt in den Knien.

- Das ist der tollste Klang, den ich je gehört habe.

Tessy haucht Huch einen Kuss zu.

- Findest du heraus, welcher Ton angeschlagen ist?

Gold schnippt mit dem Finger.

- Das ist sicher eine spannende und herausfordernde Aufgabe.

Huch horcht.

- Der Ton heißt E.

Nike legt ihm eine Hand auf den Arm.

- Wäre er ein anderer Ton, wenn er einen anderen Namen hätte?

Huch denkt über die Frage nach.

- Ja, dann klingt er wie frisch ausgewechselt.

Ein winziger Drache springt aus der Murmel.

Ornella stürmt zum Ende der Kugelbahn.

- Wollen wir schauen, wo er hinfliegt oder wollen wir ihn aus den Augen verlieren?

Queck scharrt mit den Füßen.

- Wir folgen ihm ganz bestimmt.

Tessy hebt die Ferse vom Boden.

- Noch nie habe ich einen so kleinen gesehen.

Gold durchstreift die Trockenwiese schnellen Schritts.

- Drachen zu beobachten gelingt eben nur mit viel Glück.

Nike läuft ihm nach.

- Es ist schon erstaunlich, wie sicher er fliegt!

Huch blickt ihnen nach.

Eine Frau steigt leichtfüßig durch den Hang.

- Hallo, ich bin Zaza Ulmer.

Sie trägt ein Sommerkleid.

- Möchtest du wildwachsende Minzfelder sehen?

Er fährt mit den Fingerspitzen über die Lippen.

- Sind sie nicht allzu weit weg?

Zaza zwinkert ihm zu.

- Nein, wir genießen einen ruhigen Bummel.

Der Weg führt zwischen uralten Steinmauern hindurch. Das dürre Gras raschelt. Ein Einhorn trabt heran.

Zaza fragt Huch.

- Liebst du Einhörner?

Ein Mann stakst lässig durch die Wiese.

- Hallo, ich bin Esteban Hart.

Er trägt einen Cowboyhut.

- Ich finde es schön, Einhörner zu treffen.

Das Einhorn kommt näher, weist mit dem Horn auf einen hohlen Baum.

Zaza dreht sich um.

- Es zeigt uns den Weg.

Hart drückt beide Knie durch.

- Das größte Wunder wäre, wenn es uns zu einem Schatz führt.

Das Einhorn stiebt am Baum vorbei, verschwindet hinter einer Biegung des Hangs.

Zaza schiebt die Arme leicht nach vorn.

- Da sollten wir unverzüglich hin.

Hart blickt gespannt auf den hohlen Stamm.

- Was erwartet uns wohl?

Sie hängt sich bei Huch ein.

- Vielleicht hast du eine Idee.

Er tippt an den Hut.

- Wenn wir eine Fahne finden, könnten wir sie aufhängen.

Zazas Augen leuchten.

- Das wäre ein märchenhaftes Geschenk.

Hart jagt zum Baum.

- Ich würde vorsichtig vorhersagen, dass es keine Fahne ist.

Im hohlen Stamm liegt eine Halskette mit einem herzförmigen Anhänger.

Zaza hält sie hoch.

- Das ist mit Abstand die schönste Kette, die ich je gesehen habe.

Hart richtet den Blick auf Huch.

- Bist du für oder gegen Herzen?

Er winkelt das linke Bein leicht an.

- Was ist damit gemeint?

Zaza hängt ihm die Kette um.

- Nun, wenn du keine Vorbehalte hast, darfst du sie tragen.

Huch zieht den Kopf ein.

- Ich finde es gut, dass wir gemeinsam entscheiden.

Hart redet in atemberaubenden Sprechtempo.

- Ich glaube, es ist bereits entschieden.

Zaza tippt Huch an.

- An dir erwacht die Kette zum Leben.

Hart stützt das Kinn in die Hand.

- Du gibst ihr Glanz.

Sie schubst Huch.

- Das Herz passt zu deinen großen Augen.

Er weicht einen Schritt zur Seite, einen nach hinten.

- Ich weiß, was wir tun könnten. Wir ziehen Lose. Wer gewinnt, kriegt das Herz.

Hart zuckt mit den Schultern.

- Hättest du lieber eine andere Kette?

Huch schlägt die Augen nieder.

- Nein! Manchmal ist es einfach besser, sich ohne Kette wohlzufühlen.

Zaza legt ihm den Arm um die Schulter.

- Es ist ein besonderes Herz. Hinten hat es eine Klappe.

Hart streckt seinen Arm aus.

- Du kannst es öffnen und schließen, und allenfalls sogar etwas hineintun.

Huch zieht die Schultern zurück.

- Auch wenn es noch so verlockend anmuten mag, ich brauche es gar nicht.

Ein Storch fliegt über den Hang, landet.

Zaza lässt den Blick zu Huch schweifen.

- Du interessierst ihn.

Hart schaut neugierig, aber zurückhaltend.

- Er kommt auf dich zu.

Der Storch legt die Flügel an, stakst zu Huch. Er hat einen kleinen Weidenkorb im Schnabel. Darin liegt ein winziges Herz im Stroh. Es schlägt.

Zaza rückt zur Seite.

- Du kannst selber entscheiden, ob das etwas für dich wäre.

Hart macht eine träge Handbewegung.

- Vielleicht legst du es in dein Medaillon.

Eine Frau reitet auf einem Bären durch den Hang.

- Hallo, ich bin Wenke Rehländer.

Sie trägt einen Tellerhut.

- Das ist eine Riesenchance für uns.

Zaza wischt sich eine Haarsträhne aus der Stirn.

- Es bedarf schon sehr viel Mut, das kleine Herz aus dem

Korb zu nehmen.

Hart beißt sich auf die Lippen.

- Und Vorsicht ist geboten.

Wenke rutscht vom Bären.

- Seht ihr ein Problem?

Sie öffnet Huchs Medaillon.

- Du hast eine fantastische Kette.

Zaza lehnt sich an.

- Erstmals wird sie gebraucht.

Hart schlägt ihm spielerisch auf die Schulter.

- Sie verändert dein Leben.

Wenke klaubt mit spitzen Fingern das Herz aus dem Korb.

- Ich mache, so schnell ich kann.

Sie legt es in Huchs Medaillon.

- Du und das kleine Herz, ihr solltet immer beisammen sein.

Zaza schließt die Klappe.

- Egal, was passiert.

Der Storch schlägt die Flügel, fliegt fort.

Hart schaut ihm nach.

- Ich weiß, wie Störche ticken.

Er stemmt die Hände in die Hüften.

- Sie verlieren keine Sekunde, wenn ihr Botendienst erledigt ist.

Wenke tanzt katzenhaft um Huch.

- Es hat den Anschein, als wäre das Herz bei dir gut aufgehoben.

Er dreht den Kopf.

- Willst du die Kette tragen?

Ein Lächeln erhellt ihr Gesicht.

- Nein! Ich habe es sofort gespürt: Das winzige Herz schlägt für dich.

Der Bär trollt sich.

Zaza zuckt mit der Hand.

- Dein Bär läuft weg.

Wenke drückt ein wenig das Kreuz durch.

- Lass ihn nur! Er lebt seinen Bewegungsdrang ungehindert aus.

Ein Mann eilt herbei.

- Hallo, ich bin Mombert Lex.

Er trägt Flügel am Rücken, sagt zu Hart.

- Ich würde gern über dich klettern.

Hart knickt in den Knien ein.

- Über mich? Wie muss ich mir das vorstellen?

Lex kichert in die Hand.

- Auf der linken Seite hoch und auf der rechten wieder runter.

Zaza blickt direkt in seine Augen.

- Es stört uns nicht, wenn du auf Tuchfühlung rückst.

Hart lässt das Lächeln aus dem Gesicht fallen.

- Aber Überklettern kann ganz schön anstrengend sein.

Wenke neigt den Kopf.

- Wir scheinen da wohl mal eine Pause zum Verhandeln zu brauchen.

Lex lacht, so als habe er einen Witz gemacht.

- Das ist nicht unbedingt erforderlich.

Er winkelt den Arm an.

- Eigentlich wollte ich nur fragen, ob ihr euch fürs Schnitzen interessiert.

Zaza streckt den Fuß.

- Das tönt gut.

Hart faltet die Hände.

- Schnitzen ist berauschend schön.

Wenke streift sich über das Schlüsselbein.

- Zuerst haben wir nur ein Stück Holz. Dann wird eine Figur daraus.

Lex flaniert zu einem steil ansteigenden Weg.

- Es gibt nur einen Ort für die richtige Schnitzkunst.

Er geht die Serpentinen hinauf.

- Wir sind bald dort.

Zaza lächelt mit den Augen.

- Wir kommen gut voran.

Hart strahlt über das ganze Gesicht.

- Das sehe ich auch so.

Der Duft von Lavendel und Thymian liegt in der Luft.

Am Fuß eines Höhenzugs schnitzt eine Frau eine Puppe.

- Hallo, ich bin Anna Dannenberg.

Sie trägt ein Tigerkostüm.

- Seid willkommen.

Wenke deutet auf eine Öffnung in der Brust der Puppe.

- Was hast du vor?

Anna zieht die Oberlippe hoch.

- Hier würde ich gern ein Herz einsetzen, wenn ich eines hätte.

Hart reckt die Hand in die Höhe.

- Mir kommt eine gute Idee in den Sinn.

Er hält nach der Kette Ausschau.

- Wir könnten das winzige Herz nehmen.

Zaza berührt mit der Hand Huchs Achsel.

- Findest du es stressig, wenn wir dein Medaillon auftun?

Er bewegt den Arm schnell nach oben und nach unten.
- Es ist nicht mein Medaillon. Ich bin froh, wenn ich die Kette zurückgeben kann.
Hart zieht die Brauen hoch.
- Du kannst sie anbehalten.
Wenke öffnet mit spitzen Fingern die Klappe.
- Wir brauchen nur das winzige Herz.
Lex saugt die Luft tief durch die Nase ein.
- Ich müsste mich überwinden, es anzufassen.
Sie kippt das Herz aus dem Medaillon in den Handballen.
- Wieso denn? Es ist ein Lebewesen wie wir.
Anna hält ihr die Puppe hin.
- Und es wird sie aus dem Dornröschenschlaf wecken.
Zaza streicht eine Haarsträhne aus der Stirn.
- Ernsthaft?
Hart setzt ein nachdenkliches Gesicht auf.
- Wird die Holzpuppe zum Leben erwachen?
Wenke führt das Herz in die Öffnung ein.
- Das würde uns alle begeistern.
Lex strahlt über das ganze Gesicht.
- Ich bin glücklich, dass ich so ein Ereignis miterleben darf.
Anna schließt die Öffnung mit einem runden hölzernen Deckel.
- Es steht bei mir ganz oben auf der Wunschliste, dass die Puppe nun lebendig wird.
Zaza drückt den Unterkiefer nach vorne.
- Dann wäre sie einzigartig! Ein Individuum!
Die Holzpuppe schlägt die Augen auf.
- Hallo, ich bin Yaris Pep.
Er trägt Holzschuhe.

- Ich würde gern der Farbe beim Trocknen zusehen.

Eine Frau schlendert über den Weg.

- Hallo, ich bin Vanessa Grunewald.

Sie trägt einen Bademantel.

- Würdet ihr gern eine Altstadt sehen?

Zaza hält den Atem an.

- Gern! Wir träumen davon.

Hart zeigt beim Lächeln alle Zähne.

- Alte Häuser sind berauschend.

In Serpentinen geht es hinab durch das wogende Gras.

Wenke lässt die Lippen beim Reden leicht auseinandergehen.

- Wir kommen gut voran.

Der Weg führt unter einem Torbogen durch.

Lex stellt sich auf die Zehenspitzen.

- Langsam zu gehen ist ein besonderes Vergnügen.

Stoffbahnen flattern durch die Gasse.

Anna schwingt die Hände in die Luft.

- Es gibt vielerlei Arten, Stoff zu hängen.

Eine Kiste steht in der Mitte der Gasse.

Pep formt mit den Fingern ein Herz.

- Sie ist aus Holz. Das ist ein sympathisches Material.

Vanessa drückt sanft Huchs Schulter.

- Kannst du sie öffnen?

Ein Mann bewegt sich in großen Sprüngen.

- Hallo, ich bin Igor Fromm.

Er trägt eine Schuluniform.

- Ich bin sehr geschickt.

Zaza bewegt sich aus der Hüfte heraus.

- Worin liegen deine besonderen Stärken?

Fromm beugt den Oberkörper.

- Große und kleine Kisten mache ich im Handumdrehen auf.

Hart richtet die Fußspitzen leicht nach innen.

- Was spricht dagegen, dass du loslegst?

Fromm fragt mit nach hinten geneigtem Kopf.

- Möchtet ihr wissen, was in der Kiste ist?

Wenkes Nasenflügel beben.

- Das sollte nicht einmal eine Frage sein.

Lex hält sich die Hände wie Hasenohren an die Schläfen.

- Wir sind sehr gespannt.

Fromm hebt den Deckel ab.

- Ich richte mich ganz nach euren Wünschen.

Anna räkelt ihre langen Beine.

- Ich will mich nicht vordrängen.

Sie trippelt zur Kiste, greift 2 Pinsel heraus.

- Aber seht her, was ich gefunden habe!

Pep holt mit der Hand aus.

- Sie sind fantastisch.

Vanessa schürzt ihren roten Mund.

- Bessere Pinsel könnten wir uns nicht wünschen.

Eine Frau lenkt eine goldene Kutsche mit 2 Schimmeln in die Gasse.

- Hallo, ich bin Sally Tita.

Sie trägt ein Ballerinenkleid.

- Ich finde es cool, dass ihr Pinsel habt.

Fromm atmet tief ein und aus.

- Du führst die Pferde sicher.

Zaza legt das Kinn auf den Handrücken.

- Wir bewundern dich.

Sally sieht sie fröhlich an.

- Übertreibt nicht! Alle können eine Kutsche lenken.

Sie steigt vom Bock, öffnet die Tür.

- Wollt ihr einen Blick in die Kabine werfen?

Hart schaut hinein.

- Da steht ein Topf mit aprikosenoranger Farbe.

Wenke nimmt ihn heraus.

- Unser Traum wird wahr.

Lex nickt vielsagend.

- Es hat noch einen Topf Himbeerrot.

Anna stellt ein Bein hinter das andere.

- Das ist eine anregende Farbe.

Pep geht in die Hocke.

- Orange und Rot vertragen sich gut.

Vanessa ergreift den Topf.

- Was machen wir jetzt?

Fromm blinzelt mit fröhlichem Blick.

- Möchtet ihr meine Idee hören?

Sally fährt ihm aufmunternd über die Wange.

- Ja sicher! Was hast du vor?

Ein Lächeln erhellt Fromms Gesicht.

- Wir könnten auf eine Stoffbahn malen.

Siebtes Kapitel

Das fliegende Kanu

Ein Mann spaziert in die Gasse.

- Hallo, ich bin Kenan Quart.

Er trägt Turnhosen und bringt ein Pendel.

- Steht ein Entscheid an?

Zaza senkt die großen Augen.

- Wieso denn?

Quart klopft mit dem Fuß auf den Boden.

- Ich möchte nämlich das Pendel entscheiden lassen.

Hart beugt sich vor.

- Ist gut! Finde heraus, wer malen darf!

Quart pendelt, sagt zu Huch.

- Es schwingt in deine Richtung.

Huch legt den Knöchel des Mittelfingers an die Schläfe.

- Aber es schlägt zur anderen Seite zurück.

Wenke klimpert mit den Wimpern.

- Das stimmt! Da steht jedoch niemand.

Lex dreht sich um die eigene Achse.

- Dann ist es eindeutig.

Anna gibt Huch einen Pinsel.

- Male ein Strichmännchen!

Pep lässt seine Arme wie Schmetterlinge fliegen.

- Du erfüllst meinen Traum.

Vanessa reicht den Topf.

- Nimm Himbeerrot für den Kopf, den Bauch und die Arme!

Huch tunkt den Pinsel in die Farbe, malt langsam auf die Stoffbahn.

- Wir bringen im Team alles zustande.

Fromm wirft den Mundwinkel auf.

- Und was ist mit den Beinen?

Zaza zeigt ein fragendes Gesicht.

- Gibt es ein Strichmännchen ohne Beine?

Hart schiebt die Fersen zusammen.

- Male sie verschiedenfarbig!

Wenke hält Huch den anderen Farbtopf hin.

- Das Vorderbein sollte aprikosenorange sein.

Lex nimmt ihm den Pinsel aus der Hand.

- Ein Malerteam ist wie eine Familie.

Anna bietet ihm den zweiten Pinsel an.

- Du hast ihn sicher schon vermisst.

Huch malt das Vorderbein.

- Es wimmelt von hilfsbereiten Händen.

Pep spreizt die Finger.

- Wir helfen einander.

Huch legt den orangen Pinsel in seine Hand, lässt sich den roten reichen.

- Nun fehlt nur noch das Hinterbein.

Vanessa schmiegt den Kopf an seine Schulter.

- Ich bin froh, dass du es himbeerrot malst.

Fromm rudert mit den Armen.

- Das Strichmännchen mit verschiedenfarbigen Beinen ist ein Wunder.

Sally holt ein Becken aus der Kutsche.

- Wir sind sehr stolz auf dich.

Quart legt die Pinsel hinein.

- Wenn alle mitmachen, entwickelt sich der Gemeinschaftssinn von selber.

Eine Frau kommt mit großen Schritten.

- Hallo, ich bin Carmen Okano.

Sie trägt ein Chiffonkleid und bringt eine Leiter.

- Wollt ihr die Stoffbahn abhängen?

Zaza hebt den Kopf leicht an.

- Ja, das würde uns jede Menge Vergnügen bereiten.

Carmen sagt mit leuchtenden Augen.

- Dann braucht ihr meine Leiter.

Sie stellt sie an.

- Ich fühle mich geehrt und überglücklich.

Hart betastet eine Sprosse.

- Sie erweckt einen soliden Eindruck.

Wenke drückt die Arme durch.

- Ich spiele mit dem Gedanken hinaufzuklettern.

Lex reckt das Kinn.

- Ist das nicht ziemlich waghalsig?

Sie steigt auf die erste Sprosse.

- Wir werden sehen.

Anna holt Luft.

- Empfindest du keinen Stress?

Wenke nimmt die nächsten Sprossen.

- Nein! Ich gewinne zusehends Höhe.

Pep sichert die Leiter.

- Du kennst keine Furcht.

Sie langt bei der Schnur an, an welcher die Stoffbahn
hängt.

- Es ist mir ein völliges Rätsel, wie ich das geschafft habe.

Vanessa steht in leichter Rücklage.

- Reiche uns die Stoffbahn hinunter.

Fromm blickt sie ermunternd an.

- Wir nehmen sie ab und bilden eine Schlange.

Sally hält die Bahn mit beiden Händen.

- Wir machen einen Umzug mit der Stoffbahn.

Quart greift nach.

- Der Stoff ist fließend.

Carmen richtet sich in Schrittstellung auf.

- Wir sind ein Team, das Hand in Hand zusammenarbeiten kann.

Ein Mann schlendert durch die Gasse.

- Hallo, ich bin Nathan Bim.

Er trägt einen Leinenanzug.

- Darf ich euch die große Straße zeigen?

Zaza führt die Stoffbahn.

- Ja! Wir sind neugierig.

Hart legt Hand an.

- So lernen wir eine Menge.

Die große Straße kreuzt sich mitten in der Altstadt mit der Gasse.

Bim öffnet die Glastür eines Hauses mit einem riesigen Schaufenster.

- Das ist meine Galerie.

Wenke ruckt den Kopf nach links.

- Möchtest du, dass wir mit der Bahn hineinspazieren?

Er fingert ehrfürchtig am Stoff herum.

- Ich bitte euch darum.

Lex tritt ein.

- Gefällt dir unser Bild?

Bim lobt es begeistert.

- Von allen Bildern, die ich je gesehen habe, ist eures das vorzüglichste.

Anna weist auf Huch.

- Er hat es gemalt.

Bim formt mit Daumen und Zeigefinger ein „C".

- Du bist ein großartiger Künstler.

Er schlägt die Augen auf und lächelt.

- Komm rein! Wir machen eine Vernissage, ein Fest!

Huch erkundet ein bisschen den Platz.

- Ich denke, wir lassen das Team vorangehen.

Pep ruft ihm nach.

- Du verdienst einen Applaus.

Vanessa schaut sich in der Galerie um. Der Raum ist hell und hoch.

- Ein Traum wird wahr!

Am Boden liegen ein Hammer und Nägel.

Fromms Augen strahlen.

- Was wollen wir mehr!

Sally atmet tief ein.

- Passender könnte der Raum nicht sein.

Quart geht zielstrebig zur Wand.

- Es würde mich freuen, wenn wir die Stoffbahn sofort aufhängen.

Carmens Blick wandert zu Bim.

- Könntest du gestresst werden?

Er hebt den Hammer und die Nägel auf.

- Im Gegenteil. Selten habe ich so viele hilfreiche Hände.

Huch schlendert den langgestreckten Platz hoch.

Eine Frau läuft auf ihn zu.

- Hallo, ich bin Julienne Tarik.

Sie trägt ein Kleid aus Damast.

- Darf ich dir den Park zeigen?

Er macht ein frohes Gesicht.

- Gern! Das kann ich mir durchaus vorstellen.

Der Weg ist kopfsteingepflastert, eng und steil.

Im Park streift Julienne durchs Unterholz.

- Die Bäume wirken beruhigend.

Huch drückt den Rücken durch.

- Ich fühle mich so, als sei ich im Wald.

Unter einer riesigen Platane lässt sie sich auf einer Parkbank nieder.

- Summst du gern?

Er setzt sich neben sie.

- Ein Lied?

Julienne stößt ihn sanft.

- Nein, irgendwelche Töne, wie eine Biene.

Huch lächelt unbeschwert.

- Ich mache mal einen Versuch.

Er atmet mit einem kräftigen und tiefen Zug den Brustkorb empor und summt.

Sie ergreift seine Hand.

- Du hast eine ungewöhnliche Stimme.

Der Baumstamm dehnt sich, wächst über die Parkbank.

Fast vollständig verschwindet die Rückenlehne.

Huch kratzt sich hinter dem Kopf.

- Das ist das Seltsamste, was ich je gesehen habe.

Julienne hält sich zwar die Hand vor den Mund, kann aber gar nicht aufhören zu kichern.

- Das kann jeder Parkbank zwischendurch passieren.

Die Rinde schiebt sich wie eine wulstige Lippe zur Sitz-fläche.

Huch erhebt sich.

- Empfindest du keinen Stress, wenn ich aufstehe?

Julienne springt auf.

- Im Gegenteil! Das ist eine gute Idee.

Er dehnt und reckt sich.

- Ich bewege mich eben gern.

Sie lacht, es ist ein zartes Gurgeln.

- Ich wüsste nicht, was ich lieber täte.

Ein Mann schreitet durch den Park.

- Hallo, ich bin Yves Pasch.

Er trägt einen Bademantel.

- Wollt ihr einen Pavillon sehen?

Julienne hebt den Arm.

- Ich weiß nicht, was ich sagen soll.

Pasch atmet durch.

- Sag einfach ja. Dann zeige ich euch den Weg.

Sie lehnt sich auf ihr linkes Bein.

- Ja! Wir sind dabei.

Er zieht durch den Park.

- Das freut mich. Ihr seid so unternehmungslustig.

Der Pfad führt durch einen Bambushain.

Julienne spricht mit ausladenden Gesten.

- Ich erkenne Bambus auf den ersten Blick.

Pasch marschiert mit entschlossenem Schritt.

- Du hast ein Auge für die Natur.

Unter uralten Eichen schlängelt sich der Pfad zum kleinen Pavillon mit einem Kupferdach.

Julienne tritt ein, sieht einen Bleistift.

- Ich finde jeden Stift einzigartig.

Pasch hebt das Kinn.

- Das verstehe ich.

Eine Frau schreitet durch den Park.

- Hallo, ich bin Merle Feldkamp.

Sie trägt ein Elfenkostüm mit Gaze-Rock.

- Würde euch ein Jugendstilhaus gefallen?

Julienne schiebt die Knie zusammen.

- Ich denke schon.

Paschs Mund zuckt.

- Ich habe eine Vorliebe für ältere Häuser.

Merle pufft Huch nur ein bisschen an seine Schulter.

- Habe ich auch deine Begeisterung geweckt?

Er wippt mit der Hand.

- Ja! Jedes Haus will erforscht werden.

Auf einem Schotterweg geht es hinauf.

Julienne zeigt beim Lächeln die strahlenden Zähne.

- Es fühlt sich an, als ob wir bald da sind.

Ein Reiher segelt im Tiefflug über die Bäume. Umgeben von einem weitläufigen Garten mit duftenden Rosenstöcken, erhebt sich das Jugendstilhaus mit spitzen Ecktürmchen, Erkern und Giebeln.

Pasch betrachtet eine Ranke.

- Rosen schirmen uns gegen Stress ab.

Merle beugt einen Zweig vor Huchs Nase.

- Sie haben eine besondere Energie.

Er riecht an der Blüte.

- Das offenbart sich vielleicht nicht auf den ersten Blick.

Ein Mann schlendert durch den Garten.

- Hallo, ich bin Kerim Nag.

Er trägt einen Frack und bringt eine Münze.

- Soll ich sie aufwerfen?

Juliennes Augen funkeln.

- Ja! Wir vertrauen dir.

Nag dreht die Münze zwischen Daumen und Zeigefinger.

- Was sagt ihr? Liegt der Kopf obenauf oder die Zahl?

Pasch verschränkt die Arme hinter dem Rücken.

- Ich denke, es ist der Kopf.

Merle schlägt erregt die Augen auf.

- Ganz genau! Ich glaube fest daran.

Nag richtet den Blick prüfend auf Huch.

- Und du? Tippst du auf den Kopf oder die Zahl?

Huch zieht die Schultern bis zu den Ohren hoch.

- Wir wissen es nicht im Voraus.

Julienne bewegt sich tänzerisch um ihn herum.

- Wie beurteilst du die Chance, dass die Zahl gewinnt?

Seine Zehenspitzen zeigen leicht nach innen.

- Gut! Sie könnte es auch schaffen.

Nag wirft die Münze.

- Lassen wir uns überraschen!

Pasch bückt sich.

- Du siehst, es ist die Zahl.

Merle presst ihre Hand schmatzend gegen die Lippen.

- Das ist großartig!

Nag kommt strahlend auf Huch zu gerannt.

- Du hast gewonnen!

Huch neigt den Oberkörper leicht zur Seite.

- Was habe ich gewonnen?

Julienne gibt ihm den Bleistift.

- Dein Traum wird wahr.

Er steht wie ein Reiher auf einem Bein.

- Habe ich von einem Bleistift geträumt?

Pasch lässt die Arme kreisen.

- Ganz bestimmt! Alle träumen davon.

Merle stützt das Kinn auf die Hand.

- Wir alle würden gern Zahlenkolonnen auf die Wand kritzeln.

Huch senkt seine Stimme ein wenig.

- Auf welche Wand denn?

Nag lehnt sich mit ausgestreckten Armen ans Jugendstilhaus.

- Bist du bereit?

Huch lässt sich von der Sonne bescheinen.

- Ich beginne mich zu fragen, welche Zahlen ich schreiben soll.

Julienne führt die Ellenbogen zusammen.

- Es gibt eine einfache Regel.

Pasch kaut auf seiner Oberlippe.

- Beginne mit 1!

Merles Finger bewegen sich leicht.

- Dann schreibst du nochmals 1.

Nag nickt anerkennend.

- Du hast ein hervorragendes Talent fürs Zahlenschreiben.

Huch streckt sich genüsslich.

- 2 Mal die 1 schreiben können alle.

Julienne nähert sich.

- Möchtest du eine 2 hinzufügen?

Er spreizt das Bein tänzerisch ab.

- Das kann ich.

Pasch kreist um sich selbst.

- Diese 2 bleibt ein Unikat.

Merle bewegt sich auf den Zehenspitzen.

- Denn jetzt folgt eine 3.

Nag stupst Huch an.

- Ein riesen Kompliment an dich!

Huch spielt mit dem Bleistift.

- Es liegt am Licht. Die Sonne bietet die bestmögliche Beleuchtung.

Julienne streift ihn mit ihrem Arm.

- Ja, aber deine Motivation ist ohne Frage groß.

Pasch beugt den Oberkörper ein wenig nach vorne.

- Ein kleines bisschen fehlt.

Merle legt ihre Hand auf Huchs Kreuz.

- Nämlich die 5!

Nag verschränkt die Arme hinter dem Kopf.

- Schön wäre es, wenn du sie sofort in die Kolonne setzen könntest.

Julienne wechselt langsam vom Standbein aufs Spielbein.

- Dann schreibst du eine 8.

Pasch macht eine Aufwärmübung.

- Mit dieser Zahl macht die Reihe natürlich noch viel mehr Spaß.

Merle pult Huch mit dem Zeigefinger im Nacken herum.

- Wer 5 sagt, sagt 8, und wer 8 sagt, sagt auch 13.

Er strafft sich.

- Eins nach dem anderen! Die 8 habe ich.

Dann krickelt er mit dem Bleistift die 13.

- Die Reihe entwickelt sich rasch.

Nag schwingt sich zum Handstand auf.

- Du kannst gut mit Stress umgehen.

Eine Frau tritt aus dem Jugendstilhaus.

- Hallo, ich bin Olena Unger.

Sie trägt ein Etuikleid.

- Die Fibonacci-Folge erzeugt Gänsehaut.

Huch dreht sich.

- Was ist das?

Olena kratzt mit dem Fingernagel über die Wand.

- Nun, die Zahlen, die du geschrieben hast, bilden eine Fibonacci-Folge.

Julienne holt Luft.

- Von jetzt an wirst du überall Fibonacci-Folgen sehen.

Er lässt den Bleistift zwischen Zeige- und Mittelfinger wippen.

- Wo denn?

Pasch weitet die Arme.

- Wir müssen nur ein bisschen warten.

Merle wirft Olena ein Lächeln zu.

- Vielleicht dürfen wir deine Bibliothek besichtigen.

Nag reckt den Daumen in die Höhe.

- Von allen Jugendstilhäusern, die ich je gesehen habe, ist deines das vorzüglichste.

Olena lehnt sich zu ihm.

- Danke, dass du das sagst!

Sie öffnet die Tür.

- Kommt rein! Ihr seid willkommen!

Julienne tritt ins Haus.

- Das klingt einladend.

Pasch huscht durch den Eingang.

- Ich wüsste nicht, was ich lieber täte.

Merle folgt ihm.

- Jugendstil ist viel cooler als alles, was ich mir hätte ausmalen können.

Nag hüpft über die Schwelle.

- Neu ist das Haus freilich nicht, aber unbestritten anziehend.

Olenas Pupillen wandern hin und her.

- Ich hoffe, dass ihr euch bei mir wohlfühlt.

Sie blickt über die Schulter zurück zu Huch.

- Es sieht so aus, als ob du zögern würdest.

Er hört den Wind im Gras singen.

- Geht nur voraus! Ich sehe mich erst draußen um.

Huch biegt in einen kalkweißen Kiesweg ein, lehnt an einen Baum.

Ein Mann streift durch den Garten.

- Hallo, ich bin Eberhard Weck.

Er trägt ein Froschkostüm und bringt eine Leiter.

- Möchtest du hinaufsteigen?

Huch senkt die Lider.

- Vielleicht nach dir?

Weck stellt die Leiter an.

- Nein, lieber vor mir.

Huch klettert hinauf.

- Ein absoluter Höhepunkt ist das.

Eine Frau paddelt in einem Kanu durch die Luft. Es ist mit Fibonacci-Zahlen beschrieben.

- Hallo, ich bin Danielle Immermann.

Sie trägt ein Gazekleid.

- In diesem Kanu wirst du dich immer gut fühlen.

Huch biegt den Zeigefinger.

- Oder Eberhard.

Danielle beugt sich leicht nach vorne.

- Wer ist Eberhard?

Weck streicht sich übers Kinn.

- Das bin ich.

Ihr Blick fällt auf ihn.

- Wo fühlst du dich am wohlsten?

Er steht aufrecht, sodass Oberschenkel und Oberkörper eine gerade Linie bilden.

- Hier am Boden, auf beiden Füßen.

Danielle zeigt einen Anflug von Lächeln.

- Lass dich vom schönen Garten bezaubern.

Weck blinzelt in die Sonne.

- Gern! Das ist ein Platz zum Entspannen und Erkunden.

Ihre Augen wandern zu Huch.

- Ohne Kanu kann man nicht leben.

Er hebt die Hände auf Schulterhöhe.

- Das hat was.

Danielle rudert nah heran.

- Teamwork und Teamgeist sind dabei ganz wichtig.

Huch dreht die Fußspitzen leicht nach außen.

- Es lässt uns untersuchen, was ein Team überhaupt ist.

Sie fährt langsam mit den Fingern durchs Haar.

- Das ist ganz einfach. Das Team sind wir 2.

Er späht hinunter.

- Und Eberhard?

Danielle schaut gelassen.

- Er spaziert im Garten.

Sie weist auf den Platz vor ihr.

- Steig ein!

Huch klettert ins Kanu.

- Gibt es etwas, das ich besonders beachten sollte?

Danielle stößt ab. Das Kanu pfeilt über den Wipfel und Garten hinaus durch die Luft.

- Nur soviel: Das Team verhält sich, wenn es richtig verstanden wird, immer cool.

Er verschränkt die Arme hinter dem Nacken.

- In diesem Kanu fliegen wir angenehm entspannt.

Sie steuert mit kurzen Ruderschlägen.

- Sag mir, wenn dir etwas fehlt.

Huch sieht den Wolken zu, wie sie sich mit der von Rosenduft getränkten Luft vermengen.

- Danke, das könnte ja plötzlich der Fall sein.

Das Kanu gleitet über eine Wiese mit monumentalen Bäumen. In den hohen Halmen liegt ein ahorngrüner Sack.

Danielle richtet den Blick darauf.

- Was könnte darin sein?

Huch winkelt den Arm an.

- Die Welt von Säcken ist mir eher fremd.

Sie lenkt das Kanu sicher zwischen den Wipfeln durch.

- Wir könnten die Wiese als Ziel des Ausflugs wählen.

Er guckt hinunter.

- Sie strahlt einen ganz besonderen Zauber aus.

Das Kanu setzt weich im Gras auf.

Danielle steigt aus.

- Ich würde zu gern wissen, was in diesem Sack ist.

Huch stellt sich neben sie.

- Er gibt viele Rätsel auf.

Sie schmiegt sich an ihn.

- Wäre ich an deiner Stelle, würde ich in so einer Situation mich rasch bücken und in den Sack gucken.

117

Ein Mann bummelt mit schlenkernden Hüften.

- Hallo, ich bin Ladin Quall.

Er trägt fallschirmweiße Handschuhe.

- Erlaubt ihr, dass ich den ahorngrünen Sack öffne?

Danielle schiebt das rechte Bein etwas nach vorn.

- Siehst du ein Problem?

Quall macht sich an der Schnur zu schaffen.

- Nein, in keiner Weise.

Sie meint mit Blick auf den Sack.

- Ja, dann mach ihn auf!

Er zieht einen Papierbogen heraus.

- Es ist ein leeres Blatt.

Achtes Kapitel

Das Flüstern der Pflanzen

Eine Frau durchquert die Wiese.

- Hallo, ich bin Calla Akira.

Sie trägt ein Hasenkostüm und bringt einen Würfel.

- Gibt es irgendeine Zahl, die euch beeindruckt?

Danielle atmet tief durch.

- Ich habe eine Vorliebe für die 3.

Quall richtet den Rücken auf.

- Die 2 hat einen unbeschreiblichen Reiz, finde ich.

Calla streichelt Huch über den Unterarm.

- Welche Zahl sticht dir ins Auge?

Über sein Gesicht legt sich ein Lächeln.

- Auf ihre Art hat jede Zahl etwas Hervorstechendes, wenn man so will.

Sie blickt ihn an.

- Die 1 ist vielleicht einen Tick einfacher als andere Zahlen. Was meinst du?

Huch zuckt nur mit den Schultern.

- Da kann ich nicht Nein sagen.

Calla würfelt auf dem Bug des Kanus.

- Wer ergattert ein Stück vom Glück?

Danielle streicht kurz mit der Zunge über die Oberlippe.

- Die 1 gewinnt!

Quall heftet die Augen an Huchs Gesicht.

- Du kannst von einer besseren und schöneren Zukunft

119

träumen.

Calla legt die Hand auf seine Schulter.

- Bist du bereit?

Huch wechselt vom Stand- aufs Spielbein.

- Wie seht ihr das?

Danielle stupst ihn an.

- Dir geht sicher alles leicht von der Hand.

Quall legt den Papierbogen aufs Kanu.

- Das leere Blatt lädt zum Experimentieren ein.

Ganz nebenbei lehnt Calla bei Huch an.

- Wir sind ein Team, das alles für dich tut.

Er spielt mit dem Bleistift.

- Wäre das falsch, wenn ich „Hallo" schreibe?

Danielle setzt eine heitere Miene auf.

- Im Gegenteil! Hallo ist goldrichtig.

Quall zieht beide Augenbrauen nach oben.

- Das sehe ich auch so.

Calla zieht die Unterlippe ein.

- Von selber wäre ich kaum darauf gekommen.

Huch schreibt.

- Gewöhnliches Papier fasst sich anders an.

Die Schrift verwandelt sich in ein Wollknäuel.

Danielle streckt die Nase nach vorn.

- Du bist eine Ausnahmenatur!

Quall reckt sich neugierig, um den wachsenden Faden besser sehen zu können.

- Es macht Spaß beim Zuschauen.

Ein Mann wuselt durchs Gras.

- Hallo, ich bin Vadim Harf.

Er trägt Jeans und bringt eine Haspel.

- Was nun bleibt, ist die Frage, wer den Faden aufspulen soll.

Calla richtet den Blick auf ihn.

- Du siehst aus wie ein Mann, der alles kann und jeden Wunsch erfüllt.

Harf neigt den Kopf nach vorn.

- Das stimmt! Ich bin ständig auf der Suche nach neuen Aufgaben.

Danielle schließt die Augen zu einem Spalt.

- Wir sind dir sehr dankbar, wenn du dich um den Faden kümmerst.

Quall atmet tief ein.

- Der Vorteil der Haspel liegt auf der Hand.

Harf spult den Faden auf.

- Wenn mich Teammitglieder darauf ansprechen, und ich sehe, dass sie ehrlich interessiert sind, führe ich sie gern vor.

Eine Frau betritt die Wiese.

- Hallo, ich bin Zdenka Benedetti.

Sie trägt ein Strasskleid.

- Darf ich euch das Kulturzentrum zeigen?

Calla fühlt sich angeregt.

- Gern! Das spricht uns an.

Harf hat den ganzen Faden gehaspelt.

- Wer davon hört, bekommt sofort Lust.

Zdenka geht in aufrechter Haltung voran.

- Es wird alles übertreffen, was ihr euch jemals erträumt habt.

Den schmalen Weg säumen Graslilien.

Danielle balanciert auf einem Weidezaun.

- Ist es noch weit?

Zdenka hat ein breites Lächeln im Gesicht.

- Einatmen, ausatmen, und wir treffen ein.

Quall schlenkert mit den Armen.

- Vielleicht kommen wir sogar einen Hauch früher als geplant an.

Sie leckt über ihre Lippen.

- Wir sind nahe daran.

Groß und steinweiß erhebt sich ein Haus in den Himmel.

Beim Eingang steht ein runder Gartentisch.

Ein Mann eilt in kleinen Trippelschritten hin und her.

- Hallo, ich bin Ronald Scheck.

Er trägt eine Kapuzenjacke.

- Welches Ziel habt ihr euch ausgesucht?

Calla blickt freundlich.

- Wir würden gern das Kulturzentrum sehen.

Schecks Augen sprühen vor Begeisterung.

- Ihr seid bei mir genau richtig.

Harf winkelt ein Bein an.

- Ich möchte deine Meinung einholen.

Er streckt ihm die Haspel hin.

- Was sagst du zum Faden?

Scheck reißt die Augen auf.

- Er beeindruckt mich.

Zdenka winkelt den Arm leicht ab.

- Bist du interessiert?

Scheck kreist die Schulter rückwärts.

- Sicherlich! Er übertrifft alles!

Danielle steht staunend.

- Möchtest du ihn ausstellen?

Er beugt sich über die Haspel.

- Ja! Der Gartentisch passt ideal zum Faden. Zeig her!

Harf gibt die Haspel mit einem Lächeln aus der Hand.

- Jetzt, wo du es sagst, fällt es mir auf.

Quall kaut an den Lippen.

- Du weißt sicher besser als wir, wie man etwas ausstellt.

Scheck lässt den Arm über die ausgestellte Hüfte fallen.

- Nein, ich weiß nicht mehr als ihr. Wir unterhalten uns einfach.

Er schaukelt die Hand.

- Und wenn alle einverstanden sind, gelingt die Ausstellung.

Danielle sucht mit der Hand auf umständlichen Weg das Ohr.

- Was ist das für ein Ton?

Quall horcht auf.

- Er macht uns neugierig.

Scheck macht einladende Handbewegungen.

- Kommt rein und erlebt meine Klangwand!

Er stellt sich in den Türrahmen.

- Immer, wenn ihr es schafft, den nächsten Ton zu erahnen, dann folgt er tatsächlich.

Calla zieht Harf mit sich ins Kulturzentrum hinein.

- Diese Wand nimmt mich sehr wunder.

Er fiebert vor Erregung.

- Sie gefällt uns sicher.

Zdenka fasst sich ans Herz.

- Gibt es einen Trick, der hilft, den Ton zu hören?

Scheck begleitet sie hinein.

- Aber sicher! Geh möglichst nah ran, als würdest du in die

Wand kriechen wollen.

Danielle eilt in großen Schritten hinein.

- Wir sind alle eingeladen.

Quall blickt sich nach Huch um.

- Warum zögerst du?

Huch legt beide Hände mit den Fingerspitzen aneinander.

- Ich gönne mir lieber eine Denkpause.

Eine Frau schlendert vorüber.

- Hallo, ich bin Genevieve Wahlberg.

Sie trägt ein Maxikleid.

- Überlege mal, was passiert, wenn du sagst: Ich kann fliegen.

Er schaut schräg und keck.

- Das führt zu unerwarteten Ergebnissen.

Genevieve tritt beschwingt ins Sonnenlicht und blinzelt.

- Fliegen ist nichts Ungewöhnliches.

Huch legt die Hände auf die Oberschenkel.

- Für mich schon.

Sie tippt mit dem linken Fuß auf den Boden.

- Ich könnte dir dabei helfen.

Er weicht Meter für Meter zurück.

- Wie?

Genevieve neigt den Oberkörper vor.

- Ich gebe dir Tipps. Du führst sie aus. Dann sehen wir, wie es sich anlässt.

Huch hält die Arme entspannt an den Seiten.

- Du meinst, ich soll etwas Neues ausprobieren?

Sie hat ein wie gemaltes Lächeln auf den Lippen.

- Aber sicher! Das liegt dir und macht eine Menge Spaß.

Er schiebt sein Kinn nach vorn.

- Im Ernst?

Genevieve atmet durch.

- Zuerst lässt du deine Hände fliegen.

Huch sticht mit dem Finger in die Luft.

- So lerne ich hinzu.

Sie deutet eine federnde Lockerungsübung an.

- Nimm das natürliche Gefühl für den eigenen Körper und die Atmung bewusster wahr.

Er zeichnet Wellenlinien.

- Das ist gar nicht mal so einfach.

Im Schatten eines Baums putzt ein Reiher das Gefieder, startet mit schwerem Flügelschlag.

Huch springt mit weit ausgestreckten Beinen wie ein Flugkörper über die Wiese.

- Es klappt gut.

Er schlägt im Flug die Beine aneinander, steigt in den eisvogelblauen Himmel auf.

- Irgendwie wird es schon werden.

Genevieve hebt vom Boden ab, fliegt neben ihm.

- Hast du ein gutes Körpergefühl?

Huch breitet die Arme aus.

- Ja.

Die lapislazuliblauen Umrisse der Waldberge schimmern am Horizont.

Genevieve berührt mit der Fingerspitze seinen Ellbogen.

- Öffne die Augen und schaue die Welt an!

Schemenhaft zeichnen sich die Baumkronen ab.

Um ihren Mund spielt ein geheimnisvolles Lächeln.

- Kann ich dir einen Wunsch erfüllen?

Huch spürt ihre Hand auf seinem Arm.

- Ja gern! Wir sollten landen. Unter den Baumkronen fühle ich mich wohler.

Genevieve fliegt zu einem zuckerhutähnlichen Waldberg.

- Bäume können eine wohltuende Wirkung haben.

Sein Blick gleitet über die Spitze des Bergs.

- Danke! Das ist ein gut gewählter Ort.

Ein Felsvorsprung ragt wie eine Terrasse aus dem Wald.

Genevieve kreist beim Anflug.

- Lande ganz langsam und entspannt.

Huch streckt seinen Körper durch.

- Ich habe nichts anderes im Sinn.

Sie geht ein wenig in die Knie.

- Stell die Beine auf den Boden. Dann siegt die Schwerkraft.

Er gleitet geisterhaft konzentriert über den Felsen, läuft ein paar Schritte.

- Die Anziehungskraft der Erde verschwindet selten ganz.

Genevieve pufft ihn ein bisschen an seine Schulter.

- Es ist sehr wichtig, aufs Wohlergehen zu achten.

Huch lockert seinen Oberkörper.

- Das kann sein.

Ein Mann streicht im Bergwald umher.

- Hallo, ich bin Ulas Muck.

Er trägt einen Matrosenhut.

- Seid ihr ein Team?

Genevieve hebt ihre Augenbrauen zur Mitte hin.

- Wieso fragst du?

Muck wiegt sich vor und zurück.

- Am liebsten würde ich mich einem Team anschließen.

Sie dreht die Hand.

- Ist gut! Neue Mitglieder sind immer willkommen.
Er wirft die Arme in die Luft.
- Ich bin glücklich, dass ihr mich aufnehmt.
Genevieve verzieht den Mund zum feinen Lächeln.
- Alle können mitmachen.
Muck öffnet leicht den Mund.
- Das weiß ich zu schätzen.
Sie beugt den Kopf ein wenig nach links.
- Was ist dein Lieblingstier?
Ein Leuchten fliegt in sein Gesicht.
- Die Giraffe!
Eine Frau dringt auf die Felsterrasse.
- Hallo, ich bin Elke Nannini.
Sie trägt ein Plüschkleid.
- Darf ich euch einen Baumriesen zeigen?
Genevieve neigt den Oberkörper zu ihr.
- Sehr gern! Das halte ich für eine gute Idee.
Muck tippt mit dem Zeigefinger in der Luft herum.
- Baumriesen sind anziehend.
Elke folgt dem Weg in den Wald.
- Ihr müsst ihn genau ansehen.
Genevieve überholt sie, gerät vor einen gewaltigen Stamm.
- Er übertrifft die Erwartungen.
Muck fährt mit der Hand über die gigantischen Wurzeln.
- Ich bin sprachlos.
Elke sieht Huch direkt in die Augen.
- Ich frage mich, ob dich der Baumriese erfreut oder enttäuscht.
Der Mund steht ihm offen.

- Er ist wunderschön.

Eine Giraffe streckt ihren Hals, guckt hinter dem Stamm hervor.

Genevieve blinzelt mit den Augen.

- Wer träumt nicht davon, einer Giraffe zu begegnen!

Muck hebt das Kinn.

- Sie weckt aber einen Wunsch.

Elke beugt das Knie.

- Welchen denn?

Er zuckt nur kurz mit den Augenlidern.

- Ich möchte selber eine Giraffe sein.

Genevieve legt die Hände hinter dem Rücken übereinander.

- Willst du es von jetzt auf gleich?

Muck geht leicht in die Grätsche.

- Ja! Ich brenne darauf.

Ein Mann läuft barfuß übers Moos.

- Hallo, ich bin Oberon Pik.

Er trägt ein Pudelkostüm.

- Alles, was du tun musst, ist hörbar einatmen.

Muck schnappt nach Luft.

- Das größte Glück im Leben ist es zu atmen.

Die Giraffe legt ihren Kopf auf seinen.

Muck verwandelt sich in eine Giraffe.

- Ist das richtig?

Pik neigt mit dem Körper zur Seite.

- Das ist genau richtig.

Elke rennt im Kreis.

- Ich kann kaum kühlen Kopf bewahren.

Genevieve pustet sich eine Haarsträhne aus dem Gesicht.

- Einatmen, ausatmen, und wir könnten auch eine Giraffe werden.

Elke wirft den Kopf nach hinten.

- Das finde ich spannend.

Piks Hände zeichnen einen Bogen in die Luft.

- Wir sollten die Gelegenheit voll ausnutzen.

Genevieve nimmt einen tiefen Atemzug.

- Ich wünschte, dass es passiert.

Die Giraffe senkt den Kopf, berührt ihr Haar.

Im Handkehrum ist sie eine Giraffe.

Elke atmet wie unter der Last eines unergründlichen Gewichts aus.

- Es reizt mich, auch eine Giraffe zu werden.

Die Giraffe stützt ihr Kinn auf Elkes Scheitel.

Die Verwandlung ereignet sich blitzschnell.

Pik sieht Huch lang und prüfend an.

- In unserem Team kannst du viel lernen.

Huch verharrt erwartungsvoll.

- Du könntest mir zeigen, wie du dich verwandelst.

Pik konzentriert sich auf den eigenen Atem.

- Es ist ein Leichtes.

Die Giraffe hält den Kopf gesenkt, stupst ihn mit der Nase ans Ohr.

Pik bekommt lange Beine, einen langen Hals, läuft mit allen Giraffen davon.

Huch zieht Ober- und Unterlippe nach innen in den Mund.

Eine Frau bummelt durch den Wald.

- Hallo, ich bin Yvette Toru.

Sie trägt einen Rüschenrock.

- Du solltest dir eine Pause gönnen.

Huch legt den Handrücken auf die Hüfte.

- Wir haben immer 2 Möglichkeiten.

Sie berührt ihn leicht an der Hand.

- Wie meinst du das?

Er lehnt an den Riesenbaum.

- Wir tun etwas oder lassen es sein.

Yvette breitet die Arme aus.

- Aber du bist doch mittendrin in einem spannenden Erlebnis.

Huch winkelt das Bein nach hinten an.

- Denkst du an etwas Bestimmtes?

Sie neigt das Gesicht in seine Richtung.

- Du wirst schweben.

Er fragt in ruhigem Ton.

- Wie soll das gehen?

Yvette lässt ihn nicht aus den Augen.

- Möglich machen soll das eine kleine Übung.

Huch schließt die Augen halb.

- Ich könnte eine Hollywoodschaukel testen.

Sie zuckt bloß mit den Schultern.

- Es genügt, wenn du dich im Schneidersitz auf den Boden setzt.

Ein Mann stromert abseits des Wegs herum.

- Hallo, ich bin Faris Klink.

Er trägt eine Matrosenjacke.

- Ich möchte mich einfach mal umsehen.

Yvette lässt die Lippen beim Reden leicht auseinandergehen.

- Möchtest du schweben lernen?

Seine Augen werden ein wenig glasig.

- Ja, das wäre wundervoll!

Sie fordert ihn auf.

- Dann nimm im Schneidersitz Platz!

Klink setzt sich.

- Hast du noch einen Wunsch?

Sie hält die Hand hoch.

- Ein Fisch ist sehr hilfreich.

Er schaut ihr ins Gesicht.

- Ist das dein Ernst?

Ein fliegender Fisch springt auf ihre Hand.

Yvette lächelt aufmunternd.

- Möchtest du ihn in deiner Hand tanzen lassen?

Klink spannt die Lippen an.

- Meinst du, ich kann das?

Sie überlässt ihm den Fisch.

- Ja! Du wirst sehen, er wirkt wie ein Magnet.

Klink ringt um Fassung.

- Das ist unglaublich!

Der Fisch tanzt in seiner Hand.

Yvette klatscht Beifall.

- Hast du ein gutes Körpergefühl?

Klink schwebt im Schneidersitz 10 Zentimeter über dem Boden.

- Der Fisch gibt viele Rätsel auf.

Er entgleitet seiner Hand.

Yvette mahnt.

- Vorsicht! Du wirst jetzt wieder landen.

Klink setzt langsam auf dem Boden auf.

- Du hast mir das Fliegen beigebracht.

Sie tänzelt wie eine Feder.

- An deiner Stelle würde ich wieder aufstehen.

Er schaut dem fliegenden Fisch nach.

- Mir fallen nicht die richtigen Worte ein, um meinen Dank auszudrücken.

Yvette senkt die Lider.

- Überanstrenge dich bloß nicht.

Klink kramt in seiner Hosentasche.

- Kann ich dir etwas schenken?

Sie fächert die Finger weit aus.

- Ja! Gib mir deine Matrosenjacke!

Er zieht sie aus.

- Gleich werde ich erfahren, wie es sich anfühlt, ohne Jacke dazustehen.

Yvette schlüpft hinein, fragt Huch.

- Steht sie mir gut?

Er hebt den Kopf.

- Ja, es sieht aus, als ob du noch nie eine andere getragen hättest.

Eine Frau geht den Weg entlang.

- Hallo, ich bin Adrienne Varga.

Sie trägt ein Samtkleid und zeigt Huch ein Igelkostüm.

- Willst du dich verkleiden?

Klink stellt die Brust vor und macht einen Hohlrücken.

- Möchtet ihr meine Meinung hören?

Yvette streckt den linken Fuß lässig nach außen.

- Aber sicher! Das ist normal, dass wir uns untereinander austauschen.

Er lässt den Daumen über den Zeigefinger gleiten.

- Wir sind wirklich ein sehr offenes Team!

Adrienne neigt sich sanft nach rechts und nach links.

- Du hast recht. Ihr passt gut zusammen.

Yvette hat einen fröhlichen Zug um die Lippen.

- Alle Stimmen sind wichtig.

Klink atmet erleichtert auf.

- Wie wäre es, wenn ich das Kostüm bekäme?

Adrienne schwingt das Bein nach hinten.

- Das werden wir gleich überprüfen.

Sie wendet den Kopf grazil zu Huch.

- Was würdest du selber am liebsten tun?

Er hebt die Augenbrauen.

- Ich sehe gern Schmetterlinge.

Yvette schiebt die Zunge über die Lippen.

- Dies ist wahrscheinlich das schönste.

Klink verlagert sein Gewicht von einem Fuß auf den anderen.

- Außer du kannst ein Igel sein.

Adrienne gibt ihm das Kostüm.

- Willst du es einmal berühren?

Er lächelt strahlend.

- Ich probiere es gleich an.

Yvette biegt die Finger nacheinander ein.

- Es steht dir sicher gut.

Klink schlüpft hinein, richtet die Stacheln auf.

- So eine Gelegenheit kommt nicht zum zweiten Mal.

Adrienne formt Zeigefinger und Daumen zu einem „O".

- Du siehst wirklich toll aus.

Ein Mann läuft pfeifend übers Moos.

- Hallo, ich bin Dominik Cross.

Er trägt einen Pyjama.

- Habt ihr schon einmal einen weitgehend unberührten

Wald gesehen?

Yvette wendet sich ihm in einer leichten Drehung des Oberkörpers zu.

- Nein, aber das würde uns Vergnügen machen.

Klink reckt das Kinn vor.

- Wir könnten dorthin gehen.

Adrienne blinzelt verschmitzt.

- Ich bin sehr neugierig.

Cross lädt sie mit einer freundlichen Handbewegung ein.

- Ich bin sehr froh, dass ihr mitkommt.

Unter dem dichten Dach des Waldes ist nur das sanfte Flüstern der Pflanzen zu hören.

Yvette führt einen kleinen Freudentanz auf.

- Die Stämme sind sehenswert.

Klink schnuppert.

- Ich finde den Duft des feuchten Mooses betörend.

Neuntes Kapitel

Der tanzende Pinsel

Eine Frau springt aus dem Gebüsch hervor.
- Hallo, ich bin Genia Bela.
Sie trägt einen Haarreif mit Hasenohren.
- Wo ist der zweite Igel?
Adrienne hüpft auf einem Bein.
- Es gibt Dinge, die wir in einem Team beachten müssen.
Cross zieht die Augenbrauen hoch.
- Jedes Mitglied sollte von sich sagen können: Ich bin einmalig.
Yvette fügt bei.
- Deshalb haben wir nur einen Igel.
Klink reißt die Arme hoch.
- Aber ich möchte den Hasen spielen.
Adrienne hebt die Schultern bis zu den Ohren.
- Ich weiß beim besten Willen nicht, wo wir ein Hasenkostüm für dich finden.
Cross richtet den Blick auf Klink.
- Aber wir wollen, dass du Spaß hast, und machen uns auf die Suche.
Genia streicht sich eine Locke aus der Stirn.
- Moment! Wie wäre es mit meinem Haarreif?
Yvette knickt den Ellbogen leicht ein.
- Mehr braucht es nicht für den perfekten Look.
Klink sticht mit dem Finger in die Luft.

135

- Ich hätte Lust, die Hasenohren zu tragen.

Adrienne dreht die Arme einwärts.

- Den Wunsch können wir dir kaum ausschlagen.

Cross schließt halb die Augen.

- Was willst du mehr!

Genia setzt Klink den Haarreif auf.

- Ich habe auf der ganzen Welt einen Mann gesucht, der meine Hasenohren tragen möchte.

Yvette öffnet die Lippen.

- Sie werden dich immer glücklich machen.

Klink bewegt sich in kleinen Schritten.

- Was empfehlt ihr? Soll ich ein paar Sprünge hoppeln?

Adrienne versetzt ihm einen Stoß mit dem Ellbogen.

- Natürlich! Wir hüpfen alle mit.

Cross hopst voran.

- Wir werden uns federleicht fühlen.

Genia stürmt in den Wald.

- Wenn wir zusammen unterwegs sind, dann gibt es kein Hindernis.

Yvettes Augen fliegen zu Huch.

- Bist du mein Partner?

Ein Mann schlenkert über den Waldboden.

- Hallo, ich bin Qi Piz.

Er trägt ein Rattenkostüm.

- Ohne Partner sind wir niemand.

Yvette streicht sich die Fransen aus der Stirn.

- Da sind wir uns einig.

Piz lehnt lässig gegen einen Baumstrunk.

- Ich komme ein bisschen ungestüm.

Eine Haarsträhne fällt über ihr Auge.

- Interessierst du dich fürs Hasenhoppeln?

Er stemmt selbstbewusst die Hände in die Hüften.

- Sehr! Mein wichtigstes Ziel im Leben ist es, wie ein Hase hüpfen zu können.

Yvette hopst davon.

- Ja dann! Fang mich, wenn du kannst.

Piz hoppelt hinterher.

- Ich habe nichts anderes im Sinn.

Huch hebt die Augenbrauen.

Eine Frau geht federnden Schrittes.

- Hallo, ich bin Sanja Herzland.

Sie trägt ein kurzes, mit Blumenmustern bedrucktes Kleid.

- Es wäre hilfreich, wenn du ein paar Blumen und Blüten kennst.

Ein Mann quert den Wald.

- Hallo, ich bin Innocent Luchs.

Er trägt einen Schlafanzug.

- Ich möchte eine Menge lernen.

Sanja hebt die Ferse des hinteren Beins.

- Du wirst staunen, wie viele Pflanzen es gibt.

Luchs schaut ihr in die Augen, ohne zu blinzeln.

- Blumen und Blüten sind mein Lieblingsthema.

Sie bewegt sich aus der Hüfte heraus.

- Wollen wir ein Team bilden?

Er federt in den Knien.

- Ich bin bereit.

Sanja tänzelt beschwingt um Huch.

- Möchtest du dazugehören?

Er gibt ein ermunterndes Zeichen.

- Ja, wir könnten ein Stück gemeinsam gehen.

Alte Bäume säumen den Weg.

Luchs beugt leicht den Arm.

- Die Gemeinschaft ist wichtig.

Sanja tritt aus dem Wald.

- Genießen wir den Sonnenschein!

Über eine Bergwiese voller Thymian, Salbei, Minze flattern Zitronenfalter.

Luchs krallt und streckt die Zehen.

- Die Blumen sehen wunderbar aus.

Sie räkelt sich wie eine Raubkatze.

- Wenn ihr Lust habt, zeige ich euch Thymian.

Luchs spreizt die Finger.

- Ist er leicht zu finden?

Sanja bückt sich.

- Ja! Thymian duftet. Man nimmt den Duft selbst im Vorbeigehen wahr.

Er betrachtet die kleinen Blüten, schnuppert.

- Ich bin sprachlos.

Sie tanzt mit ausgebreiteten Armen zu einem Strauch.

- Wildrosen sind berauschend.

Luchs steckt die Nase in die Blüte.

- Du sprichst mir aus dem Herzen.

Sanja läuft durch die Wiese.

- Hast du eine Frage?

Er heftet sich an ihre Fersen.

- Allerdings! Muss das Gras immer grün sein?

Sie kreist schnell um die eigene Achse.

- Nein, es darf auch mal pink erscheinen.

Die Wiese verfärbt sich, schimmert pinkfarben.

Luchs schlägt entzückt die Hand vor den Mund.

- Das finde ich furchtbar aufregend.

Eine Frau schreitet auf ihn zu.

- Hallo, ich bin Nicoline Zehnder.

Sie trägt ein Kleid mit Rüschen an den Ärmeln. Eine Katze folgt ihr.

- Meine Katze ist seidengrau getigert. Das siehst du auf einen Blick.

Sanja schließt genießerisch die Augen.

- Warum ist sie, wie sie ist?

Luchs wippt mit den Fußspitzen.

- Sie könnte doch auch orange sein.

In diesem Moment wird die Katze fuchsorange.

Nicoline reibt sich erst mal verwundert die Augen.

- Die Farbe stimmt fröhlich.

Sanja schiebt das Kinn ein bisschen nach vorn.

- Es geht natürlich auch mit Rot.

Sogleich sieht die Katze flamingorot aus.

Luchs kratzt sich am Nacken.

- Plötzlich erleben wir die Farben ganz anders.

Die Katze legt sich unter den Wildrosenstrauch.

Nicoline atmet tief ein.

- So gut möchte ich mich auch entspannen können.

Sanja umrundet Luchs.

- Deine Haare wirken blau bis lila.

Luchs fährt mit seinen Fingern über den Scheitel.

- Ich hätte nie gedacht, dass sie sich verfärben würden.

Nicolines Stimme schimmert seidig.

- Lila passt zu dir.

Ein Mann taucht auf.

- Hallo, ich bin Eckbert Wad.

Er trägt Turnschuhe.

- Wollt ihr einen Hasen sehen?

Sanja klemmt die Hand unter das Kinn.

- Es ist ziemlich leicht für uns, Ja zu sagen.

Luchs hebt mit durchgedrücktem Rücken den Kopf.

- Wir können ein Leben damit zubringen, Hasen zu beobachten.

Der Pfad führt im Anstieg durch einen Wald auf den oberen Teil der Bergwiese.

Ein Hase mit langen Löffeln und einem flauschigen Fell hoppelt durchs Gras. Er trägt einen Pinsel im Maul.

Nicoline wölbt die Lippen nach vorn.

- Ich kann das irgendwo gar nicht glauben.

Wad hebt anerkennend den Daumen.

- Er bringt, was immer ihr wünscht. Auch Sachen, die ihr gar nicht verlangt habt.

Der Hase lässt den Pinsel fallen, verlässt die Wiese, schlägt sich durchs Unterholz.

Sanja hebt ihn auf.

- Er scheint gewöhnlich zu sein, eignet sich jedoch speziell für große Bilder.

Luchs stellt das Bein schräg nach vorn.

- Findet ihr nicht auch, wir sollten irgendetwas überlebensgroß malen?

Nicoline geht um ihn herum.

- Aber was?

Wad zieht eine Schulter hoch.

- Mir schwirren die unterschiedlichsten Gedanken durch den Kopf.

Eine Frau steuert zielstrebig durch die Bergwiese.

- Hallo, ich bin Urania Riese.

Sie trägt ein Goldkostüm.

- Darf ich euch eine Feuerlilie zeigen?

Ein froher Zug spielt um Sanjas Lippen.

- So eine Blume ist überhaupt nicht alltäglich.

Luchs schlenkert mit den Armen.

- Wir sind dabei!

Ein schmaler Pfad hält sich am Berg.

Nicoline lächelt mit den Augen.

- Wir gönnen uns viel Zeit.

Wad rollt seine Ferse ab.

- Letztendlich freut uns alles, was wir gemeinsam unternehmen können.

Urania zeigt mit dem Finger auf sich selbst.

- Es ist mir ein Vergnügen, euch zu führen.

Eine feuerrote Blume leuchtet.

Sanja reißt die Augen auf.

- Rot ist die schönste Farbe.

Ein Junge hüpft durchs Gras.

- Hallo, ich bin Hänsel.

Er trägt Bermudashorts.

- Wollt ihr ein Lebkuchenhaus sehen?

Luchs dreht sich schwindelerregend schnell im Kreis.

- Natürlich! Das kommt uns gelegen.

Ein Mädchen fegt und tänzelt über die Bergwiese.

- Hallo, ich bin Gretel.

Sie trägt einen Minirock.

- Wenn man einen so tollen Bruder hat, ist das schon cool.

Nicoline schenkt Hänsel einen freundlichen Blick.

- Sicher bist du auch stolz auf Gretel.

Hänsel geht leicht in die Knie und federt.

- Und wie! Sie ist einmalig und unschlagbar.

Wad winkelt die Arme an.

- Was ist der erste Eindruck, den man vom Lebkuchenhaus erhält?

Gretel probiert einen Tanzschritt.

- Du siehst ein steiles Dach.

Hänsel spreizt die Finger.

- Dabei stellt sich automatisch die Frage: Warum wohne ich nicht hier?

Urania bleibt der Mund offen.

- Und wo ist es?

Er schaut in die Runde.

- Wir führen euch in den tiefsten Teil des Waldes.

Gretel geht durch glänzendes, hüfthohes Gras.

- Ist mein Rock zu kurz?

Sanja legt die Hände ineinander.

- Nein! Ich trage praktisch nie längere.

Eine schmale Serpentine mündet in einen lauschigen Wald mit vielen Vogelstimmen.

Luchs stellt ein Bein aus.

- Wir sind auf einmal in einer Welt aus Licht und Schatten.

Nicoline senkt die Wimpern.

- Das ist einer der Momente, der das Leben komplett verändert.

Die Bäume rauschen im Wind.

Wad lässt die Arme lose baumeln.

- Der Spaziergang lohnt sich allenthalben.

Ein kleiner Bär wandert den Waldweg entlang und bringt einen Eimer mit kornblumenblauer Farbe.

Urania streicht das Haar zurück.

- Wir können mit Stolz sagen, dass wir einen Bären trafen.

Hänsel nimmt ihm den Eimer ab.

- Danke! Farbe hat uns gefehlt.

Gretels Herz schlägt schneller.

- Nun können wir malen, was uns Freude bereitet.

Der Bär verschwindet zwischen den Bäumen.

Sanja legt die gestreckten Zeigefinger aufeinander.

- Im Wald können wir ihn hautnah erleben.

Luchs richtet die Augen auf Nicoline.

- Findest du ihn fantastisch?

Sie streicht mit dem Zeigefinger über die Oberlippe.

- Durchaus! Das ist das erste Mal überhaupt, dass ich einen Bären gesehen habe.

Wad zieht die Mundwinkel hoch.

- Es war eine kurze, aber magische Erfahrung.

Die Bäume stehen dicht. Nur wenige Strahlen dringen durchs Blätterwerk.

Urania stellt die Füße eng zusammen.

- Hier herrscht eine geheimnisvolle Stimmung.

Hänsel geht in Schleifen durch den Wald.

- Mich dünkt, es fehlt noch etwas.

Gretel guckt ihn eher leicht von unten an.

- Du hast recht. Wo ist das Haus?

Sanja tritt auf eine Lichtung.

- Sieh an!

Ein steiles Lebkuchendach ragt auf.

Luchs fasst es mit spitzen Fingern an.

- Wer hätte das gedacht!

Nicolines Mund steht weit offen.

- Das ist doch nicht zu glauben!

Wad lächelt Urania zu.

- Wie denkst du darüber?

Sie geht ums Haus herum.

- Ich könnte mir denken, dass wir die Tür öffnen.

Hänsel legt die Hand an die Wange.

- Ich bin um jeden Tipp froh.

Gretel schubst ihn nach vorn.

- Ich empfehle dir wärmstens, die Klinke zu drücken.

Er macht die Tür auf.

- Papier, soweit das Auge reicht!

Eine riesige Rolle füllt das Lebkuchenhaus.

Sanja schnappt tief nach Luft.

- Hier bleibt kein Wunsch offen.

Luchs hebt den Daumen.

- Das ist grandios.

Nicoline schaut Wad an.

- Kannst du gut damit umgehen?

Er fasst das Ende mit beiden Händen, zieht eine große Papierbahn aus.

- Ja, das ist genauso wie bei einer Stoffrolle.

Urania beugt den Oberkörper nach vorn.

- Eines habe ich noch nicht ganz verstanden. Was haben wir vor?

Hänsel macht Wad Platz.

- Wir malen ein überlebensgroßes Strichmännchen.

Gretel hält die Beine eng zusammen.

- Was darf ich mir darunter vorstellen?

Sanja gibt Huch den Pinsel.

- Augen, Nase, Mund, alles riesengroß!

Er legt eine Hand auf die Hüfte.

- Ich habe einen eigenen Stil.

Luchs schenkt ihm einen freundlichen Blick.

- Wenn es gut läuft, musst du gar nicht darüber nachdenken.

Nicoline wirft Huch eine Kusshand zu.

- Male einfach!

Wad zieht die Bahn weit aus dem Lebkuchenhaus heraus.

- Vergiss die Bedenken!

Urania wispert in Huchs Ohr.

- Mach es wild!

Hänsel reicht ihm den Farbeimer.

- Doch zugegeben, es ist nicht immer einfach.

Gretel streichelt Huch über das Haar.

- Lass dich niemals in eine Schublade stecken!

Huch tanzt mit breiten Strichen über die große Papierbahn.

- Tag und Nacht beschäftigt mich die Frage, wie ich Strichmännchen malen kann.

Sanja muss laut lachen.

- Dazu besteht kein Grund.

Luchs klappert mit den Lidern.

- Alles, was du tun musst, ist Farbe aufs Papier zu bringen.

Nicoline breitet die Arme aus.

- Hauptsache, du fühlst dich wohl.

Huch tunkt den Pinsel in die Farbe.

- Ihr gebt mir gute Tipps.

Wad hebt die offenen Hände auf Brusthöhe.

- Wir möchten eben eine wichtige Rolle spielen.

Urania tippt Huch auf die Schulter.

- Wir sind dein Coach.

Hänsel zieht die Oberlippe ein.

- Wir beobachten dich neugierig.

Gretel wischt mit der Hand durch die Luft.

- In meinem Kopfkissenbuch steht: Man darf sich nie unter Druck setzen lassen.

Ein Mann kommt mit ausgreifenden Eisläuferschritten.

- Hallo, ich bin Alessandro Mix.

Er trägt einen Blazer.

- Ich habe einen Wunsch.

Sanja legt den Kopf in den Nacken.

- Das kann ich mir gut vorstellen.

Luchs schaut ihm in die Augen.

- Viele Menschen haben Wünsche.

Nicolines Hände gleiten durch die Luft.

- Worum geht es?

Mix streckt die Hände aus.

- Ich suche einen Pinsel.

Wad lässt den Fuß kreisen.

- Das ist kein Problem.

Uranias Lächeln nimmt das ganze Gesicht ein.

- Dein Wunsch bedeutet uns viel.

Huch gibt Mix den Pinsel.

- Danke, dass du ihn übernimmst!

Mix richtet seinen Blazer.

- Ich habe zu danken.

Er verschwindet in der Tiefe des Walds.

- Ihr seid überaus freundlich.

Eine Frau balanciert elegant locker über einen Baum-stamm.

- Hallo, ich bin Kama Caballero.

Sie trägt ein Nachthemd.

- Wisst ihr, was ich brauche?

Hänsel schiebt die Augenbrauen in die Stirn.

- Ich habe leider nicht die leiseste Idee.

Sie springt vom Stamm.

- Ich träume schon lange von einem Eimer Farbe.

Huch beugt das Handgelenk.

- Du kannst ihn haben, wenn du möchtest.

Gretel streichelt ihr über den Arm.

- Du weißt selbst am besten, was dir Spaß macht.

Sanja hebt leicht die Nase.

- Es freut uns sehr, dass wir dir helfen können.

Kama läuft mit dem Eimer davon.

- Wenn es euch nicht gäbe, wüsste ich nicht, was ich tun soll.

Ein Mann bewegt sich in Trippelschritten.

- Hallo, ich bin Octavio Pröll.

Er trägt ein Eisbärkostüm und bringt ein Papiermesser.

- Darf ich die Papierbahn von der Rolle trennen?

Luchs verzieht die Augenbrauen.

- Überanstrenge dich bloß nicht!

Pröll setzt das Messer an.

- Es ist wie ein Stift. Ich fahre federleicht übers Papier.

Nicoline macht einen langen Hals.

- Wir lernen viel von dir.

Eine Frau flitzt durch den Wald.

- Hallo, ich bin Vitoria Iberin.

Sie trägt einen Plisseerock.

- Kommt ihr an die Kunstmesse?

Wad nimmt die Papierbahn auf.

- Ja, das könnten wir uns vorstellen.

Urania hilft ihm.

- Kunstmessen gefallen uns.

Hänsel legt Hand an.

- Papierbahnen tragen ist mein Lieblingssport.

Gretel packt an.

- Zusammen haben wir viele Hände.

Pröll greift zu.

- Und dieser glückliche Umstand bedeutet, dass wir das Bild faltenlos und knitterfrei zur Messe bringen.

Ein schmaler, kurviger Weg führt aus dem Wald.

Vitoria hilft tragen.

- Mit euch zusammen zu sein, macht Freude.

Sanja schreitet auf der linken Seite.

- Wir verstehen uns blendend.

Luchs schließt sich an.

- Wir helfen einander.

Nicoline wendet den Kopf zu Huch.

- Weißt du, wo du die Bahn halten könntest?

Er hebt mit Zeigefinger und Daumen das Papier an.

- Hier hinten, wenn nichts dagegenspricht.

Die Kunstmesse findet in einem Gebäude aus Holz und Glas statt. Das überbordende kupfergrüne Dach wirkt wie ein zu großer Hut.

Ein Mann steht im Türspalt.

- Hallo, ich bin Yannick Fes.

Er trägt ein Hemd.

- Am Dach hat es eine Klemmschiene.

Eine Frau geht aufrecht.

- Hallo, ich bin Jina Behle.

Sie trägt ein Prinzesskleid und bringt eine Leiter.

- Gebt ihr mir brauchbare Tipps?

Wad zieht den Saum seines Shirts glatt.

- Gern! Schau das Dach vom Messehaus an.

Sie folgt seinem Blick.

- Da könnte ich die Leiter anstellen.

Urania tritt neben sie.

- Darf ich dir helfen?

Jina dehnt den Rücken.

- Das wäre mir recht.

Sorgfältig richten sie die Leiter auf.

Hänsels Augen hellen sich auf.

- Klettern ist Gretels Leidenschaft.

Jina schaut erwartungsvoll in die Runde.

- Wo ist sie?

Gretel kommt zu ihr.

- Ich bin in Hochform.

Jina sichert den Holm.

- Wenn du Lust hast, gehört die Leiter dir.

Gretel schnappt den Anfang der Papierbahn.

- Wir hängen das Bild auf.

Pröll reicht die Bahn nach.

- Das ist eine glückliche Entscheidung.

Vitoria hebt das Handgelenk.

- Wir zeigen eindrucksvoll, was durch Teamgeist möglich ist.

Fes blickt auf.

- Das Strichmännchen ist unglaublich toll!

Jina berührt Huchs Schulter.

- Was denkst du darüber?

Ein Lächeln legt sich auf sein Gesicht.

- Ich hätte nie gedacht, dass es so groß werden würde.

Sanja renkt sich fast den Hals aus, um besser sehen zu können.

- Ich finde, dass wir immer unser Bestes geben sollten.

Luchs lehnt zwanglos gegen die Leiter.

- Das Wichtigste ist teilzunehmen.

Nicoline bewegt grazil die Finger.

- Dass wir dabei sind, wenn ein Bild ausgestellt wird.

Wad schaukelt den Kopf.

- Wir haben das Glück, dass wir in derselben Galaxie geboren worden sind.

Urania hält die Hand weit offen.

- Ich bin froh, dass ich euch getroffen habe.

Zehntes Kapitel

Das Zebra verschwindet

Hänsel ruft Gretel zu.

- Zeig uns mal, wie die Klemmschiene funktioniert!

Sie spannt die Papierbahn ein.

- Ich kann sie mit Leichtigkeit auf- und zuklappen. Dann hat es sich schon.

Pröll bewegt die Achsel langsam nach vorn.

- Das ist sehr praktisch.

Vitoria deutet aufs Strichmännchen.

- Die Welt ist soeben ein klein wenig farbiger geworden!

Fes schickt aufmunternde Blicke in die Runde.

- Was kann ich sonst noch für euch tun?

Jina hüpft auf der Stelle.

- Kannst du aus Stroh Gold machen?

Er öffnet die Tür.

- Ja, das ist meine Lieblingsbeschäftigung. Ich zeige es euch gern.

Sanja tritt ein.

- Die Einladung klingt gut.

Luchs folgt ihr.

- Es gibt keinen Grund, draußen zu bleiben.

Nicoline schiebt den Kopf vor.

- Ich muss es einfach sehen.

Wad verschwindet mit ihr im Messehaus.

- Das ist ein verlockendes Angebot.

Urania kräuselt die Oberlippe.

- Möglicherweise ist das Glück, das uns hier erwartet, die Art Glück, die wir wünschen.

Hänsel ruft Gretel mit heller Stimme zu.

- Wenn du mit uns kommen willst, mach es!

Sie steigt von der Leiter.

- Und ob ich das will! Ich platze schier vor Neugier.

Pröll huscht ins Haus.

- Ich bin sofort dabei.

Vitoria versucht, Fes mit neugierigen Blicken zu erforschen.

- Du hast uns gut angespornt.

Er begleitet sie ins Innere.

- Es macht mir Spaß, mit Menschen zusammen zu sein.

Jina gleitet mit der Fingerspitze über Huchs Unterarm.

- Möchtest du mit mir hineingehen?

Ein Mann hastet aus dem Wald.

- Hallo, ich bin Tasso Dau.

Er trägt einen Jogginganzug.

- Ich bin hell begeistert.

Sie drückt ihm die Hand.

- Wolltest du schon immer mal ins Messehaus?

Er schaut ihr fest in die Augen.

- Die ganze Zeit halte ich Ausschau nach einer Frau, die mich einlädt.

Jina setzt ein breites Lächeln auf.

- Ist gut! Ich lade dich ein.

Dau durchmisst mit forschem Schritt den Eingang.

- Keine Worte können ausdrücken, wie froh ich bin.

Eine Frau rennt im Zickzack.

- Hallo, ich bin Quarta Tacke.

Sie trägt ein Satinkleid und schiebt Huch einen Zettel zu.

- Darf ich dir etwas anvertrauen?

Er senkt den Blick.

- Lieber etwas später!

Ihrem Mund entweicht ein spontanes Oh.

- Hätte ich das nur vorher gewusst! Jetzt hast du den Zettel bereits.

Huch steht leicht nach vorne gebeugt.

- Kannst du mir kurz sagen, was ich damit anfangen soll?

Quarta zwinkert ihm zu.

- Lies die erste Zeile!

Er schaut auf den Zettel.

- Da steht: Das Ziel ist ganz klar der Fluss.

Sie wirft ihren Arm um seine Schultern.

- Sicher bist du nicht gern allein und möchtest, dass ich dich begleite.

Huch verlagert das Gewicht auf die Fersen.

- Wohin?

Quarta hüpft auf der Stelle.

- Zum Fluss! Du siehst beschwingt aus.

Er stellt den rechten Fuß vor den linken.

- Sieht man mir das schon von Weitem an?

Ein Mann nähert sich mit trippelnden Tanzschritten.

- Hallo, ich bin Balduin Kell.

Er trägt ein Kapuzenshirt und geht auf Huch zu.

- Du bist quicklebendig.

Huch guckt ihn kurz an.

- Warum sagst du das?

Kell dreht sich sanft, nimmt Tempo auf und zieht schließlich immer schnellere Pirouetten.

- Es fiel mir auf.

Quarta hält den Kopf hoch.

- Was führt dich zu uns?

Er breitet die Arme aus.

- Könnte es sein, dass ihr an den Fluss geht?

Sie befingert sich an der Kehle.

- Ganz genau! Das ist unser Ziel.

Kell legt eine Hand auf den Rücken.

- Ich würde gern mitkommen.

Ein unscheinbarer Weg geht in den Wald hinein.

Quarta schwingt die Hüften.

- Ich mag Gespräche über Boote.

Kell hält Schritt.

- Darf ich euch meine persönliche Meinung sagen?

Sie erwidert mit einem Lächeln auf den Lippen.

- Das erwarten wir sogar.

Er zappelt mit den Armen und Beinen.

- Also, mich dünkt eine Fahrt sehr beruhigend.

Türkisfarben mäandert der Fluss durch den Wald, strömt um einen Bootssteg.

Quarta stellt sich Schulter an Schulter neben Huch.

- Wenn ein Boot anlangt, wirst du begeistert sein. Das sehe ich schon jetzt.

Er mustert sie aus den Augenwinkeln.

- Wie kommst du darauf?

Sie fährt ihm über den Arm.

- Das spüre ich.

Kell beugt den Oberkörper nach vorn.

- Entschuldigung, wenn ich mich einmische und etwas sa-

154

ge.

Quarta weicht einen Schritt zurück.

- Kein Problem! Ich finde es gut, wenn wir miteinander reden.

Er neigt den Kopf.

- An Bord entsteht ein Gefühl der Zusammengehörigkeit.

Ein goldenes Drachenboot treibt langsam in der Strömung.

Eine Frau lenkt das Ruder zum Steg.

- Hallo, ich bin Annelie Mancini.

Sie trägt ein Taftkleid.

- Mein Boot lässt keine Wünsche offen.

Quarta kauert in der Hockstellung.

- Hast du schon mal daran gedacht, Gäste einzuladen?

Annelie schlingt ein Seil um den Pfosten.

- Ja sicher! Darf ich euch mitnehmen?

Kell springt aufs Boot.

- Sofort! Ich zögere keine Sekunde.

Sie lächelt von Ohr zu Ohr.

- Beruhige dich! Mache langsame, tiefe Atemzüge.

Quarta steigt ein.

- Die Entdeckungsreise kann beginnen.

Annelie lässt den Blick zu Huch schweifen.

- Und du? Bist du bereit?

Ein Mann betritt den Steg.

- Hallo, ich bin Clark Jank.

Er trägt Shorts.

- Das Drachenboot ist unglaublich toll.

Ihre Augen leuchten.

- Das weiß ich.

Jank streicht sich mit der Hand über die Wange.

- Ich würde gern mitfahren.

Annelie winkt ihn mit dem Zeigefinger herbei.

- Steig ein! Du kommst gerade richtig.

Er klettert ins Boot.

- Es haben nicht viele Menschen das Glück, eine solche Reise machen zu können.

Quarta lässt Huch nicht aus den Augen.

- Was hast du vor?

Kell schaut ihn unverwandt an.

- Willst du so lange ausharren, bis das nächste Boot anlegt?

Annelie löst das Seil.

- Wir haben viel gute Laune auf kleinem Raum.

Jank dreht sich um die eigene Achse.

- Nicht zu vergessen das Gemeinschaftsgefühl an Bord.

Eine Frau trippelt mit winzigen, aber sicheren Schritten auf den Steg.

- Hallo, ich bin Tabea Danziger.

Sie trägt eine Blumenkrone, sagt zu Huch.

- Warte bitte mal kurz.

Quarta fährt sich mit den Fingern durchs Haar.

- Dürfen wir euch etwas sagen?

Kell hält sich die Hand vor den Mund.

- Das Boot kommt gleich in Fahrt.

Annelie holt das Seil ein.

- Steigt schnell ein!

Jank stellt sich auf ein Bein.

- Wir machen euch den Einstieg leicht.

Tabea lässt Schultern und Arme locker herabhängen.

- Ich finde es keinen Nachteil, dass ihr vorausfährt.

Quarta streckt die offene Handfläche nach außen.

- Egal, was passiert, wir treffen uns beim nächsten Steg.

Kell hebt das Kinn.

- Das sehen wir vor.

Annelie geht ans Ruder.

- Drachenbootfahren liegt voll im Trend.

Jank winkt zum Abschied.

- Ihr müsst ja nicht eilen.

Tabea reckt den Arm empor.

- Unbedingt! Wir nehmen es ruhig.

Langsam treibt das Boot flussabwärts.

Tabea lässt die Hand über Huchs Arm gleiten.

- Darf ich dir einen ausgehöhlten Baum zeigen?

Er zieht eine Augenbraue in die Höhe.

- Ja! Ich finde Höhlen spannend.

Ein kleiner Pfad führt steil hinauf zu einer Felswand.

Tabea schaut Huch aufmunternd an.

- Einmal wendet sich der Weg nach links, dann nach rechts.

Ein Lächeln fliegt über sein Gesicht.

- Ich finde den Wechsel spannend.

Die Wurzeln des riesigen Baums krallen sich in den Felsen.

Tabea steigt in die Höhle, findet eine goldene Taschenuhr.

- Im Innern ist die Zeit buchstäblich stehen geblieben.

Huch hebt leicht die Nase.

- Wieso? Läuft die Uhr nicht?

Sie hält sie ans Ohr.

- Nein! Ich höre kein Ticken.

Ein Mann kommt wieselflink daher.

- Hallo, ich bin Ulrico York.

Er trägt ein Shirt.

- Nennt einen Wunsch!

Tabea reckt den Kopf.

- Wir möchten, dass du die Uhr zum Laufen bringst.

York streckt die Hand aus.

- Darf ich sie anschauen?

Eine Haarsträhne verdeckt ihr linkes Auge.

- Ja sicher! Weißt du, warum sie stillsteht?

Er dreht an der Aufzugkrone.

- Noch nicht! Wenn ihr einverstanden seid, ziehe ich sie auf.

Tabea schiebt das Haar aus der Stirn.

- Wir sind sehr froh, wenn du etwas ausrichten kannst.

York senkt den Blick.

- Ich versuche es.

Sie lehnt sich zurück.

- Guck, was du hinkriegst!

Er horcht.

- Ich höre ein leises Ticken.

Tabea nimmt ihm die Uhr aus der Hand.

- Sie klingt so ganz anders als die anderen.

York wirft einen langen Blick aufs Ziffernblatt.

- Aber der Sekundenzeiger bewegt sich.

Eine Frau schreitet forsch bergan.

- Hallo, ich bin Winnie Icaro.

Sie trägt einen Glitzerrock.

- Die Uhr ist ein Unikum, in ihrer Art etwas Besonderes, vielleicht sogar einmalig.

Tabea schaut auf.

- Willst du sie?

York wendet den Kopf.

- Wir schenken sie dir gern.

Winnie greift nach der Uhr.

- Danke vielmals! Da fällt es leicht, Ja zu sagen.

Sie steckt sie ein.

- Darf ich euch einen Berg zeigen, der wie ein Elefant aussieht?

Tabea legt die Hände mit gespreizten Fingern auf die Hüfte.

- Das klingt geradezu magisch.

York sagt mit hochgezogenen Brauen.

- Aller Wahrscheinlichkeit vermissen wir nichts so sehr wie eine kleine Bergtour.

Winnie stellt sich vor Huch hin.

- Ich weiß nicht, wie ich mich ausdrücken soll, aber dieser Ausflug wird dir gefallen.

Er zögert einen Atemzug lang.

- Ist gut! Wir werden uns den Berg ansehen.

Der Weg knickt nach links ab, bevor er richtig steil wird.

Tabea beschattet die Augen mit den Händen.

- Warum sind Serpentinenpfade so beliebt?

York blickt versonnen hinunter.

- Wir kommen immer höher hinauf, sehen die Welt aus der Vogelperspektive.

Das Blätterdach öffnet sich und gibt den Blick auf den Berg frei.

Ein Mann kommt ihnen mit schlurfendem Gang entgegen.

- Hallo, ich bin Paco Raiss.

Er trägt Tennishosen.

- Da hat sich ein Stiel in einem riesigen Spinnennetz verfangen.

Winnie zieht die Schultern ein.

- Ist es ein Besenstiel oder ein Schaufelstiel?

Raiss geht voran.

- Was weiß ich? Ich bin kein Experte.

Die Sonne erwärmt die Steinstufen. Das große Netz schimmert vor einer Felsspalte.

Tabea reißt den Holzstiel heraus.

- Damit könnten wir ein Schild hochhalten.

Eine Frau marschiert mit baumlangen Schritten.

- Hallo, ich bin Sibylle Osada.

Sie trägt einen Wickelrock.

- Würde euch eine eidechsengrüne Felswand gefallen?

Yorks Stimme vibriert vor Erregung.

- Ja sicher! Dieses Grün übt eine magische Anziehungskraft aus.

Winnie federt in den Knien.

- In jedem Fall ist es natürlich auch irgendwie eine wahnsinnige Befriedigung, immer etwas Neues zu finden.

Gesäumt von Wacholdersträuchern, geht der Weg in Serpentinen hinunter.

Raiss zuppelt an seiner Tennishose herum.

- Wir sind unaufgeregt, aber mit viel Spaß unterwegs.

Sibylle klemmt die Haare hinters Ohr.

- Das ist augenfällig.

Sie streckt den Arm auf Schulterhöhe aus.

- Und da wäre der eidechsengrüne Fels!

Tabea schnippt andeutungsweise mit den Fingern.

- Er ist ein ideales Ziel für einen Ausflug.

York bekommt wässerige Augen.

- Die leuchtende Farbe macht ihn zum Blickfang.

Winnie stellt die linke Hüfte aus.

- Besonders eigenartig ist der kleine Krater am Felsfuß.

Raiss bückt sich.

- Ich dachte schon, der Krater sei leer.

Sibylle schaut ihm über die Schulter.

- Aber da liegen 2 goldene Nägel darin.

Tabea lässt die Ellbogen leicht nach außen gehen.

- Sie leuchten aufregend intensiv.

York presst die Lippen zusammen.

- Wir nehmen sie mit.

Winnie wiegt den Oberkörper hin und her.

- Was spricht dagegen?

Raiss legt die Nägel in die offene Hand, hält sie mit dem Daumen fest.

- Natürlich nichts!

Ein Mann bewegt sich zum Felsen.

- Hallo, ich bin Flavio Nay.

Er trägt einen Ameisenanzug.

- Habt ihr Lust, über eine Hängebrücke zu gehen?

Sibylle stützt das Kinn auf den Handrücken.

- Was für ein toller Einfall!

Tabea strafft den Körper.

- Niemand kann sich der Vorliebe für Brücken entziehen.

Der Weg führt in einigen Kehren steil nach unten.

York dehnt die Beine.

- Wir haben ein gutes Ausflugsziel gewählt.

Winnie fährt sich durch die blonde Strähne auf dem Kopf.

- Alle Menschen sollten die Möglichkeit haben, das Tal zu erkunden.

Eine wackelige Hängebrücke spannt sich über den Fluss.

Raiss reibt sich ungläubig die Augen.

- Es ist schon merkwürdig, wenn ich mir vorstelle, dass die ganze Brücke an 2 Seilen hängt.

Sibylle dreht sich wie eine Tanzmaus.

- Mach dir keine Sorgen! Sie tragen das Gewicht.

Eine Frau überquert die Brücke.

- Hallo, ich bin Hope Galinski.

Sie trägt ein Schlangenkleid.

- Am Ufer liegt ein Tuch. Habt ihr es gesehen?

Nay hebt das Kinn.

- Das wäre schön, wenn ein Schatz darin eingewickelt wäre.

Tabea geht in die Knie.

- Auspacken schadet sicher nicht.

York nimmt einen goldenen Hammer aus dem Tuch.

- Es erfordert nur einen kleinen Aufwand.

Ein Mann stapft durch die Wiese.

- Hallo, ich bin Edmondo Val.

Er trägt eine abgewetzte Hose.

- Sucht ihr ein einmaliges Erlebnis?

Winnies Augen strahlen.

- Ja! Wir brennen darauf.

Val schaut mit durchdringenden Blicken in die Runde.

- Es gibt Dinge in dieser Welt, die wir kaum mit Worten ausdrücken können. Eines ist die Schönheit der Höhle, die ich euch zeige.

Raiss hält den Atem an und schnauft wieder durch.

- Wir interessieren uns.

Der Weg geht über die Brücke, dann in engen Serpentinen steil bergauf.

Sibylle schlägt die Augen auf.

- Ich besuche gern einen Ort, an den ich sonst nicht so einfach hinkomme.

Nays Herz klopft bis zum Hals.

- Wenn ich wiedergeboren würde, wäre ich gern ein Höhlenbär.

Die Höhle befindet sich im Felsen.

Hope geht 2 Schritte vor und dann 3 zurück.

- Ich weiß nicht, was da drin ist.

Val schwenkt den Arm.

- Jemand hat ein Schild beim Eingang gelassen.

Winnie hebt es auf.

- Es ist weiß grundiert, aber unbeschrieben.

York schiebt den Finger über den Hammer.

- Wir sollten es an den Stiel nageln.

Tabea schaut ihn vergnügt an.

- Das fände ich prima.

Raiss klimpert mit den goldenen Nägeln.

- Dann könnten wir es richtig hochhalten.

Sibylle biegt und streckt sich.

- Mein größter Wunsch wäre, für irgendetwas zu werben.

Nay blinzelt.

- Das Schild erregt bestimmt Aufsehen.

Hope rempelt Huch an.

- Weißt du, wie man nagelt?

Huch deutet auf York.

- Du hältst den Hammer bereits in der Hand.

York balanciert auf den Fußballen.

- Richtig! Überlasst es ruhig mir.

Val reibt das Kinn.

- Das tönt verlockend.

Tabea reicht York den Stiel.

- Wir sind ungeheuer stolz auf dich.

York legt ihn auf den Boden.

- Moment! Ich habe noch gar nicht angefangen.

Winnie bietet ihm das Schild an.

- Du nagelst gern, ja?

Er richtet es auf dem Stiel aus.

- Lieber nageln als schrauben.

Raiss liefert ihm die goldenen Nägel.

- Da kann ein Hammer ganz praktisch sein.

Sibylle schiebt die linke Hand in die rechte.

- Ich höre das Hämmern gern.

Nay legt die Hand wie eine Muschel hinter das Ohr.

- Die Nägel singen, wenn sie eingeschlagen werden.

Hope schließt die Augen.

- Das Schild wird uns glücklich machen.

Val umkreist mit dem Finger die Wange.

- Die Herzen werden uns nur so zufliegen.

Tabea streicht York über den Kopf.

- Es ist schon faszinierend, dir zuzuschauen.

Er schlägt die Nägel ein.

- Jeder Schlag muss sitzen.

Eine Frau zuckelt gemächlich zum Höhleneingang.

- Hallo, ich bin Laila Zoran.

Sie trägt ein Spitzenkleid.

- Ich bin sicher, dass ihr gern ein Zebra seht.

Winnie blinzelt ins Licht.

- Und wie! Ich frage mich immer, wie ein Leben ohne Zebras wäre.

Raiss wird kurz still, denkt nach.

- Die Streifen würden fehlen.

Lailas Augen wandern im Kreis.

- Kommt mit! Ich zeige es euch.

Der Weg führt durch einen engen Tunnel aus Buchen, Farn und Brombeeren.

Sibylle nimmt die Schritte im Laufschritt.

- Sieht nicht jedes Zebra anders aus?

Nay bestätigt.

- Doch, doch! Das Streifenmuster ist einmalig.

Am Rand einer Schlucht mit reißendem Wildbach erscheint ein Zebra.

Hope bekommt weiche Knie.

- Mir kommt es vor, als käme es aus heiterem Himmel.

Val öffnet den Mund zum Sprechen.

- Ich kann kaum kühlen Kopf bewahren.

Das Zebra trabt über die Wiese, verschwindet im Schatten der Bäume.

Ein Mann läuft hektisch durchs Gras.

- Hallo, ich bin Janko Keul.

Er trägt Joggingschuhe und bringt einen Stift.

- Ich möchte nicht stören.

Laila heißt ihn willkommen.

- Das tust du gewiss nicht.

Tabea klopft ihm begütigend auf die Schulter.

- Wir suchen neue Mitglieder.

York deutet einen Gruß an.

- Unser Team wird immer größer.

Keul zeigt auf den goldenen Hammer.

- Würdest du ihn um keinen Preis der Welt hergeben?

York streckt ihn vor.

- Im Gegenteil! Du kannst ihn haben.

Keul nimmt den Hammer.

- Du verdienst großen Dank.

Er gibt York den Stift.

- Ein Tausch kommt mir gerade recht.

Winnie beugt den Oberkörper.

- Höchste Zeit, darüber nachzudenken, was wir aufs Schild schreiben.

Raiss wirft einen Blick in die Runde.

- Es gibt dabei oft den Ehrgeiz, ein besonderes Wort zu wählen.

Elftes Kapitel

Der unsichtbare Regenbogen

Zwischen 2 Ästen ist ein riesiges Spinnennetz gespannt.
Sibylle hält inne.
- Fast wäre ich hineingetappt.
Nay betrachtet es.
- Das Netz sieht irgendwie geheimnisvoll aus.
Hope kneift die Augen zusammen.
- Ihr seid alle herzlich eingeladen, mit zu raten, welche Buchstaben darin schimmern.
Val streckt lächelnd die Hand aus.
- Ich kann ein „H" sehen.
Laila neigt den Kopf.
- Mir fällt ein „U" auf.
Keul rundet den Rücken.
- Besonders cool ist auch das „C" hinter dem „U".
Tabeas Blick fixiert einen Punkt im Netz.
- Wer genau hinschaut, entdeckt ein zweites „H".
York schreibt die Buchstaben riesengroß aufs Schild.
- Das ergibt ein Wort: „Huch".
Winnie gerät ins Staunen.
- Huch! Schönes Wort, geht ins Ohr!
Raiss kreist um sich selbst.
- Es wirkt wie aus einem Guss.
Sibylle lacht mit weit entblößten Zähnen
- Wir haben es auf eine spielerische Weise, ohne die ge-

ringste Absicht gefunden.

Nay beugt den Oberkörper nach vorne.

- Mir gefällt es richtig gut.

Hope schwingt den Arm.

- Es entfaltet sofort eine positive Wirkung.

Val balanciert tänzerisch auf einem Bein.

- Unser Team hat nur darauf gewartet.

Laila wölbt ihren Körper straff und aufrecht nach vorn.

- Sprache kann manchmal sehr sprechend sein.

Keul klopft sich selbst auf die Schulter.

- Tja, in dem Fall werben wir für Huch, was immer das bedeutet.

Tabea schaut nach vorne.

- Es wird gelingen.

York hält das Schild hoch.

- Ich bin restlos überzeugt.

Winnie läuft hinter dem Schild her.

- Das ist nun wirklich ein gutes Gefühl.

Raiss schließt sich an.

- Alle, die nicht länger träumen wollen, kommen in unser Team.

Sibylle zeichnet mit der Hand einen Kreis in die Luft.

- Nötig ist vor allem ein gutes Wort.

Nay geht mit.

- Huch, das passt!

Hope gesellt sich zu ihnen.

- Ein gutes Teamgefühl ist alles.

Val folgt ihr.

- Das Wort „Huch" ist nahezu perfekt.

Lailas Füße fliegen flink.

- Es feuert unser Team an.

Keul klatscht mit kindlicher Begeisterung in die Hände.

- Die Stimmung ist bestens.

Huch schaut dem davoneilenden Team nach.

Eine Frau flaniert durch die Wiese.

- Hallo, ich bin Carla Belga.

Sie trägt ein Trachtenkleid.

- Du bist ein Glückskind.

Ein Mann hastet herbei.

- Hallo, ich bin Adam Quint.

Er trägt einen Kittel.

- Macht es euch glücklich, dass ich eingetroffen bin?

Carla mustert ihn.

- Unbedingt! Es ist bemerkenswert, wie schnell unser Team wächst.

Quint streift die Haare zurück.

- Dann sind wir alle Glückskinder.

Ihre Augen blitzen.

- Das stimmt. Du bist genau wie wir.

Eine Frau hüpft durchs Gras.

- Hallo, ich bin Mascha Feuerbach.

Sie trägt ein Wickelkleid.

- Darf ich euch eine Wolke zeigen?

Carla streicht sich über die Augenbrauen.

- Gern! Das ist unser Traum.

Quint leckt über die Oberlippe.

- Wolken sind anregend.

Eine Serpentine schlängelt sich langsam nach oben.

Die Sonne bringt Maschas Haare zum Leuchten.

- Lasst euch überraschen.

Carla reibt sich die Hände.

- Ich habe mir den Weg anders vorgestellt.

Quint wischt sich die Stirn.

- Der Aufstieg ist leichter, als ich dachte.

Unterhalb der Kehre wird eine kathedralförmige Wolke plötzlich sichtbar.

Mascha wirft ihre Haarmähne in den Nacken.

- Wir befinden uns in einem einmaligen Moment.

Carla steht spreizbeinig da.

- Eine aufsteigende Wolke ist schon etwas Besonderes.

Quint bückt sich.

- Da liegt ein Stift auf dem Weg.

Mascha blickt fröhlich.

- Du hast ein gutes Auge.

Carla spitzt die Lippen.

- Wir bewundern dich.

Quint steckt den Stift ein.

- Ich kann nicht leugnen, dass ich ihn hübsch finde.

Ein Mann tanzt auf dem Weg.

- Hallo, ich bin Isidoro Jian.

Er trägt Ringelsocken.

- Träume haben alle. Aber was würde euch am meisten reizen?

Carla hebt die Augenbraue.

- Wir würden gern einen Vogel hören.

Quint legt die linke Hand auf die rechte.

- Er sollte die menschliche Stimme nachmachen.

Mascha lehnt sich nach vorne.

- Wir hoffen, dass dieser Traum in Erfüllung geht.

Jian läuft gebückt los.

- Ist gut! Wir dürfen keine Sekunde verlieren.

Dichte Hecken säumen den Pfad.

Carla lässt die Arme schwingen.

- Ich mag es, Vögel zu beobachten.

Quint entfernt Fussel vom Kittel.

- Das ist wahrscheinlich das schönste, was wir im Leben tun können.

Der Pfad biegt in eine Allee ein.

Mascha legt beide Hände hinter den Kopf mit dem Ellbogen nach außen.

- Wir haben zusammen Spaß.

Jian zieht die Nasenlöcher leicht zusammen.

- Möchtet ihr mehr über den Vogel erfahren?

Carla schaut die Allee hinauf und hinab.

- Ja! Wo fühlt er sich am wohlsten?

Jian deutet in den nächsten Wipfel.

- Er sitzt auf dem Baum.

Ein Rabe schlägt die Flügel, hat einen Papierstreifen im Schnabel.

Quint hebt den Kopf.

- Kann er richtig reden wie ein Mensch?

Mascha lockert die Schultern.

- Ich für meinen Teil bin auch mit einem kurzen Wörtchen zufrieden.

Jian setzt einen freundlichen Blick auf.

- Bereits nach wenigen Augenblicken beginnt er zu sprechen.

Der Rabe öffnet den Schnabel, krächzt.

- Ja!

Der Streifen fällt herab.

Carlas Augen leuchten.

- Es nimmt eine unerwartete Wende.

Quint springt wie ein Gummiball.

- Der Rabe schenkt uns Papier.

Mascha presst die Knie zusammen.

- Das hätte ich mir in den wildesten Träumen nicht ausmalen können.

Jian legt den Finger auf den Mund.

- Ich bin für kurze Zeit sprachlos.

Der Rabe fliegt fort.

Carla reckt die Hand zum Himmel.

- Es könnte sein, dass ich den Streifen schnappe.

Sie fängt ihn.

- Habt ihr eine zündende Idee, wie wir ihn verwenden?

Quint zuckt mit den Schultern.

- Er eignet sich für eine kurze Notiz.

Eine Frau führt beim Gehen weiche, fließende Bewegungen aus.

- Hallo, ich bin Zena Eichblatt.

Sie trägt eine Badekappe.

- Wie groß ist euer Interesse an einem Bach?

Mascha läuft vor Begeisterung im Kreis.

- Riesig! Wenn ich entscheiden kann, bevorzuge ich Wege, die ans Wasser führen.

Jian stellt sich aufrecht hin.

- Ich bin mir fast sicher, dass wir alle gern einen Bach sehen.

Über Stock, Wurzel und Stein führt der Weg in Serpentinen steil hinab.

Zena geht leicht vorgebeugt.

- Jeder Bach ist anders.

Carla schaut vergnügt aus.

- Es ist toll, dass du uns hinführst.

Quint legt die Hand über die Schläfe.

- Ich möchte ein Leben damit zubringen, die Wälder, Berge und Täler zu erforschen.

Ein kleiner Bach mit leichten Wasserfällen schlängelt durchs Tal.

Mascha tanzt am Rand eines Felsenbeckens.

- Beachtet den Klang! Der Bach scheint zu singen.

Jian schließt die Augen.

- Meiner Meinung nach sind es die Obertöne.

Ein Mann sitzt neben einem Solarkocher.

- Hallo, ich bin Gil Lehr.

Er trägt einen Smoking,

- Ich habe einen Teigling erhitzt. Wir könnten einen Glückskeks machen.

Zenas Augen blitzen.

- Wir sind dabei! Solch ein Keks sorgt für Spaß und gute Laune.

Lehr schiebt den kleinen Finger zwischen die Lippen.

- Gut! Welchen Text legen wir ein?

Carla gibt Huch den Papierstreifen.

- Du glaubst gar nicht, wie dankbar wir sind, wenn du einen Satz schreibst.

Quint reicht ihm den Stift.

- Hast du Lust?

Huch hebt ein Bein etwas vom Boden ab.

- Der Text ist quasi das i-Tüpfelchen vom Glückskeks.

Mascha winkt höflich ab.

- Mach dir nicht zu viele Gedanken!

Jian massiert sich die Schläfe.

- Oft stresst es Menschen, wenn sie alles perfekt machen wollen.

Zena beugt sich zu Huch.

- Schreib einfach: Liebe kann man sehen und auch fühlen.

Lehr betont mit kräftiger Stimme.

- Das kommt bestimmt an.

Carla sagt in gut gelauntem Ton.

- Sätze über die Liebe stehen nämlich in der Beliebtheitsskala ganz oben.

Huch notiert die Worte auf den Streifen.

- Wenn ihr meint.

Quint gluckst belustigt.

- Glückwunsch! So machst du dich garantiert beliebt.

Mascha legt die Hand auf Huchs Unterarm.

- Wer das liest, ist plötzlich unglaublich glücklich.

Jian wagt einen verstohlenen Blick auf den Streifen.

- Du hast die Aufgabe mit Bravour gemeistert!

Huch sieht ihn aus großen Augen an.

- Wieso? Ich habe doch nur geschrieben, was Zena sagte.

Zena lehnt sich gemütlich an.

- Nicht nur! Du hast den Stift einwandfrei sicher bewegt.

Huch schlägt die Lider nieder.

- Danke für das Kompliment!

Lehr biegt den Teigling in Schiffchenform.

- Kann ich den Streifen jetzt haben?

Huch händigt ihn aus.

- Hoffentlich wirkt er nicht aufdringlich.

Lehr legt das Papier in den Teigling.

- Sicher nicht! Ich finde es lobenswert, was wir erreicht haben.

Er biegt den Teigling, lässt ihn im Schatten abkühlen.

- Gleich härtet er aus. Und fertig ist der Glückskeks!

Eine Frau kommt mit resolutem Schritt.

- Hallo, ich bin Wega Napolitain.

Sie trägt einen Ballettdress.

- Frei heraus gesagt: Ich rieche für mein Leben gern Glückskekse.

Carla beugt leicht das Knie.

- Wir bieten dir einen an.

Wega tritt aus dem Licht in den Schatten.

- Wann darf ich ihn essen?

Quint lächelt liebenswürdig.

- Wann immer du willst.

Mascha schenkt ihr einen blitzenden Augenaufschlag.

- Bei uns bekommst und darfst du alles.

Jian hebt die Nase.

- Du kannst dich auf uns verlassen.

Zena steht breitbeinig da.

- In unserem Glückskeks findest du sogar auf Anhieb den Spruch, der deine Zukunft deutet.

Lehr kräuselt die Oberlippe.

- Nun liegt es an dir. Greif zu!

Wega bricht den Glückskeks auf.

- Welcher Text erwartet mich wohl?

Sie zieht den Papierstreifen heraus.

- Das nimmt mich schon sehr wunder.

Carla hebt die Stimme.

- Ich kann mir lebhaft vorstellen, dass du ihn nun gern lesen möchtest.

Wegas Augen wandern über den Text.

- Das sieht sich ganz hübsch an.

Quint biegt die Finger ein.

- Der Spruch ist das Herzstück.

Mascha faltet die Hände vor dem Bauch.

- Lass dir ruhig Zeit!

Jian macht einen runden Rücken.

- Was steht auf dem Streifen?

Zena wedelt mit dem Finger.

- Du musst keine Antwort geben, wenn du nicht möchtest.

Lehr neigt den Kopf leicht zur Seite.

- Was ist dein Lieblingswort?

Wega holt tief Atem.

- Ich habe es auf der Zungenspitze, aber traue mich kaum, es auszusprechen.

Carlas Lippen deuten ein Lächeln an.

- Schließ deine Augen und zähl bis 10!

Quint wirbelt mit den Armen durch die Luft.

- Und dann verrätst du uns dein Lieblingswort.

Wega schaut erstaunt auf.

- Hast du den Spruch geschrieben?

Er kehrt den Handteller auf Höhe der Brust nach oben.

- Nein, ich habe nur den Stift gefunden.

Sie drückt den Rücken ins Hohlkreuz.

- Welchen Stift?

Huch hält ihn hoch.

- Du kannst ihn haben. Er liegt gut in der Hand.

Mascha legt den Zeigefinger vor das Kinn.

- Alle können sich aussuchen, was ihnen behagt.

Jian plinkert mit den Augen.

- Wenn du lieber einfach nur den Glückskeks genießen willst, ist das auch okay.

Zena reckt den Arm in die Luft.

- Du bist ganz frei.

Lehr legt die Hände an die Hosennaht.

- Wir sehen das eher entspannt.

Wega mustert Huch mit Aufmerksamkeit.

- Du hast einen wunderbaren Satz über die Liebe geschrieben.

Sie legt ein Lächeln auf die Lippen.

- Ich bin restlos begeistert.

Carla wischt mit der Handkante die Lippe ab.

- Wir verstehen dich.

Quint stößt die Luft durch den Mund aus.

- Es geht um die Liebe.

Mascha legt die Hände zusammen.

- Du kannst sie sehen und auch fühlen.

Jian stemmt den weit ausgestellten Arm in die Hüfte.

- In unserem Team kannst du dich austauschen und spielend leicht neue Kontakte knüpfen.

Wega dreht sich um die eigene Achse.

- Zuvor war es nur Wunschdenken, die Liebe zu finden.

Sie streicht Huch über die Schulter.

- Jetzt ist es real.

Ein Mann macht einen Streifzug durchs Tal.

- Hallo, ich bin Kian Hell.

Er trägt Tennisschuhe.

- Ich wache jeden Morgen auf und frage mich: Was würde geschehen, wenn ich die Liebe meines Lebens fände?

Zena wölbt grazil den Hals.

- Das ist eine großartige Frage.

Lehrs Augen blitzen.

- Bei allen, die unserem Team beitreten, wachen unwillkürlich gute Gefühle auf.

Wega heftet den Blick auf Hell.

- Trau dich doch näher ran!

Er baumelt mit den Armen.

- Ich mache gern ein paar Schritte.

Sie berührt ihn leicht an der Hüfte.

- Kannst du dir in deinen kühnsten Träumen vorstellen, wie sich das anfühlt, mit mir im gleichen Team zu sein?

Hell freut sich.

- Aber sicher! Das möchte ich unbedingt ausprobieren.

Wegas Augen schimmern.

- Mein Herz macht vor Freude einen Sprung.

Er sagt mit aufmunterndem Blick.

- Du siehst glücklich aus.

Sie lupft die Augenbrauen.

- Wer kommt zu meiner Hochzeit?

Hell hält den Rücken aufrecht.

- Ich! Der Hochzeitsberg ist ein beliebter Treffpunkt.

Wega streicht mit dem Finger über das Gesicht.

- Und außerdem sollten wir bedenken, dass es einen Bräutigam braucht.

Er legt sich beide Hände auf den Nacken.

- Das macht die Hochzeit zu einer kurzweiligen Sache.

Sie senkt den Blick.

- Darf ich laut denken?

Hell krümmt Daumen und Zeigefinger zu einem Kreis.

- Nur zu! Woran denkst du?

Wega lehnt mit der Brust gegen seinen Arm.

- Du hast mich überzeugt, dich zu heiraten.

Er grätscht die Waden nach außen.

- In dem Fall bin ich gern der Bräutigam.

Carla streckt den Unterarm.

- Lädt ihr uns zur Hochzeit ein?

Wega lockert die Finger.

- Selbstverständlich! Wir gehen zusammen.

Quint reibt den Hals.

- Was soll ich anziehen?

Sie atmet ruhig ein.

- Ist dir wohl im Kittel?

Er spreizt die Arme weit vom Körper weg.

- Ja, ich liebe meine Kleider.

Wega verzieht ihr Gesicht zu einem Lächeln.

- Ist gut! Komm doch einfach mit, wie du bist.

Mascha beobachtet ihn aufmerksam.

- Dieser Kittel steht dir ausgezeichnet.

Quint drückt sein Rückgrat durch.

- Danke! Ich lege eben viel Wert auf Mode.

Jian schnipst mit dem Finger.

- Du siehst gut aus.

Zenas Augen schweifen zu Lehr.

- Bist du schon einmal auf dem Hochzeitsberg gewesen?

Er hält mit gerecktem Hals Ausschau.

- Leider nicht! Wie kann ich dorthin kommen?

Wega hat die Hand am Ohr.

- Möchtest du an meiner Hochzeit eine wichtige Rolle spielen?

Lehr reckt das Kinn hoch.

- Und ob! Ich kann mit Sicherheit sagen, dass ich das will.

Sie isst den Glückskeks und eilt voraus.

- Dann bist du unser Trauzeuge.

Das Team setzt sich in Bewegung.

Hell rennt mit ausgebreiteten Armen los.

- Ich fühle mich munter.

Huch balanciert auf Steinen über den Bach.

Eine Frau schreitet durch Wurzeln, die wie ein Torbogen aussehen.

- Hallo, ich bin Vida Owen.

Sie trägt ein Cocktailkleid.

- Was gefällt dir im Tal am besten?

Ein Mann wandert im Kiesbett neben dem Bach.

- Hallo, ich bin Dirk Tab.

Er trägt eine Baskenmütze.

- Ich liebe die Blumen.

Vida lässt die Hände durchs Wasser gleiten.

- Was ist deine Lieblingsblume?

Er richtet den Kopf schräg nach oben.

- Ich vermute, Graslilien werden von allen heiß und innig geliebt.

Eine Frau schlendert durchs Tal.

- Hallo, ich bin Pepa Underwood.

Sie trägt ein Druckkleid.

- Ich habe eine Lilie gesehen.

Vida lässt die Arme hängen.

- Wie hast du das geschafft?

Pepa tritt auf der Stelle.

- Ich gehe einfach mit offenen Augen.

Tab schürzt die Lippen.

- Wir sind froh, dass wir dich getroffen haben.

Sie zeigt ein rätselhaftes Lächeln.

- Danke! Wenn ihr wollt, zeige ich euch die Graslilie.

Der Weg schrumpft zum Trampelpfad.

Vida legt die Arme um den eigenen Körper.

- Wir spazieren gern zusammen.

Tab richtet den Blick auf Pepa.

- Ohne deine Hilfe hätten wir den Weg nicht gefunden.

Sie deutet auf eine Graslilie.

- Da sind wir.

Vidas Mund steht offen.

- Ich finde sie bezaubernd.

Tab schnellt aus dem Schatten ans Licht.

- Sie ist viel schöner als ich dachte.

Pepa entdeckt ein Stück Pappe im Gras.

- Mich fasziniert Karton.

Vida senkt eine Schulter ab.

- Das kommt uns gelegen.

Tab hebt ihn auf.

- Wir haben Riesenglück.

Pepa dreht sich Huch zu.

- Karton hat etwas Magisches.

Ein Mann streunt durchs Tal.

- Hallo, ich bin Shiro Yas.

Er trägt einen Filzhut.

- Darf ich euch einen Ahorn zeigen?

Vida greift sich ans Herz.

- Ja! Diesen Baum mag ich am liebsten.

Tab tätschelt den Karton.

- Ich nutze jede Gelegenheit, einen Ahorn zu betrachten.

Pepa umfasst Huchs Arm.

- Das dürfen wir uns nicht entgehen lassen.

Er zeichnet einen unsichtbaren Regenbogen in die Luft.

- Sicherlich ist das eine gute Idee.

Yas läuft über einen schmalen Pfad durch den Wald.

- Wir können auf jedem Weg etwas erleben.

Vida versichert lachend.

- Das stimmt. Besichtigen kann man hier viel.

Tab drückt das Becken leicht durch.

- Wir gehen ein paar Schritte, und schon stellt sich die Entspannung ein.

Zwölftes Kapitel

Die moosbetupfte Steinbank

Ein riesiger Ahornbaum ragt auf. Seine Krone ist dicht und laubgrün.

Pepa umarmt den Stamm.

- Ich möchte erfahren, wie er sich anfühlt.

Yas stellt das rechte Bein ein wenig vor.

- Er hat eine Kraft, die den Stress abwendet.

Vidas Finger tippen in der Luft herum.

- Er lässt auch den Menschen gut aussehen, der davor oder daneben steht.

Tab lehnt sich nach vorne.

- Wenn mich nicht alles täuscht, liegt etwas zwischen den Wurzeln.

Pepa bückt sich.

- Das muss ein Zeitungsschnipsel sein.

Yas lässt sich vornüber hängen.

- Steht etwas darauf?

Vida krümmt die Finger.

- Kannst du es lesen?

Pepa kauert am Boden.

- Nur ein Wort: „Huch".

Tab wirft ein Auge darauf.

- Du solltest den Schnipsel unbedingt aufheben.

Yas streicht sich über die Brauen.

- Ein so eigenartiges Wort findet sich nicht alle Tage.

Vida dreht die Schulter.

- Die Buchstaben sind gut lesbar.

Tab reibt sich über den Ellbogen.

- Die Schrift prägt sich ein.

Pepa ergreift den schmal geschnittenen Papierstreifen.

- Dann nehmen wir den Schnipsel mit.

Yas federt in den Knien.

- Sicher lässt sich viel damit anfangen.

Eine Frau bummelt durch den Wald.

- Hallo, ich bin Rima Labbadia.

Sie trägt ein Fledermauskostüm.

- Möchtet ihr die Wildnis erleben?

Vida spreizt ein Bein nach hinten ab.

- Aber sicher! Das lässt keine Wünsche offen.

Tab fuchtelt mit den Unterarmen.

- Mein Herz macht vor Freude einen Sprung.

Ein Pfad führt in die Wildnis.

Pepa schaut gebannt.

- Hier herrscht eine geheimnisvolle Stimmung.

Yas lässt die Schultern entspannt hängen.

- Ich finde keine Worte.

Die Bäume bilden einen verwunschenen Märchenwald.

Rima streckt und dehnt die Arme.

- Das ist nicht weiter schlimm. Die Wildnis macht im ersten Moment sprachlos.

Auf einer Lichtung wärmt ein Mann einen kajalschwarzen Behälter in einem kleinen Parabolspiegel.

- Hallo, ich bin Alfonso Wahl.

Er trägt ein Flanellhemd.

- Ich habe Bienenwachs gern. Die Möglichkeiten, ihn zu

verwenden, sind fast unbegrenzt.

Vida zwirbelt das Haar mit den Fingern.

- Er hilft immer.

Tab hält ihm den Karton hin.

- Könntest du eine schmale Linie gießen?

Wahl lässt das Wachs aus dem Behälter tropfen.

- Das geht unglaublich leicht.

Pepa sieht ihm in die Augen.

- Darf ich meinen Zeitungsschnipsel darauflegen?

Ein langsames Lächeln leuchtet in seinem Gesicht auf.

- Nur zu! Was immer daraus wird! Wichtig ist, dass wir es gemeinsam unternehmen.

Sie presst den Papierstreifen auf die Wachsspur.

- Ich bin sicher, dass er haftet.

Yas streicht mit dem Finger darüber.

- Was sagt ihr dazu?

Rima streckt die Zehen.

- Das ist gut gelaufen.

Wahl beugt das Knie.

- Uns ist ein Meisterstück gelungen.

Eine Frau schreitet langsam durch den Märchenwald.

- Hallo, ich bin Gabi Cannstatt.

Sie trägt ein goldenes Gewand.

- Ganz gewiss ist es euer Traum, einen Frosch zu sehen.

Vidas Wimpern beginnen fast unwillkürlich zu zwinkern.

- Ich hätte Lust.

Tab antwortet mit einem Lächeln.

- Das wird uns bestimmt gefallen.

Gabi feuchtet die Lippen mit der Zunge an.

- Gut! Dann gehen wir!

Der Weg führt im Zickzack aus dem Wald.

Pepa fragt Huch.

- Gerne wüsste ich, was du gerade denkst.

Er platziert die Hand neben das Ohr.

- Ich höre einen Frosch.

Das Quaken schallt von einem See herüber.

Yas winkelt einen Arm in Taillenhöhe an.

- Wie finden wir ihn?

Seerosen bedecken das Wasser.

Rima legt den Handrücken an die Stirn.

- Wir könnten dem Uferweg folgen, wenn wir wollen.

Wahl schnuppert.

- Hier ist Luft zum Atmen.

Ein Frosch plumpst im breiten Schilfgürtel ins Wasser.

Gabis Bewegungen sind behutsam.

- Es kann spannend sein, das Leben der Frösche kennenzulernen.

Vida entdeckt einen Wegweiser.

- Das wird euch freuen. Hier steht: „Ausstellung".

Tab neigt sich keck seitwärts.

- Das Schild regt zum Träumen an.

Pepa geht am Wegweiser vorbei und folgt dem Weg.

- Ich würde gern mehr erfahren.

Yas streift mit dem Zeigefinger über den Nasenflügel.

- Vielleicht ist die Ausstellung bequem erreichbar.

Ein Haus steht direkt am Wasser. Über die Schindeln
kriecht Moos. Die Farbe blättert ab.

Rima späht.

- Ausstellungen haben mich schon immer fasziniert.

Wahl tastet sich Schritt für Schritt voran.

- Wer zum ersten Mal hier ist, staunt, wie lauschig es am See sein kann.

Ein Mann tritt aus dem Haus.

- Hallo, ich bin Egil Johl.

Er trägt eine Kniebundhose.

- Ihr habt eine fast unglaubliche Glückssträhne.

Gabi streichelt sich mit der Hand über den Nacken.

- Wieso denn?

Johl lüftet den Hemdkragen.

- Gleich beginnt die neue Ausstellung.

Vida schaut sich um.

- Wo sind die Bilder?

Sein Blick fällt auf den Karton.

- Damit würde ich gern den Anfang machen.

Tab schenkt ihm mehrmals hintereinander einen Blick.

- Wir sind einverstanden.

Pepa bildet mit den Händen ein Spitzdach.

- Es beginnt damit, dass wir anfangen.

Yas richtet den Oberkörper auf.

- Stelle den Karton aus, solange die Glückssträhne noch anhält.

Rima lässt die Finger langsam durch die Haare bis zum Hals gleiten.

- Das sollten wir uns nicht entgehen lassen.

Wahl beugt den Daumen unter die Hand.

- Manche Ausstellungen wirken harmlos.

Gabis Mundwinkel zuckt kaum wahrnehmbar.

- Doch unter der Oberfläche stößt man auf Unterholz.

Johl lässt die Schultern hängen.

- Damit landen wir sicher einen Treffer.

Vida spannt die mohnroten Lippen ein wenig.

- Wie willst du den Karton ausstellen?

Sein Blick ist wach.

- Das müssen wir gemeinsam überlegen.

Tab wartet eine Weile, bevor er zu sprechen anfängt.

- Ich würde ihn an eine Wand hängen.

Pepa sieht ihn nachdenklich an.

- Wie wäre es mit der Außenwand?

Yas hüpft auf einem Bein.

- Das ist der beste Platz.

Eine Frau verlangsamt ihre Schritte.

- Hallo, ich bin Halina Barut.

Sie trägt Hotpants und bringt 2 Nägel.

- Manche Träume müssen einfach wahr werden.

Rimas Stimme klingt vergnügt.

- Die Nägel gefallen uns.

Wahl dreht den Kopf.

- Wir sind hingerissen.

Ein Mann läuft barfuß.

- Hallo, ich bin Iwan Mack.

Er trägt eine Schirmmütze und bringt einen Hammer.

- Ich weiß, was ihr schätzt.

Gabi wischt über den Mund.

- Wir bewundern deinen Hammer.

Johl fühlt sich begeistert.

- Er könnte nicht besser sein.

Vida zeigt auf den Karton.

- Wir möchten ihn aufhängen.

Tab hält ihn an die Wand.

- Genau an dieser Stelle.

Halina reicht Mack die Nägel.

- Das möchtest du sicher probieren.

Er schlägt sie ein.

- Es gibt wohl keinen passenderen Ort.

Pepas Augen glänzen.

- Wir sind stolz auf dich.

Yas lehnt lässig an die Wand.

- Bei mir hast du ein paar Pünktchen auf dem Konto.

Rima dreht den Oberkörper.

- Ich finde es wichtig, dass wir den Beginn der Ausstellung feiern.

Wahl schiebt die Knie auseinander.

- Es genügt schon, wenn wir zusammenstehen und den Karton betrachten.

Gabi späht durch die Tür.

- Vielleicht dürfen wir auch ins Haus gehen.

Johl bittet sie hinein.

- Durchaus! Ich hoffe, dass ihr euch wohlfühlt.

Halina tritt ein.

- Danke, dass du uns einlädst!

Mack folgt ihr.

- Dein Haus hat eine wunderbare Atmosphäre.

Vida drängt nach.

- Logisch, dass die Freude groß ist!

Tab deutet auf den Karton.

- Ich glaube, das Wort „Huch" sorgt für jede Menge Gesprächsstoff.

Pepa schiebt sich ins Haus.

- Es bringt die Menschen zum Reden und Lachen.

Yas heftet sich an ihre Fersen.

- Alle Unterschiede fallen weg.

Rima tauscht einen Blick mit Wahl aus.

- Wir haben es gut zusammen.

Er rollt über den ganzen Fuß ab.

- Ich fühle mich angezogen.

Gabi hüpft über die Schwelle.

- Ich kann mich vor Glück kaum fassen.

Johl dreht sich nach Huch um.

- Wie steht es mit dir? Kommst du?

Huch steht auf dem linken Bein.

- Das habe ich vor, sobald ich den Karton noch etwas angeschaut habe.

Eine Frau schreitet auf dem Uferweg.

- Hallo, ich bin Quillaja Farkas.

Sie trägt eine Samtjacke.

- Ich höre dein Herz klopfen.

Ein Mann hält im Gehen ein.

- Hallo, ich bin Zlatan Kiel.

Er trägt eine Sporthose.

- Darf ich euch kurz sprechen?

Quillaja schlägt die Lider nieder.

- Wir sind ganz Ohr.

Kiel stellt sich breitbeinig auf.

- Ich würde euch gern helfen.

Sie betrachtet ihn von oben bis unten.

- Du bist hilfsbereit. Das sehe ich auf den ersten Blick.

Seine Stimme schwankt leicht.

- Ich finde es anregend, füreinander da zu sein.

Eine Frau flaniert am Ufer.

- Hallo, ich bin Nana Dorsey.

190

Sie trägt Röhrenjeans.

- Ich weiß, wie gelbe Taglilien riechen.

Quillaja legt den Kopf in den Nacken.

- Gelbe Taglilien?

Kiel reckt den Arm.

- Wo hast du sie gesehen?

Nana reibt sich den Hals.

- Ich führe euch hin. Sie blüht ein bisschen abseits.

Ein Pfad säumt das Ufer. Zahlreiche Schwäne tummeln sich auf einer Wiese.

Quillajas Blick fällt auf Kiel.

- Wenn du eine Farbe sein könntest, welche würdest du wählen?

Sein Mund kräuselt sich.

- Warum fragst du mich?

Sie sieht ihn erwartungsvoll an.

- Ich stelle diese Frage aus reiner Neugier.

Kiel verschränkt die Arme hinter dem Kopf.

- Meine Lieblingsfarbe ist Tagliliengelb.

Nana hat ein leichtes Lächeln auf den Lippen.

- Diese Farbe würde dir stehen.

Er verwandelt sich in eine gelbe Taglilie.

- Ich verkleide mich gern.

Quillaja dehnt den Rücken.

- Wir sind stolz auf dich.

Nana sagt ohne mit der Wimper zu zucken.

- Du siehst einer Blume zum Verwechseln ähnlich.

Quillaja streift durch die Wiese, studiert die kleinsten Käfer und dünnsten Hälmchen.

- Langeweile dürfte da so schnell nicht aufkommen.

Nana streicht einen Haarschopf aus der Stirn.

- Überall auf der Welt wimmelt es von Lebewesen.

Ein Bleistift liegt im Gras.

Quillaja blickt Huch fragend an.

- Er dürfte dir gefallen.

Ein Mann betritt die Wiese stürmisch.

- Hallo, ich bin Wilbert Raut.

Er trägt Cowboystiefel.

- Alles, was außergewöhnlich ist, zieht mich an.

Sie wirft die Lippen auf.

- Den Bleistift kann ich nur empfehlen.

Nana reibt sich die Hände.

- Schau ihn genau an!

Quillaja kneift die Augen zusammen.

- Er erfordert etwas Fingerspitzengefühl, weil die Mine außerordentlich fein zugespitzt ist.

Raut nimmt den Bleistift.

- Das ist mir schon klar.

Er dreht und wendet ihn.

- Etwas zu finden, wovon wir nichts ahnten, ist einfach berauschend.

Eine Frau kreuzt auf.

- Hallo, ich bin Alana Jelle.

Sie trägt ein goldenes Kleid.

- Wollt ihr mal eine richtige Bühne betreten?

Quillaja wackelt auf den Absätzen.

- Das ist genau das, was wir im Moment brauchen.

Nanas Mundwinkel zucken verschmitzt.

- Ich denke, das ist stark.

Raut spricht mit kräftiger Stimme.

- Egal, ob nah oder fern, Bühnen sind immer beliebt.

Alana stellt die Hüfte schräg aus.

- Ist gut! In Sekundenschnelle sind wir dort.

Der Weg windet sich um den Berg herum.

Quillaja wischt sich die Stirn.

- Die Bühne steht auf meiner Hitliste ganz oben.

Nana schließt die Augen.

- Wir wollen auf keinen Fall etwas verpassen.

Raut hebt den Blick.

- Bei mir startet die Bühne das ganz große Gefühlskino.

Unter den buchengrünen Baldachinen der Bäume steht eine Waldbühne. Ein hell schimmerndes, hölzernes Podest ragt auf.

Alana kippt das Becken nach vorn.

- Wenn ich sie sehe, vergesse ich die Welt um mich herum.

Quillajas Blick wandert über die Rampe.

- Sie bringt uns zum Träumen.

Nana steigt auf die Bühne.

- Unser Ausflug ist ein Riesenerfolg.

Raut findet auf den Brettern ein Blatt Papier.

- Manchmal sind es die kleinen Dinge, welche die größte Freude mit sich bringen.

Ein Lächeln stiehlt sich in Alanas Gesicht.

- Wie wäre es, wenn du eine fast unsichtbare, feine Bleistiftlinie ziehen würdest?

Quillaja schleudert ihren rechten Arm in die Höhe.

- Jetzt muss ein Bild entstehen, auf das die Welt wartet.

Nana schüttelt die Finger.

- Das solltest du ausprobieren.

Raut reicht Huch den Bleistift.

- Ich gebe ihn lieber dir.

Huch zeichnet einen Strich.

- Der Stift ist toll.

Alana ergreift das Blatt.

- Ich finde diese Linie einzigartig.

Quillaja legt die Hand ans Ohr.

- Sie ist weder zu dünn, noch zu dick.

Ein Mann tippelt zur Waldbühne.

- Hallo, ich bin Gianni Bausch.

Er trägt einen Strohhut.

- Was würdet ihr tun, wenn ihr einmal heiratet?

Nana hat einen Schimmer auf den Lippen.

- Ich würde in die Hochzeitshalle gehen.

Raut nimmt Huch den Bleistift ab.

- Wo ist diese Halle?

Bausch neigt den Kopf nach hinten.

- Kommt mit! Ich zeige sie euch gern.

Der Pfad führt einer zerfurchten rötlichen Felswand entlang.

Alana streift mit dem Finger über die Braue.

- Die Hochzeitshalle lockt mich an.

Bausch streckt den Hals.

- Das verstehe ich. Sie ist geräumig, bietet viel Platz.

Quillajas Blick schwenkt zu Huch.

- Es wurmt mich schon ein wenig, dass ich keinen Bräutigam habe.

Er macht seine Hand leicht rund.

- Du wirst sicher den Mann fürs Leben finden.

Eine Frau beschleunigt ihre Schritte.

- Hallo, ich bin Orlanda Heuberger.

Sie trägt eine Lederjacke.

- Es lohnt sich zu fragen: Wer ist der Mann fürs Leben?

Ein Mann sputet sich.

- Hallo, ich bin Maurizio Schenk.

Er trägt Tennissocken.

- Möchtest du jemanden treffen?

Orlanda streckt das Kinn nach vorn.

- Durchaus! Ich freue mich an jedem Gespräch.

Seine Haut prickelt vor Erregung.

- Sicher? Genau das würde ich mir wünschen.

Sie lächelt verschmitzt.

- Dann haben wir ja schon etwas gemeinsam.

Schenk klebt an ihren Lippen.

- Ein Glück, dass es so freundliche Begegnungen gibt!

Orlanda biegt ihren Körper.

- Vielleicht sollten wir mal nachdenken, ob wir heiraten.

Er wischt sich lässig das links gescheitelte Haar aus der Stirn.

- Wir wären klug, wenn wir das täten.

Sie hebt langsam die Lider.

- Kannst du spontan zusagen?

Schenk fasst sich an die Wange.

- Das versteht sich von selbst.

Nana streicht sich mit den Händen seitlich das Gesicht entlang.

- Es gibt nichts Schöneres, als bei einer Hochzeit dabei zu sein.

Rauts Augen werden feucht.

- Wer macht das nicht gern?

Am Ende der Felswand leuchtet eine Halle mit bunten

Glasfenstern.

Alana tastet das Gebäude mit ihren Blicken ab.

- Hochzeitshallen üben auf Menschen seit jeher eine magische Anziehungskraft aus.

Bausch eilt zum Tor.

- Gleich wird meine Hand die Klinke berühren.

Er öffnet einen Flügel.

- Beachtet die Fenster!

Orlanda fordert Schenk mit einem Wink auf, ihr in die Halle zu folgen.

- Farben spielen eine große Rolle.

Er reibt sich die Augen.

- Das wird ein unvergessliches Erlebnis.

Quillaja tritt ein.

- Das ist unvermindert einer der Momente, wo uns das Glücksgefühl überkommt.

Nana hastet durchs Tor.

- Der Ort ist ideal für eine Hochzeit.

Raut springt über die Schwelle.

- Wer weiß bei so vielen Fenstern zu sagen, welches ihm am besten gefällt.

Alana verharrt plötzlich.

- Ich würde auch gern eintreten, aber ich habe leider noch keinen Bräutigam.

Bausch deutet auf das Blatt in ihrer Hand.

- Wer hat denn das Bild gezeichnet?

Sie dreht sich nach Huch um.

- Das warst du!

Bausch lächelt ihn breit an.

- Du kannst gut mit dem Bleistift umgehen.

Alana drückt Huchs Hand.

- Ich werde nie vergessen, wie du die fast unsichtbare, feine Linie gezogen hast.

Bausch geht in die Halle.

- Das ist ein gutes Zeichen.

Eine Frau kommt auf Alana und Huch zu.

- Hallo, ich bin Pepita Traunstein.

Sie trägt ein Neckholderkleid.

- Möchtet ihr dahin gelangen, wo ihr noch nie gewesen seid?

Alana streicht das Haar zurück.

- Und wo wäre das?

Pepita nimmt ihre Hand und zieht sie von der Hochzeitshalle weg.

- Ganz in der Nähe hat es einen Park mit einer Steinbank.

Alana wirft einen Seitenblick auf Huch.

- Auf einer Bank können wir uns ausruhen und neue Energie tanken.

Er öffnet leicht den Mund.

- Das lässt sich sicherlich machen.

Pepita erhebt die Hände bis zur Schulter.

- Außerdem haben wir die Möglichkeit, zu plaudern und uns die Hochzeit auszumalen.

Büsche säumen den Weg.

Alana wirft die Arme hoch.

- Wann bist du das letzte Mal vor Freude in die Luft gesprungen?

Pepita streckt und dehnt sich.

- Das werde ich gerade jetzt tun.

Alana dreht den Oberkörper.

- Warum?

Pepita setzt zum Sprung an.

- Es wird nur einen Augenblick dauern, dann sind wir am Ziel.

Unter dem ausladenden Laub mächtiger Bäume steht die moosbetupfte Steinbank.

Alana setzt sich.

- Ich ruhe mich ein wenig aus.

Pepita lässt sich neben ihr nieder.

- Ich bin auch ein bisschen müde.

Alana lässt den Blick zu Huch schweifen.

- Was würdest du machen, wenn wir dir einen Platz anbieten?

Dreizehntes Kapitel

Das Labyrinth

Ein Mann lässt die Schritte langsamer werden.

- Hallo, ich bin Ilias Ulk.

Er trägt einen Wollschal.

- Mein ganzes Leben ist darauf ausgerichtet, von Bank zu Bank zu huschen.

Pepita lächelt verschmitzt.

- Das schätzen wir.

Ulk nimmt Platz.

- Ich finde, wir sollten immer wieder Pausen einlegen.

Alana zieht eine Augenbraue sanft nach oben.

- Das steht nicht infrage.

Er deutet aufs Blatt in ihrer Hand.

- Es ist faltenlos und knitterfrei.

Eine Frau setzt einen Schritt vor den anderen.

- Hallo, ich bin Li Vivendi.

Sie trägt ein Organza-Kleid.

- Was ist das für ein Bild?

Alana hält es hoch.

- Es ist eine Bleistiftzeichnung.

Lis Augen blitzen auf.

- Mein Interesse ist groß. Darf ich es in die Hand nehmen?

Alana gibt es ihr.

- Natürlich! Es kann als einzigartig beschrieben werden.

Pepita hebt den Finger.

199

- Ein Bleistiftstrich sorgt für Erstaunen.

Ulk befeuchtet mit der Zunge die Unterlippe.

- Er kann das Leben von einer Sekunde zur anderen verändern.

Li schlägt die Augen nieder.

- So etwas in der Art sucht man vergeblich in allen Ecken und Enden der Welt.

Ein Mann bummelt durch den Park.

- Hallo, ich bin Elmo Yes.

Er trägt ein Jeanshemd.

- Hört ihr gern Flötenmusik?

Alana schlägt die Beine übereinander.

- Im Moment hören wir einfach den Vögeln zu.

Pepita winkelt den Fuß an.

- Wir sind eben am Relaxen, musst du wissen.

Ulk rückt seinen Wollschal zurecht.

- Wir finden Pausen wichtig.

Li lacht Yes ins Gesicht.

- Spielst du Flöte?

Er fährt sich erschrocken übers Haar.

- Nein, aber ich weiß, wo es eine Flöte hat.

Sie streift mit der Zehenspitze Huchs Fuß.

- Kommst du mit?

Huch reckt seinen Kopf empor.

- Ja! Flöten sind interessant. Es gibt verschiedene Sorten.

Yes setzt den Fuß zum Gehen an.

- Jede Flöte ist einzigartig, ein Individuum.

Das erste Stück des Wegs ist flach, bevor es steil bergauf geht.

Li fängt an zu summen.

- Für die Musik braucht es nur eine Handvoll Töne.

Yes nickt aufmunternd.

- Das stimmt. Und bei der Flöte kannst du sie auch zufällig treffen.

Ein schmales, augenblau gestrichenes Haus steht auf einer Anhöhe.

Die Tür öffnet sich.

Eine Frau empfängt sie mit einem freundlichen Lächeln.

- Hallo, ich bin Cinderella Oberholzer.

Sie trägt ein Partykleid und bringt eine Flöte.

- Ich liebe alle Töne. Und ihr?

Li verbirgt das Blatt hinter ihrem Rücken.

- Wir haben vor allem einen großen Traum. Wir möchten die Flöte hören.

Yes spielt mit dem Hemdkragen.

- Das ist das A und das O unseres Teams.

Cinderella gibt Huch die Flöte.

- Ich merke dir die Vorfreude an.

Er dreht den Oberkörper.

- Darf ich dich ungeniert etwas fragen?

Sie schenkt ihm einen Augenaufschlag.

- Nur zu! Es gibt eine Antwort auf alles.

Huch nimmt die Schulter nach hinten.

- Aus welchem Holz besteht die Flöte?

Cinderella sieht belustigt aus.

- Das ist Rosenholz.

Li berührt mit der Fußspitze Huchs Ferse.

- Ob eine Flöte gut klingt, kann das Holz entscheiden.

Yes lässt die Arme seitlich hängen.

- Jetzt musst du nur noch Melodie und Tonart finden.

Cinderella streift Huch mit dem Finger am Handrücken.

- Die Noten schwirren sicher schon in deinem Kopf rum.

Er spielt einen Ton, lässt ihn verhallen.

- Die Flöte klingt aufregend.

Li ist fasziniert.

- Auf mich wirkt sie erfrischend.

Yes klatscht begeistert.

- Wir bewundern dich.

Cinderella blickt in die Runde.

- Wer möchte jetzt die Flöte tragen?

Li deutet auf Yes.

- In unserem Team wimmelt es von hilfsbereiten Händen.

Er übernimmt die Flöte.

- Ich warte nur darauf.

Cinderella geht zum Eingang.

- Möchtet ihr meinen Ausstellungsraum sehen?

Lis Augen schwenken nach links.

- Unbedingt! Was stellst du aus?

Cinderella stützt ihre Hände auf dem Becken ab.

- Bilder! Alle Wände sind bereit. Ich frage mich nur: Wo kriege ich auf die Schnelle Bilder her?

Li zaubert das Blatt mit der Bleistiftzeichnung hinter dem Rücken hervor.

- Da fällt mir etwas ein.

Yes legt alle Zustimmung in seine Stimme.

- Das musst du dir ansehen! Der Strich ist berückend.

Cinderella greift mit beiden Händen nach dem Blatt.

- Er sprüht voller Energie!

Li spreizt Zeigefinger und Daumen ab.

- Passt es in deinen Ausstellungsraum?

Cinderellas Blick flattert ins Leere.

- Ich weiß noch nicht, was ich tun werde.

Ein Mann läuft wie ferngesteuert herbei.

- Hallo, ich bin Pit Zeul.

Er trägt eine Kapitänsjacke und bringt 2 Reißnägel.

- Wenn ihr Fragen habt, zögert nicht, sie zu stellen.

Li weist auf die Bleistiftzeichnung.

- Könnten wir mit dir über das Bild reden?

Zeuls Ohren leuchten im Gegenlicht.

- Immer! Ich habe reichlich Zeit.

Yes spreizt das Bein seitlich ab.

- Wo und wie würdest du es aufhängen?

Zeul fährt kurz und unauffällig mit der Zunge über die Lippen.

- Ich würde es an die Tür heften.

Cinderella hält das Blatt hin.

- Sind alle mit dieser Idee einverstanden?

Li streckt den Arm aus.

- Ich bin froh, dass wir einen Platz gefunden haben.

Yes buckelt zum Rundrücken.

- Tu es gleich!

Zeul drückt die Reißnägel an.

- Das Bild und die Tür passen gut zusammen.

Li streicht durchs Haar.

- Wir haben die richtige Entscheidung getroffen.

Yes tauscht einen Blick mit Cinderella aus.

- Stört es dich, wenn die Tür offensteht?

Ihre Stimme klingt locker.

- Überhaupt nicht! Während der Ausstellung habe ich ein offenes Haus.

Zeul räkelt sich glücklich.

- Ich sehe gern Bleistiftbilder an.

Li schaut Yes an.

- Was wäre, wenn du eine Rede halten würdest?

Er wölbt den Bauch nach vorn.

- Zur Eröffnung der Ausstellung?

Sie winkelt den Arm ab.

- Genau! Hättest du Lust?

Yes beugt seinen Kopf tief.

- Durchaus! Ich bin bereit.

Cinderella fasst sich an den Kopf.

- Ich bitte euch um einen Gefallen.

Zeul stützt die angewinkelten Arme aufs Becken.

- Worum geht es?

Ein Lächeln umspielt ihre Lippen.

- Kommt doch alle herein! Mein Haus lebt von Gästen.

Li tritt ins schmale, augenblau gestrichene Haus.

- Unser Team freut sich riesig über die Einladung.

Yes sagt beim Hineingehen.

- Ich lasse mich von deinem Ausstellungsraum inspirieren.

Cinderella winkt Zeul.

- Mein Haus ist ein Ort für alle, die entschleunigen wollen.

Er begleitet sie.

- Diese friedvolle Stimmung färbt ab.

Huch bleibt draußen, betrachtet die Zeichnung.

Eine Frau setzt langsam einen Fuß vor den anderen.

- Hallo, ich bin Tanja Ido.

Sie trägt einen Glockenrock.

- Hier lässt sich staunen, bewundern und schlendern.

Huch schiebt den Hut mit einer trägen Bewegung in den

Nacken.

- Etwas machen ist ein guter Anfang.

Tanja spitzt kurz die Lippen.

- Ich möchte dich mit etwas ganz Besonderem überraschen.

Die Schritte eines Manns werden kürzer.

- Hallo, ich bin Stan Renz.

Er trägt eine Wollmütze.

- Ich bin mächtig gespannt.

Sie deutet auf eine Anhöhe.

- Es hat dort eine senkrecht abfallende Felswand.

Renz geht langsam mal hierhin, mal dorthin, als versuchte er, den richtigen Weg zu finden.

- Dann haben wir uns ja schon ein Ziel gesetzt.

Tanja berührt Huchs Arm.

- Wie steht es mit dir?

Er dreht den Hals.

- Der Aufstieg könnte glücken.

Der Weg folgt einem schmalen Felsengrat.

Tanja streckt die Arme aus.

- Miteinander zu gehen ist eigentlich viel positiver.

Renz lehnt an einen Baum.

- Ich gewinne auch den Eindruck.

Der Pfad führt zu einem Aussichtspunkt.

Ihr Blick erforscht Renz.

- Wo fühlst du dich am wohlsten?

Er schnürt die Bergschuhe.

- Hier oben! Da kann ich Kraft tanken.

Eine Frau hemmt ihren Schritt.

- Hallo, ich bin Marcela Bäumler.

Sie trägt ein Strickkleid.

- Ich erfülle eure Wünsche.

Tanjas Kopf schnellt hoch.

- Ich will nichts weiter als ein Kamel sehen.

Renz lässt seinen Blick schweifen.

- Kamele sind schöne Tiere.

Marcela hebt ihren Arm.

- Ist gut! Kommt mit!

Der Weg ist in den steilen Felsen hineingehauen.

Tanja streckt den Fuß vor.

- Ich trage diese Schuhe gern.

Renz wirft einen Seitenblick.

- Sie stehen dir gut.

Ein Kamel weidet auf der Bergwiese.

Marcela deutet mit leuchtenden Augen nach links und nach rechts.

- Hier bin ich augenblicklich gern.

Tanja beugt den Oberkörper leicht nach vorn.

- Ich komme mir vor wie in einem Film.

Renz dreht sich im Kreis.

- Wir haben sicher eine Glückssträhne.

Marcela berührt Huchs Arm.

- Wir könnten dem Kamel folgen.

Er späht.

- Wohin geht es?

Tanja rafft den Rock in die Höhe.

- Ebendas nimmt uns wunder.

Renz tritt aus dem Schatten.

- Das Kamel lässt sich nicht aus der Ruhe bringen.

Marcela streicht Huch über die Schulter und das Haar.

- Du ziehst auch durch die Bergwildnis, als ob du noch nie etwas anderes getan hättest.

Er schiebt die Hände in die Hosentaschen.

- Das ist eine gute Möglichkeit, sich mit Spaß zu bewegen.

Tanja stellt einen Fuß vor den anderen.

- Damit können wir herrlich Zeit verbummeln.

Renz winkelt die Ellbogen in verschiedene Richtungen.

- Es wäre aber auch schön herauszufinden, wohin es uns führt.

Das Kamel senkt den Kopf, bleibt vor einem Ei stehen.

Marcela setzt ein geheimnisvolles Lächeln auf.

- Es gibt etwas Ungewöhnliches zu bestaunen.

Tanja hebt die Ferse.

- Das Ei ist nicht irgendein Ei.

Renz atmet tief.

- Es regt zum Träumen an.

Marcelas Haare strahlen.

- Der Berg birgt viele Geheimnisse.

Das Kamel trippelt davon.

Eine Stimme klingt aus dem Ei.

- Ich kann sprechen.

Tanja lauscht aufmerksam.

- Dagegen haben wir nichts einzuwenden.

Das Ei sagt.

- Trotzdem müssen wir darüber reden.

Renz betrachtet es neugierig.

- Warum?

Es erklärt.

- Weil ihr mich anhören und ernst nehmen müsst.

Marcela beugt den Rücken.

- Das ist in unserem Team üblich. Sollen wir dich mitnehmen?

Das Ei antwortet.

- Nein, lasst mich liegen! Ich will nur, dass ihr euch angesprochen fühlt.

Tanja lässt die Hand übers Ei gleiten.

- Ich finde dich sympathisch.

Es gesteht leicht kichernd.

- Danke! Ich habe mächtig Spaß mit euch.

Ein Mann zockelt über die Bergwiese.

- Hallo, ich bin Giordano Qing.

Er trägt einen Sombrero.

- Möchtet ihr euch eine Ruhepause an der frischen Luft gönnen?

Renz zieht ein Bein an, berührt mit der Fingerspitze den Absatz.

- Seit ich denken kann, bin ich von Pausen fasziniert.

Marcela lässt die Hände hängen.

- Das Relaxen spielt eine wichtige Rolle.

Qing leckt sich die Lippen.

- Ich bringe euch gern zu einer Riesenmatratze.

Der Weg verläuft im Zickzack durch die Bergwiese. Das Gras wiegt sich leicht im Wind. Es sieht aus, als würde der Hang von sanften Wellen erfasst.

Tanja beugt den Ellbogen.

- Ich genieße es, weich zu liegen.

Renz stemmt die Hände in die Hüfte.

- Wir haben eine Menge Zeit.

Die Matratze schimmert im Schatten eines Baums.

Marcela legt sich hin.

- Der Ort lädt zum Kuscheln ein.

Qing streckt sich aus.

- Wir können die Seele so richtig baumeln lassen.

Tanja schließt sich ganz unauffällig an.

- Hauptsache, wir fühlen uns wohl.

Renz lässt sich auf die Matratze fallen.

- Hier sind wir ganz unter uns.

Eine Frau durchstreift die Wiese.

- Hallo, ich bin Wendy Narvik.

Sie trägt einen Tennisrock.

- Gerade mal einen Steinwurf entfernt, gibt es eine Harfe zu bestaunen.

Tanja hört sich das in aller Ruhe an.

- Im Moment gönnen wir uns eine Erholung.

Renz blinzelt.

- Wir sind von Natur aus eher langsam.

Marcela sagt mit freundlichem Lächeln.

- Wenn wir uns ausgeruht haben, strotzen wir vor Tatendrang.

Qing zwinkert spitzbübisch.

- Mach dir keine Sorgen! Wir kümmern uns bald darum.

Wendy mustert Huch neugierig.

- Brauchst du auch eine Pause?

Er öffnet leicht die Lippen, als würde er ganz tief durchatmen.

- Was schlägst du vor?

Sie legt ihre Hand auf seine Schulter.

- Wir 2 gehen voraus und sehen uns die Harfe an.

Huch nimmt ein schnelles Augenzwinkern wahr.

- Das lässt sich ausführen.

In Serpentinen windet sich der Weg dem Berghang entlang.

Wendy schlendert.

- Wir verstehen uns auf Anhieb gut.

Huch erwidert ihren Blick.

- Das ist sicher erstrebenswert.

Die Harfe steht auf einer flachen Felsplatte.

Wendy streift ihn sanft mit den Knöcheln ihrer Finger.

- Du kannst ohne Bedenken ein paar Töne spielen.

Er zupft an einer Saite, lauscht.

- Der Fels schwingt mit.

Sie hört mit geschlossenen Augen.

- Kannst du einen Song schreiben?

Ein Mann betritt die Felsplatte.

- Hallo, ich bin Ulysses Gack.

Er trägt eine Galauniform und bringt Notenpapier.

- Du bekommst das Beste.

Ein froher Zug spielt um Huchs Lippen.

- Danke! Das ist beeindruckend.

Wendy neigt den Fuß leicht nach außen.

- Wir können mehr als zufrieden sein.

Gack legt ein Blatt auf die Felsplatte.

- Ich bitte euch! Für mich ist das so selbstverständlich wie das Ein- und Ausatmen.

Eine Frau nähert sich mit federndem Gang.

- Hallo, ich bin Kananga Quadi.

Sie trägt ein Zebrakleid und bringt einen Bleistift.

- Ich helfe euch gern.

Wendy dreht und wendet ihn.

- Er liegt sehr gut in der Hand.

Gack lenkt den Blick auf die Mine.

- Ein Bleistift, wie wir ihn uns wünschen.

Kananga reckt den Kopf ein wenig.

- Ich unternehme alles, um euch glücklich zu machen.

2 Kolibris schweben über der Harfe. Aus ihren Schnäbeln entspringt ein Schriftzug mit den Worten.

- Hast du schon mal davon geträumt, in einem Team zu sein?

Wendy gibt Huch den Bleistift.

- Die Kolibris bringen uns den Songtext.

Gack winkelt selbstversunken den Arm an.

- Eins muss man ihnen lassen.

Kananga sagt mit breitem Lächeln.

- Sie sind sehr einfallsreich.

Wendy bewegt die Lippen.

- Das könnte ein Song für alle Teams werden.

Gack dreht die Handgelenke nach außen.

- Oder für Menschen, die ein Team suchen.

Kananga bewegt die Finger, als würde sie an der Harfe zupfen.

- Wie auch immer! Darüber müssen wir uns keine Gedanken machen.

Sie boxt Huch sanft gegen den Arm.

- Wie schreibst du den Song? Notierst du zuerst den Text oder die Melodie?

Er kritzelt auf dem Notenblatt herum.

- Ich kann mir gut vorstellen, den Text von den Kolibris zu nehmen.

In einer vertraulich wirkenden Geste fasst Wendy seinen Oberarm.

- Früher oder später wird es dir gelingen.

Gack strahlt über das ganze Gesicht.

- Wir haben genug Zeit.

Kananga verlangsamt ihre Bewegungen.

- Wir müssen lernen, als Team zusammen zu warten.

Wendy drückt die Lippen an den Handrücken.

- Ich vermisse nichts so sehr wie Notenköpfe auf dem Blatt.

Gack umfasst das Kinn mit der Hand.

- So langsam sollten wir damit anfangen.

Huch malt kleine Kreise in die Notenlinien.

- Im Moment läuft es wie von selber.

Kananga klopft ihm von hinten auf die Schulter.

- Ich finde den Wechsel von Notenhälsen und Zwischen-
räumen spannend.

Er zeichnet Striche an die Notenköpfe.

- Es sieht sich an, als würde eine Melodie entstehen.

Wendy legt den Finger an die Wange.

- Was passiert in deinem Kopf, wenn du Noten schreibst?

Huch gibt ihr den Bleistift zurück.

- Ich höre die Töne.

Gack wedelt mit den Augen.

- Was ist das für eine Musik?

Kananga lenkt den Blick auf Huch.

- Vielleicht ist es sinnvoll für dich, sie zu spielen.

Huch streicht lächelnd über die Saiten.

- Das Spiel ist unbegrenzt.

Die Kolibris schwirren fort.

Wendy windet eine Haarsträhne um den Bleistift.

- Da kann ich nur die Augen schließen und träumen.

Gack schiebt die Beine eng zusammen.

- Die Melodie klingt beruhigend.

Kananga tigert um Huch herum.

- Mit diesem Song hast du dich selbst übertroffen! Glückwunsch!

Huch schüttelt leicht den Kopf.

- Song? Das war erst das Vorspiel.

Ein Mann läuft mit ausgestreckten Armen über die Felsplatte.

- Hallo, ich bin Armando Fisch.

Er trägt ein Hawaiihemd.

- Was sagt ihr zu meinem Hemd?

Wendy zuppelt am Rocksaum.

- Wo hast du es gefunden?

Fisch lächelt ergeben.

- Es hing im Wald an einer langen Garderobenstange.

Gack steckt die Hand in die Hosentasche.

- Ich brauche etwas Neues zum Anziehen.

Fisch beugt den Ellbogen.

- Gibst du mir deine Uniform?

Gack reicht ihm die Jacke.

- Willst du auch meine Hose?

Fisch knöpft den Kragen zu.

- Was? Du verschenkst sie?

Gack zieht die Hose aus.

- Ja! Ich möchte bei null anfangen.

Fisch nimmt die Uniformhose.

- Das ist sehr überraschend.

Kananga blickt ihn an.

- Kannst du uns die Garderobenstange zeigen?

Fisch schlüpft in die Hose.

- Gerne, aber nur, wenn es euch keine Mühe macht, ein paar Schritte zu wechseln.

Wendy lässt den Körper hochschnellen und zusammensacken.

- Das werden wir schaffen.

Gack hebt das Blatt mit dem Song auf.

- Wohin müssen wir gehen?

Fisch blickt mit leichtem Augenaufschlag in die Ferne.

- Folgt mir bitte!

Der Weg führt durch ein Labyrinth von abgebrochenen Steinblöcken in den Wald.

Kananga streicht mit der Hand über einen Baumstamm.

- Hier können wir neue Energie tanken.

Vierzehntes Kapitel

Das Bootswrack klingt

Wendy stellt ein Bein angewinkelt auf eine Wurzel.

- Du sprichst mir aus dem Herzen.

Gack geht rückwärts.

- Seht her! Ich habe es im Gefühl, wo der Weg durchführt.

Kananga macht eine schnelle Handbewegung.

- Dreh dich lieber um!

Fisch fährt sich übers Kinn.

- Denn wir sind am Ziel.

Die lange Garderobenstange ruht auf 2 riesigen Ästen. Zahllose, bunte Kleider hängen daran.

Wendy hebt den Arm und winkt Gack.

- Such dir etwas aus!

Er nimmt mit neugierigem Blick alles auf.

- Danke! Es gibt nur ein Bedenken. Ich bin unschlüssig.

Kananga neigt den Kopf zur Seite.

- Wozu hast du uns?

Fisch schaut ihm direkt in die Augen.

- Wir wissen, was dir steht!

Wendy stöbert in den Kleidern.

- Wir suchen ein Teil, das dir entspricht.

Gack lächelt verlegen.

- Wenn es euch nicht gäbe, müsste ich euch erfinden.

Kananga wählt ein Kaminfeger-Kostüm aus.

- Probiere es an!

215

Er schlüpft hinein.

- Es passt wunderbar.

Fisch wiegt fast unmerklich den Kopf.

- Ist es bequem?

Gack richtet sich auf.

- Und wie! Ich kann es kaum glauben.

Wendy tastet Huch mit Blicken ab.

- Ich weiß, was du magst.

Eine Frau durchquert den Wald.

- Hallo, ich bin Hama Jansen.

Sie trägt ein Ballkleid.

- Möchtet ihr einen Steinbrocken finden?

Gack springt in die Höhe.

- Am liebsten sofort!

Kananga streckt den Nacken.

- Ich bin verrückt nach Steinen.

Fisch sieht Hama fragend an.

- Wo liegt er?

Sie deutet um den Mund ein kleines Lächeln an.

- Ganz nah! Es ist leicht, dorthin zu kommen.

Der Weg schlägt Haken.

Wendy fährt mit dem Handrücken über die Stirn.

- Alles, was wir brauchen, ist ein Brocken.

Gack sperrt die Augen auf.

- Über kurz oder lang stehen wir davor.

Der Steinbrocken liegt in einer Lichtung auf knorrigen Wurzeln.

Hamas Gesicht spiegelt Freude wider.

- Da ist er!

Kananga zeigt sich beeindruckt.

216

- Wir sind dir sehr dankbar, dass du uns hingeführt hast.

Fisch schiebt mit halb geschlossenen Augen das Haar zurück.

- Wir wollen nicht überschwänglich erscheinen, aber das ist ein Stein, den man vielleicht ein Leben lang sucht!

Hama berührt Huch an der Hand.

- Hast du schon einen Plan, was wir damit anfangen könnten?

Ein Mann trippelt über die Wurzeln.

- Hallo, ich bin Damien Plopp.

Er trägt einen Papierhut und bringt einen Hammer.

- Ich habe den Wunsch, einem Team beizutreten.

Wendy sieht ihn von der Seite an.

- Am allerbesten ist es, wenn du zu uns kommst.

Gack begrüßt ihn persönlich mit Handschlag.

- Ich bin überzeugt, dass du dich sofort wohlfühlst.

Plopp hängt gebannt an seinen Lippen.

- Danke vielmals! Ein Traum geht in Erfüllung.

Eine Frau geht langsam, tastend durch den Wald.

- Hallo, ich bin Yelena Lambada.

Sie trägt ein Crêpe-Kleid und bringt einen Meißel.

- Was gäbe es Schöneres als einen Steinbrocken?

Kananga streckt die Hand aus.

- Er sieht fabelhaft aus.

Fisch spannt die Oberschenkel an.

- Ich finde ihn inspirierend.

Yelena schaut Huch an.

- Der Stein gleicht dir.

Sein Mund steht offen.

- Das ist mir gar nicht aufgefallen.

Sie schenkt ihm den Meißel.

- Doch, doch! Du meißelst Beine, Hände, Körper und Gesicht heraus und dann hast du eine Statue, die dir zum Verwechseln ähnlichsieht.

Huch biegt das Schlüsselbein nach hinten.

- Das lasse ich mir durch den Kopf gehen.

Wendy tätschelt ihm die Hand.

- Ich denke, du solltest uns eher Modell stehen.

Gack kneift ein Auge zu.

- Genau in dieser Haltung!

Kananga streckt den rechten Arm waagrecht vom Körper weg.

- Das ist für manche sehr aufregend, wenn sie das Modell ihrer Träume finden.

Fischs Blick flattert vom Brocken zu Huch.

- Willst du jetzt lieber den Stein behauen oder Modell stehen?

Ein Mann schlägt den Weg ein.

- Hallo, ich bin Egmont Ods.

Er trägt ein Safarihemd.

- Das Meißeln bereitet mir viel Freude.

Hama hebt lässig die Hand zum Gruß.

- Wäre es nicht toll, wenn du die Statue machen würdest?

Damien reicht ihm den Hammer.

- Du überzeugst uns mit deiner lockeren Art.

Huch gibt ihm den Meißel.

- Wir sind zuversichtlich, dass es dir gelingen wird.

Yelena legt einen warmen Klang in ihre Stimme.

- Du verdienst quasi im Voraus ein Sonderlob.

Ods meißelt 2 Beine heraus, sagt zu Huch.

- Du bist ein spitze Modell.

Huch setzt ein Lächeln auf.

- Alle könnten so dastehen wie ich.

Wendy lobt Ods.

- Du zeigst dich in toller Form.

Gack fügt bei.

- Du behaust den Stein ebenso einfach wie beeindruckend.

Ods meißelt die Hände und den Körper heraus.

- Ich hoffe, ihr habt ebenso viel Spaß wie ich.

Huch lässt seine großen Hände hängen.

- Das Zuschauen genießen wir gern.

Kananga schiebt die Oberlippe leicht vor.

- Wir lernen eine Menge dabei.

Fischs Augen beginnen zu leuchten.

- Dir gelingt ein Meisterstück.

Zum Schluss gestaltet Ods das Gesicht.

- Wann ist wohl der beste Zeitpunkt aufzuhören?

Hama kehrt die Handteller nach oben.

- Genau jetzt!

Ods gibt ihr den Hammer und den Meißel.

- Das will ich gern tun.

Eine Frau fliegt auf einem riesigen Teppich zur Lichtung.

- Hallo, ich bin Teresita Indie.

Sie trägt ein Duchessekleid.

- Ich hoffe insgeheim, dass ich eure Statue aufladen darf.

Plopp fächelt sich mit dem Hut Luft zu.

- Wir zählen auf dich.

Teresita steigt vom Teppich.

- Manches Kunstwerk lässt erst einmal raten, wie man es

transportieren soll.

Yelena hält den Kopf schief.

- Ich wünschte, es würde eine Zaubertechnik geben.

Teresitas Blick zielt direkt und forsch auf den Teppich.

- Ich mache es immer so einfach wie möglich.

Ods runzelt die Stirn.

- Ich sage gerade raus, was ich denke: Der Stein ist schwer.

Der Teppich fliegt auf, legt sich über die Statue. Als sie vollkommen bedeckt ist, schlägt er sich auf der linken Seite ein und überrollt sich wie eine brandende Welle.

Wendy dreht sich abrupt um.

- Die Statue kommt wieder zum Vorschein.

Gack jubelt lauthals.

- Sie liegt auf dem Teppich!

Kananga lässt die Hand flattern.

- Das Aufladen gelingt im Nullkommanichts.

Fisch greift an die Nase.

- Es funktioniert reibungslos.

Hama lächelt gelöst.

- Der Flug ist schon vorbereitet.

Plopp fragt Teresita.

- Dürfen wir uns auf den Teppich setzen?

Sie fordert das Team mit einer einladenden Handbewegung auf.

- Warum nicht? Alle haben Platz.

Yelena lässt sich auf dem Teppich nieder.

- Ich finde keine Bedenken.

Ods legt sich neben die Statue.

- Jetzt heißt es ausspannen und sich freuen.

Wendy steigt mit Gack auf den Teppich.

- Darf ich dir sagen, woran du denkst?

Er legt den Zeigefinger ans Kinn.

- Das kann ratsam sein.

Sie lässt das Handgelenk kreisen.

- Du möchtest gern einmal abschalten und relaxen.

Kananga nimmt auf dem Teppich Platz, fragt Fisch.

- Fühlst du dich gut?

Er gesellt sich zu ihr.

- Ich bin ganz begeistert.

Hama setzt sich.

- Das wird ein rechtes Abenteuer.

Teresita fasst Huch ins Auge.

- Du darfst auch mitfliegen.

Ein Mann schlendert durch den Wald.

- Hallo, ich bin Stanislas Viez.

Er trägt einen Panamahut.

- Ich stecke in den Startlöchern für einen Flug.

Sie reißt die Arme hoch.

- Dann komm! Du bist nie zu alt, um dir Träume zu erfüllen.

Viez springt auf, während der Teppich abhebt.

- Diese Gelegenheit bekommen nicht alle.

Teresita ruft Huch zu.

- Wir holen dich auf dem Rückflug ab.

Er sieht den Teppich über die Wipfel steigen.

- Mach dir darüber keine Gedanken.

Eine Frau spaziert durch den Wald.

- Hallo, ich bin Constance Zanetti.

Sie trägt ein Eistanzkleid.

- Ist das dein Team, das wegfliegt?

Huch rollt die Finger ein.

- Es ist nur ein kurzer Transportflug. Sie kommen wieder.

Constance fährt sich mit der Hand über den Hals.

- Weißt du, welche Tiere katzenhaft geschmeidig sind?

Er hebt die Schulter.

- Wenn du so fragst, denke ich an einen Tiger.

Sie schaut ihm in die Augen.

- Ist gut! Ich möchte dir etwas zeigen.

Huch legt die Hände auf die Hüften.

- Welche Blume magst du besonders gern?

Ein Lächeln huscht über ihr Gesicht.

- Es gibt nicht nur Blumen auf der Welt.

Der Weg schlängelt sich in Serpentinen nach oben.

Constance sagt mit einem Zwinkern in den Augenwinkeln.

- Ein Quäntchen Vertrauen ist immer gut.

Huch bewegt ein Bein zur Seite.

- Wie meinst du das?

Bei einer Weggabelung sitzt ein Tiger unter dem Baum.

Constance schaukelt den Arm.

- Wir können uns alle umstellen, mit Tieren und Bäumen leben.

Sie legt den Kopf leicht schräg.

- Aber es muss uns deswegen nicht schlechter gehen.

Der Tiger leckt eine Pfote.

Constance biegt auf den schmalen Waldpfad ab.

- Er hebt die linke Pranke. Dann wählen wir diese Richtung.

Huch weicht einer Wurzel aus.

- Willst du damit sagen, dass er uns den Weg weist?

Sie bewegt sich aufrecht und mit federnden Schritten.

- Tiger haben einen besonderen Forscherdrang. Sie geben uns einen Wink und prüfen, ob wir ihn verstehen.

Huch blickt sich um.

- Ich lerne gern etwas Neues.

Auf der Höhe empfängt sie ein Schild mit dem Rat.

- Ihr verdient eine Pause.

Hinter dem Schild stehen 2 Sonnenliegen.

Constance legt sich hin.

- Das ist ganz einfach.

Ein Mann erklimmt die Serpentinen.

- Hallo, ich bin Rajan Metz.

Er trägt eine Krawatte.

- Plötzlich befällt mich eine extreme Müdigkeit.

Constance fängt seinen Blick ein.

- Willst du dich auf den Boden legen?

Metz taumelt wie ein Schlafwandler.

- Ich träume von einer Sonnenliege.

Sie hebt die Hand und winkt.

- Eine ist noch frei.

Er setzt sich auf die Kante.

- Es ist ein Zufall.

Constance zeichnet mit dem Finger einen Kreis in die Luft.

- Du musst ja nicht unbedingt schlafen. Es genügt schon, wenn du dich entspannst.

Metz streckt sich aus.

- Genau! Das Ausruhen kann Wunder wirken.

Eine Frau geht über die sonnige Höhe.

- Hallo, ich bin Elida Gerdes.

Sie trägt ein Fransenkleid.

- Möchtet ihr zum Fluss hinunter?

Constance fallen die Augen zu.

- Irgendwann schon! Aber zuerst gönnen wir uns eine Erholung.

Metz legt 3 Finger an seine Lippen.

- Hast du auch den Wunsch zu relaxen?

Elida weicht zurück.

- Ja sicher! Ich könnte jede Minute damit anfangen.

Sie greift Huchs Hand.

- Es sei denn, du würdest keine Pause brauchen und unverzüglich mit mir aufbrechen wollen.

Er dreht sich halb.

- Der Fluss macht mich neugierig.

Elida schiebt leicht die Hüfte vor.

- Dann gehen wir voraus.

Constance verschränkt die Hände ineinander.

- Ist gut! Wenn alles optimal läuft, treffen wir uns am Ufer unten.

Metz lockert die Krawatte.

- Es kann also kein Fehler sein, wenn wir uns verschnaufen.

Elida reckt den Finger in die Luft.

- Im Gegenteil! Wer richtig entspannen will, nimmt sich eine Auszeit.

Sie schlägt Huch einen blätterüberdachten Pfad vor.

- Ich möchte mit dir wandern.

Er lauscht.

- Das ist ein angenehmer Weg. Ich höre die Wipfel rauschen und fühle mich geborgen.

Sonnenglitzern hängt über dem Fluss.

Elida befeuchtet ihre Lippen.

- Findest du mich hübsch?

Ein Mann stolpert mit raumgreifenden Schritten über die Wurzeln.

- Hallo, ich bin Winfried Lenz.

Er trägt eine Surfermütze.

- Du bist absolut wunderschön.

Sie richtet den ganzen Körper auf.

- Danke, ich bin begeistert, wenn ich ein Kompliment höre. Was machst du?

Er spielt mit den Zehen.

- Ich bin unterwegs in Sachen Landbetrachtung.

Elida grinst breit.

- Hast du etwas gefunden?

Lenz streift die Ärmel hoch.

- Ja sicher! Ein Bootswrack, das viel zu staunen gibt.

Ihre Lippen bewegen sich.

- Möchtest du etwas mit uns unternehmen?

Er scharrt mit den Füßen.

- Gern! Ich führe euch hin.

Der Weg schlängelt sich dem Fluss entlang.

Elida schaut vergnügt zur Seite.

- Gemeinsam zu wandern gibt Glücksgefühle pur.

Lenz hört ergriffen zu.

- Alles deutet darauf hin, dass wir ein super Team sind.

Das Bootswrack liegt auf einer vanilleweißen Sandbank ohne einen einzigen Fußabdruck.

Elida zieht die Schuhe aus.

- Es ist leicht zu erreichen.

Lenz watet barfuß durchs seichte Wasser.

- Interessierst du dich für Boote?

Sie wirft ihre langen Haare zurück und lacht.

- Ja! Sie wecken die Fantasie.

Dann streichelt sie Huch über den Rücken.

- Alle Teammitglieder sollten zur Sandbank gehen.

Er hebt fragend die Brauen.

- Was möchtest du damit ausdrücken?

Elida legt ihm die Hand auf die Schulter.

- Ich fühle mich wohler, wenn wir beisammen sind.

Eine Frau wandert am Ufer.

- Hallo, ich bin Kelly Querfurth.

Sie trägt eine Glitzerhose und bringt eine Saite.

- Ich würde gern ein Klavier bauen. Aber ich habe erst eine Saite.

Lenz steht mit einem Bein auf dem Wrack.

- Darüber sollten wir nachdenken.

Elida legt den Arm um Huchs Hüfte.

- Welcher Gedanke geht dir durch den Kopf?

Er antwortet freundlich.

- Wir könnten das Bootswrack mit der Klaviersaite bespannen.

Kellys Herz hämmert.

- Das ist, wie soll ich sagen? Ich suche nach einem Wort.

Lenz schlenkert die Arme.

- Du hast die freie Wahl zwischen zauberhaft oder fabelhaft.

Sie winkelt den rechten Fuß an.

- Das ist märchenhaft.

Ein Mann wetzt um die Bäume.

- Hallo, ich bin Immanuel Tagg.

Er trägt einen Safarihut und bringt einen Schraubenzieher.

- Ich habe den Wunsch, einmal zu schrauben.

Elidas Augen funkeln.

- Du überzeugst uns.

Lenz klappt die Lider hoch.

- Wenn es um Dinge geht, die dir persönlich wichtig sind, darfst du nicht zögern.

Eine Frau kommt wiegenden Schrittes.

- Hallo, ich bin Samara Pava.

Sie trägt ein Jackenkleid und bringt 2 Schrauben.

- Helfen ist für mich eine Herzensangelegenheit.

Kelly spricht mit leuchtenden Augen.

- Wir müssten dir dafür ein Denkmal setzen.

Tagg rückt seinen Safarihut zurecht.

- 2 Schrauben sind mehr als wir uns zu träumen gewagt hätten.

Samara bietet sie auf dem Handteller an.

- Toll wäre es, wenn ihr sie brauchen könnt.

Elidas Stimme klingt locker.

- Und wie! Wir haben die Absicht, sie ins Wrack zu schrauben.

Lenz spricht ruhig und konzentriert.

- So kommen sie zur Geltung.

Kelly schiebt die Augenbrauen zusammen.

- Aber wir sollten sie problemlos hinein- und hinausschrauben können.

Tagg nimmt die erste Schraube.

- Es wäre schade, sie in eine Schublade zu stecken.

Samara schiebt die Zunge angespannt zwischen die Lippen.

- Du bewegst den Schraubenzieher gewandt und selbstsicher.

Elida schöpft Atem.

- Manchmal ein wenig ungestüm.

Lenz spreizt die Finger ab.

- Wir sollten den Schrauben Nummern geben.

Kelly bindet die Klaviersaite an die erste Schraube.

- Das wäre also Nummer 1.

Tagg klaubt die zweite Schraube aus Samaras Hand.

- So läuft das. Du fängst an und magst nie mehr aufhören.

Als die Schraube etwa zur Hälfte versenkt ist, wickelt Kelly die Saite darum, die sich mit jeder weiteren Drehung strafft und spannt.

Samara klatscht.

- Am Ende können wir nur applaudieren.

Elida legt die Hand auf Huchs Schulter.

- Lass die Saite erklingen!

Lenz schaut ihm in die Augen.

- Gib dein Bestes!

Huch zupft die Saite.

- Jeder Klang ist einzigartig.

Kelly hebt das Handgelenk.

- Er ist schon ungewöhnlich.

Tagg tanzt barfuß im Sand.

- Mir macht er einfach Freude.

Ein Mann trottet mit hängenden Armen daher.

- Hallo, ich bin Olcay Flesch.

Er trägt ein Holzfällerhemd.

- Wollt ihr über eine Hängebrücke?

Samara stellt sich auf die Zehenspitzen.

- Das würden wir uns wünschen.

Flesch weist den Weg.

- Ja dann brechen wir auf!

Ein sandiger Pfad folgt dem Flusslauf.

Elida winkt Lenz.

- Gefällt dir der Wald?

Er riecht an einer wilden Rose.

- Ja! Der Duft tut mir gut.

Eine klapprige Hängebrücke überspannt den Fluss.

Kelly streicht sich durchs Haar.

- Sie ist in ihrer Art einzigartig.

Tagg schwenkt die Hand nach links.

- Es ist gut, dass es sie gibt.

Samara reckt das Kinn vor.

- Wenn du die freie Wahl hättest, welche Brücke würdest du empfehlen?

Flesch tritt ohne Federlesen auf die Bretter.

- Genau diese! Aber wir sollten immer daran denken, dass jemand andere Vorlieben haben kann.

Elida hält sich am Seil.

- Wieso denn? Sie bietet einen einmaligen Blick auf den Fluss.

Lenz hüpft von Brett zu Brett.

- Wäre sie weg, würde sie vielen Menschen schnell einmal fehlen.

Kelly guckt mit einem strahlenden Lächeln zu Tagg zurück.

- Was ist die wichtigste Eigenschaft einer Hängebrücke?

Er hat schon das Seil in der Hand.

- Vielleicht, dass wir sie unbekümmert benutzen können.

Samara schiebt die rechte Schulter vor.

- Du würdest sagen: Sie muss verlässlich sein.

Tagg tappt über die Brücke.

- Ganz genau! Du hast ein gutes Gespür für die Worte, die ich suche.

Fleschs Augen gleiten über ihn hinweg, bis sie an seinem Gesicht hängen bleiben.

- Wer im Team unterwegs ist, kann sich stets darauf verlassen, dass ihn die Menschen verstehen.

Elidas Blick fliegt unstet über den Fluss.

- Habt ihr euch bereits Gedanken gemacht, was wir anfangen, wenn wir am anderen Ufer sind?

Fünfzehntes Kapitel

Die Leinwand über der Wurzelhöhle

Lenz hebt das Bein ein wenig von einem Brett ab.
- Wir ziehen durch die Wildnis, als ob wir noch nie etwas anderes getan hätten.
Kelly gleitet mit den Fingernägeln über das Seil.
- Das ist natürlich eine Herausforderung.
Tagg stellt sich auf die Fußballen.
- Kann sein. Aber wir bleiben locker.
Samara schiebt sich breitbeinig über die Hängebrücke.
- Wie gut bist du aufs Abenteuer vorbereitet?
Flesch spreizt den kleinen Finger ab.
- Ich gehe viel und gern spazieren.
Eine Frau spricht Huch von hinten an.
- Hallo, ich bin Ulla Yasar.
Sie trägt ein Korsagen-Kleid.
- Dein Team ist schon drüben. Und was machst du?
Seine Augen blicken umher.
- Ich lasse die Menschen gern vorangehen.
Ulla trabt über die Hängebrücke.
- Ist gut! Dann gehe ich vor dir.
Er stützt sich mit Ausfallschritt aufs Seil.
- Das ist für mich in Ordnung.
Elida reibt sich verwundert die Augen.
- Möchtest du ebenfalls zum Team gehören?
Ulla eilt mit weitausgreifenden Schritten zu ihr.

- Ja! Das wäre toll.

Lenz klappt mit der Hand sein Ohr nach vorne.

- Wir nehmen dich auf. Jedes neue Mitglied bringt eine frische Sichtweise ein.

Ihr Blick wandert.

- Wagt ihr euch gern an etwas Neues heran?

Kelly wendet ihr das Gesicht zu.

- Immer! Wir sind zuversichtlich, dass wir alle Abenteuer überstehen.

Tagg streckt die Hände aus.

- Ich liebe die Herausforderung.

Ulla strahlt über das ganze Gesicht.

- Habt ihr Vertrauen in euch selbst?

Samara spannt den Rücken leicht an.

- Gewiss! Was zeigst du uns?

Ulla spricht in aufmunterndem Ton.

- Eine Treppe, die steil in die Höhe und ins Leere führt.

Flesch steht breitbeinig.

- Wir sind dabei. Sie könnte uns aufs Angenehmste verblüffen.

Elida bewegt sich leichtfüßig.

- Ich teile deine Meinung.

Lenz gibt sich einen Ruck.

- Da gibt es sicher viel Platz zum Entspannen und Erkunden.

Der Weg führt durch sperrige Felsbrocken hinauf.

Kelly schaut mal nach rechts, mal nach links.

- Ich finde es wichtig, dass wir ganz ruhig gehen.

Tagg hält inne, prüft den Sitz seines Safarihuts.

- Wir passen auf, dass wir nicht in Stress kommen.

Über eine Natursteintreppe geht es die Felswände hinauf.

Samara hebt die Hände.

- Alle sollen sich im eigenen Körper wohlfühlen.

Flesch klatscht sich auf den Bauch.

- Dafür sorgen wir.

Ulla wechselt mit Huch einen Blick.

- Wir sind ein starkes Team, ja?

Er richtet sich auf.

- Das Zusammengehörigkeitsgefühl ist ein Pluspunkt, der klar für uns spricht.

Die oberste Treppenstufe ist in den Wolken.

Elida jauchzt vor Freude.

- Wir sind oben.

Lenz steht der Mund offen.

- Das werde ich nie vergessen.

Kelly blickt ins Leere.

- Wir haben uns selber übertroffen.

Tagg dreht sich um.

- Für uns ist die Welt noch voller spannender Geheimnisse und Rätsel.

Samara läuft rückwärts die Treppe hinunter.

- Der Abstieg wartet auf uns.

Flesch kehrt um.

- Wir verstehen uns blendend.

Ullas Lippen bewegen sich kaum, als sie spricht.

- Der Wechsel von Auf und Ab macht die Treppe zu einer kurzweiligen Sache.

Ein Mann stürmt zum Treppenfuß.

- Hallo, ich bin Hannes Nag.

Er trägt eine Uniformmütze.

- Ich möchte euch meine Idee vorstellen.

Elida atmet ein, breitet die Arme aus, atmet aus.

- Ich lasse mich gern überraschen.

Lenz lächelt kurz.

- Ich finde Ideen anregend und wertvoll.

Nag legt eine Hand seitlich an den Kopf.

- Wir könnten eine Trommel suchen.

Kelly fragt Tagg.

- Was meinst du dazu?

Er drückt seine Brust nach vorn.

- Eine Suche ist gut. Sie fordert uns heraus.

Samara hakt sich mit dem Arm bei Huch ein.

- Weißt du, welchen Weg wir einschlagen könnten?

Eine Frau taucht hinter einem Felsbrocken auf.

- Hallo, ich bin Bonnie Dieling.

Sie trägt ein Kreppkleid.

- Wollt ihr etwas Vergnügliches hören?

Flesch hebt den Fuß von der Treppenstufe.

- Da sagen wir nie nein.

Bonnie kippt mit dem Oberkörper ruckartig nach vorne.

- Gut! Ich bin zufällig an einer Trommel vorbeigekommen.

Elida wedelt mit dem Finger.

- Ich höre am liebsten Trommelmusik.

Lenz wölbt einen Hohlraum zwischen den Händen.

- Aus meiner Sicht ist sie das schönste Instrument.

Bonnie schaut fragend zurück.

- Lässt ihr euch gern leiten?

Kelly deutet ein Nicken an.

- Ja, vor allem von dir.

Ein Lächeln zeigt sich auf Bonnies Gesicht.

- Dann gehe ich voran.

Tagg verlagert das Gewicht auf das gebeugte Bein.

- Für uns ist es ein gutes Gefühl zu wissen, dass du den Weg kennst.

Der Pfad führt durch einen Tunnel aus dichtem Grün.

Samara wippt mit dem Fuß.

- Wir tauchen in eine andere Welt ein.

Flesch dreht sich um sich selbst.

- Ich dachte schon, es würde nicht weiter gehen.

Die Trommel steht auf einer Lichtung im Moos.

Ulla lenkt den Blick auf Nag.

- Wie findest du sie?

Sein Gesicht hellt sich auf.

- Sie versetzt mich schlichtweg ins Staunen.

Bonnie ergreift Huchs Arm.

- Hast du ein offenes Ohr für mich?

Ein Mann hoppelt mit Sprüngen herbei.

- Hallo, ich bin Valerius Acht.

Er trägt einen Rollkragenpullover.

- Wenn jemand etwas sagt, höre ich sehr gerne hin.

Sie neigt den Kopf.

- Ich habe nur eine kleine Frage: Trommelst du?

Acht ziert sich.

- Wie gesagt, ich bin der ideale Zuhörer.

Elida zupft an ihrem Fransenkleid.

- Heißt das, du spürst die geballte Energie der Musik, aber nur, wenn sie jemand anders macht?

Er hebt den Oberarm im rechten Winkel zum Oberkörper.

- Ganz genau! Ich kann beim Zuhören unheimlich viel erleben.

Lenz pflichtet ihm bei.

- So ergeht es auch mir.

Kelly ermuntert Tagg.

- Vielleicht möchtest du die Trommel nehmen?

Er beugt und streckt die Hüfte.

- Ich glaube, Olcay denkt darüber nach.

Samara sieht ihn erstaunt an.

- Wie könnten wir das merken?

Flesch erklärt es ihr.

- Wenn ich nachdenken muss, dann fahre ich mit der Hand übers Kinn.

Ulla guckt Nag an.

- Staunst du nur über die Trommel oder möchtest du sie schlagen?

Er blickt zu Boden.

- So wie ich das sehe, gibt es im Team eine Mehrheit, die lieber zuhört.

Bonnie berührt Huch leicht an der Hüfte.

- Dann solltest du einen Song trommeln.

Acht kreist um ihn herum.

- Der Vorschlag ist goldrichtig.

Huch stellt die Trommel vor sich hin, schlägt mit der Hand aufs Fell.

- Ich möchte mal hören, wie sie tönt.

Elida blickt Lenz neugierig an.

- Was findest du besonders an diesem Song?

Er wippt mit dem Kopf.

- Dass er einzigartig ist und in keine Schublade passt!

Kelly neigt den Oberkörper leicht nach vorn.

- Warum begeistert uns dieser Rhythmus?

Taggs Augen glänzen.

- Weil er einfacher ist als alle andern.

Samara versetzt Flesch einen leichten Stoß.

- Mich erinnert der Sound an etwas.

Er spreizt den kleinen Finger ab.

- Ja! Er klingt wie das Hüpfen auf einem Bein.

Ullas Blick wandert zu Nag.

- Und du? Was ist dein Eindruck?

Er stützt das Kinn auf die linke Faust.

- Da muss ich zuerst in mich hineinhorchen. Ich höre den Song zum ersten Mal.

Bonnie schickt ein Lächeln zu Acht.

- Vielleicht möchtest du etwas dazu sagen.

Er zieht die Schultern fast bis zu den Ohren hoch.

- Mir schwirren die unterschiedlichsten Gedanken durch den Kopf.

Huch gibt sich einen Ruck.

- Eigentlich habe ich die Trommel nur kurz ausprobiert.

Elida lässt sich ein Lächeln entlocken.

- Das überrascht mich irgendwie.

Lenz macht große Augen.

- Wir dachten schon, du hättest einen Song gespielt.

Eine Frau kundschaftet den Wald aus.

- Hallo, ich bin Coco Zeiler.

Sie trägt ein Madraskleid und bringt einen Karton.

- Wer möchte blind hineinfassen?

Kelly dreht ruckartig den Kopf zu Tagg.

- Sehe ich das richtig? Möchtest du einen Zettel ziehen?

Er schiebt sich schneckengleich langsam zurück.

- Lieber nicht! Ich habe gelernt zu warten.

Samara erkundigt sich bei Flesch.

- Wäre das eventuell etwas für dich?

Er überlegt. Dann entscheidet er sich dagegen.

- Von Natur aus bin ich nicht so sehr schnell.

Ulla richtet den Blick auf Nag.

- Warum zögerst du?

Er presst die Lippen aufeinander.

- Ich fürchte, das wird wohl ein ewiges Geheimnis bleiben.

Bonnie fragt Acht.

- Was machst du?

Er senkt den Kopf auf die Brust.

- Ich lasse mir Zeit.

Coco schmiegt Huch die Hand um die Hüfte.

- Weißt du, was deine Stärke ist?

Huch blickt zum Himmel empor.

- Nein! Aber ich lasse mich gern beraten.

Sie hält ihm den Karton hin.

- Das freut uns. Dann nimm einen Zettel!

Er klaubt ihn heraus.

- Und was soll ich damit anfangen?

Coco schenkt ihm einen vielsagenden Blick.

- Öffnen! Das bringt Glück.

Huch faltet den Zettel auseinander, liest die Frage.

- Was ist dein Lieblingsbaum?

Sie antwortet sicher und entspannt.

- Der Kastanienbaum.

Elida rennt los.

- Bleibt ruhig hier stehen!

Lenz verlässt die Lichtung.

- Wir schwärmen aus.

Kelly läuft weg.

- Wir finden sicher einen Kastanienbaum.

Tagg folgt ihr.

- Das ist höchstwahrscheinlich.

Samara dreht sich nach Flesch um.

- Hast du schon mal eine Baumsuche gemacht?

Flesch heftet sich an ihre Fersen.

- Nein, aber mit dir zusammen kann nichts schiefgehen.

Ulla verschwindet zwischen den Stämmen.

- Ich sehe mich in der Umgebung um.

Nag weist mit der Hand und dem abgewinkelten Zeigefinger in die Richtung.

- Wir halten die Augen offen.

Bonnie empfiehlt Acht.

- Versuch, cool zu bleiben!

Er spurtet an ihrer Seite durchs Gehölz.

- Ich bin überhaupt nicht aufgeregt.

Ein Mann tritt auf die Lichtung.

- Hallo, ich bin Rami Matt.

Er trägt Safarihosen.

- Ich sammle Karton.

Coco gibt ihm die Schachtel.

- Danke für das Kommen!

Matt wendet sich zum Gehen.

- Du musst nur deine Augen schließen, und schon bin ich wieder weg.

Sie drückt die Augen zu.

- Möchtest du nicht bleiben?

Er entfernt sich.

- Nein! Ich denke immer an das, was ich gut kann. Und das

ist Kartonsammeln.

Coco hebt die Lider.

- Ich höre nur noch seine Schritte rascheln.

Sie horcht.

- Und jetzt ist es ganz still.

Huch lauscht.

- In der Nähe gurrt eine Taube.

Coco legt den Arm um seine Hüfte.

- Hat sie Angst, auf deiner Schulter zu landen?

Er schenkt ihr einen fragenden Blick.

- Warum sollte sie das tun?

Eine Frau hüpft aus dem Wald.

- Hallo, ich bin Anke Yaman.

Sie trägt ein Nickistoffkleid.

- Alle Tauben fliegen zu mir.

Cocos Stimme klingt unstillbar neugierig.

- Das kannst du uns eventuell sogar zeigen.

Anke streckt den Arm aus.

- Warum nicht?

Die Taube fliegt herbei, setzt sich darauf.

Coco ist außer sich.

- Es geht in Windeseile.

Anke schwenkt ihre Nase.

- Möchtet ihr eine unbekannte Gegend entdecken?

Coco sagt mit dem Anflug eines Lächelns.

- Nein, wir suchen einen Kastanienbaum.

Ankes Augen flackern.

- Eine Kastanie ist wesentlich mehr als nur ein Baum.

Coco senkt den Kopf.

- Das weiß ich. Und wie finden wir sie?

Anke lässt die Taube fliegen.

- Wir gehen durch den Wald. Das ist der beste Weg.

Der Pfad windet sich geheimnisvoll um die stämmigen Bäume.

Coco wirft einen kurzen Blick in Richtung Himmel.

- Alle empfinden etwas, wenn sie die Wipfel rauschen hören.

Anke atmet mit einem tiefen und kräftigen Zug den Brustkorb empor.

- Natur erleben tut einfach Körper und Seele wohl.

Am Waldrand wächst ein riesiger Kastanienbaum. Seine verschlungenen Wurzeln bilden eine Höhle.

Ein Mann kommt daher.

- Hallo, ich bin Pasquale Joy.

Er trägt einen Tagesanzug.

- Die Wurzeln rund um die Höhle sehen wie ein Rahmen aus.

In Cocos Stimme liegt ein leichtes Vibrieren.

- Was liegt näher, als eine Leinwand zu spannen!

Anke legt Huch die Hand aufs Kreuz.

- Was meinst du?

Er schiebt den Hut in den Nacken.

- Das ist eine gute Möglichkeit.

Eine Frau umtänzelt den Kastanienbaum.

- Hallo, ich bin Natalia Indra.

Sie trägt ein Paisley-Kleid und bringt ein dünnes Seil.

- Habt ihr einen Wunsch?

Joy reißt den Arm hoch.

- Ja! Wir wollen dich für unser Team gewinnen.

Natalia atmet durch.

- Danke! Bis zu dieser Sekunde war ich ganz allein.

Coco verfolgt gebannt jede ihrer Bewegungen.

- Bei uns findest du Anschluss.

Anke empfängt sie mit ausgebreiteten Armen.

- Wir sind ein gutes, funktionierendes Team.

Joy schiebt die Daumen auf Hüfthöhe hinter den Gürtel.

- Die Glücklichen, die schon dabei sind, können es kaum erwarten, neue Mitglieder zu begrüßen.

Natalia macht mit dem rechten Bein einen Schritt nach vorne.

- Das spüre ich.

Ein Mann rennt so schnell, dass seine Füße kaum den Boden berühren.

- Hallo, ich bin Leon Binz.

Er trägt ein federweißes Unterhemd, lichtweiße, kurze Hosen und bringt eine Leinenplane mit Ösen.

- Mich interessiert, wie ihr sie spannt.

Coco entfaltet die Plane.

- Wir fangen immer ganz bei null an.

Anke hilft ihr beim Ausbreiten.

- Der erste Schritt ist der wichtigste.

Joy zieht die Leinwand hoch.

- Ich denke, wir brauchen das Seil.

Natalia schlingt einen Knoten.

- Ich mache das schon.

Binz tippt kurz an den Kopf.

- Eine Leinwand über einer Wurzelhöhle sehen wir nicht alle Tage.

Coco strafft die Plane.

- Wir wagen gern etwas Ungewöhnliches.

242

Anke zieht das Seil durch eine Öse.

- Es ist halt einfacher, wenn das ganze Team Hand anlegt.

Joy klettert zur nächsten Wurzel.

- Wir wären bereit, dich aufzunehmen.

Natalia befestigt die Plane.

- Wenn du mit uns etwas machen möchtest.

Binz rafft die Leinwand.

- Danke vielmals! Euer Zusammengehörigkeitsgefühl ist enorm.

Eine Frau findet sich ein.

- Hallo, ich bin Olga Kalinowski.

Sie trägt ein Raglankleid und bringt einen Pinsel.

- Die Frage beschäftigt mich zeitlebens, was ich damit anfangen könnte.

Coco wirft ihr einen aufmunternden Blick zu.

- Einen Pinsel zu haben, ist nicht weiter schlimm.

Anke schaltet sich ins Gespräch ein.

- Du musst ihn ja nicht unbedingt brauchen.

Joy lässt die Hände mit bewegten Fingern sprechen.

- Prüfe einmal, wie er sich anfühlt!

Natalia schnalzt mit der Zunge.

- Das genügt schon.

Binz stemmt sich aus der Wurzel hoch.

- Dann fühlst du dich freier.

Olga streift mit dem Finger über die Pinselhaare.

- Danke für die Tipps! Ihr seid das beste Team, das sich je in der Geschichte versammelt hat.

Ein Mann hüpft.

- Hallo, ich bin Winn Frings.

Er trägt eine Hotelboy-Uniform und bringt einen Topf.

- Welche ist eure Wunschfarbe?

Coco legt die Hände als Trichter an den Mund.

- Südseeblau!

Frings öffnet den Deckel.

- Was für ein Glück! Es ist genau dieses Blau!

Anke schließt Huch in die Arme.

- Ich will dich nicht drängen. Aber jetzt haben wir alles zum Malen.

Huch sieht sich um.

- Wünscht ihr etwas Bestimmtes?

Joy macht das Jackett auf und zu.

- Sicher! Wir hätten gern einen Farbtupfen.

Natalia richtet den Blick auf die Leinwand.

- Was meint ihr? Muss er speziell rund sein?

Binz sagt mit einem vorsichtigen Lächeln.

- Nicht unbedingt, denn er sollte eher wie eine Spielerei wirken.

Olga zeigt Huch den Pinsel.

- Wenn du wählen könntest, für welchen Pinsel würdest du dich entscheiden?

Er nimmt ihn in die Hand.

- Entscheidungen sind nicht so einfach, wie es den Anschein hat.

Frings bietet ihm den Topf an.

- Lass dir Zeit!

Coco schiebt sich an Huch vorbei.

- Ein Tupfen lässt sich sicherlich machen.

Anke legt ihm die Hand auf die Schulter.

- Hast du schon eine Ahnung, wie er aussieht?

Er taucht den Pinsel in die Farbe.

244

- Ich kann seine endgültige Form noch nicht beschreiben oder mir vorstellen.

Ein Schmunzeln gräbt sich in Joys Wangen.

- Du musst einfach nur malen, was dir gefällt.

Huch tupft den Pinsel auf die Leinwand.

- Ist euch jemals so ein Tupfen begegnet?

Er hört eine Stimme aus der Höhle rufen.

- Hallo, ich bin Hanja Edenhofer.

Die Stimme kommt näher an die Leinwand.

- Ich möchte raus.

Natalia schenkt Binz einen tiefen, prüfenden Blick.

- Würdest du bitte die Plane aufschneiden?

Er schlägt die Hand vor den Mund.

- Liebend gern! Aber ich habe keine Schere.

Ein Mann tritt ruhig und gelassen auf.

- Hallo, ich bin Dädalus Grau.

Er trägt ein T-Shirt und bringt eine Schere.

- Ihr gebt mir das Gefühl, willkommen zu sein.

Olga winkt ihn heran.

- Willkommen und mehr! Wie können wir es am besten sagen?

Frings deutet mit dem Daumen hinter sich.

- Tritt näher an die Leinwand!

Hanjas Stimme klingt dünn, fast zerbrechlich.

- Schneide die Plane auf!

Grau setzt die Schere an.

- Genau das versuche ich.

Coco tippt Huch auf die Schulter.

- Wie gefällt dir die Art, wie er die Schere handhabt?

Huch gibt den Pinsel ab.

- Da kann ich nur dazulernen.

Anke wendet den Blick zu Joy.

- Eventuell kannst du Dädalus helfen.

Er rückt den Anzug zurecht.

- Selbstverständlich gern! Was kann ich tun?

Grau schlitzt den Stoff auf.

- Du hast die Chance, hautnah mitzuerleben, wie vielfältig die Schere eingesetzt werden kann.

Hanja tritt aus der aufgeschnittenen Leinwand.

- Du bist sehr geschickt.

Sie trägt einen Sari.

- Wir haben dir enorm viel zu verdanken.

Natalia löst das Seil.

- Du hast aus einem Bild 2 gemacht.

Sechzehntes Kapitel

Der Lochstein

Eine Frau bewegt sich wie in Zeitlupe.

- Hallo, ich bin Tetyana Valdivia.

Sie trägt ein Top.

- Wir könnten die Bilder in den Kulturraum bringen.

Binz zieht die Winkel des breiten Munds nach oben.

- Das ist eine bestechend gute Idee.

Olga wischt den Pinsel am Raglankleid ab.

- Der Kulturraum ist eine Oase zum Entspannen.

Frings schließt den Farbtopf.

- Das klingt einladend.

Hanja legt mit Grau die linke Leinwandhälfte zusammen.

- Welche Gedanken gehen dir durch den Kopf?

Grau zieht die Schulter hoch.

- Wenn die Plane nicht zerschnitten wäre, müsste ich sagen: Es ist ein Bild.

Tetyana kümmert sich mit Coco um die rechte Hälfte.

- Das stimmt. Aber so haben wir mehr Möglichkeiten.

Coco holt Luft.

- Wir können uns fragen, ob wir die beiden Bilder nah beisammen oder weit voneinander getrennt ausstellen wollen.

Anke fragt Joy mit einem halben Blick.

- Wie siehst du das?

Er zieht ein unsichtbares Gummiband auseinander.

247

- Sich darüber Gedanken zu machen, finde ich spannend.

Tetyana hebt den Arm.

- Ich auch! Trotzdem rate ich zum Aufbruch! Los geht's!

Endlose Brombeerbüsche säumen den Weg.

Natalia dreht das Gesicht zu Binz.

- Gefällt dir der Himmel?

Er schwingt seine schlenkernden Beine.

- Ja! Keine Wolke trübt das Blau.

Der Kulturraum befindet sich in einem fensterlosen Kuppelbau. Er ist aus Baumstämmen und Lehm errichtet, hat einen Sandboden.

Olga lehnt sich gegen die Wand.

- Das sind rundum natürliche Baustoffe.

Frings blickt, den Kopf im Nacken, mit seinen Augen verzückt nach oben.

- Ich bekomme eine Gänsehaut.

Ein Mann bringt eine Leiter aus dem Raum.

- Hallo, ich bin Stuart Quitt.

Er trägt eine Arbeitshose.

- Möchtet ihr etwas ausstellen?

Hanja legt die linke Leinwandhälfte auf den Boden.

- Ja! Hier wäre das erste Bild.

Grau hilft ihr beim Ausbreiten.

- Du kannst es gerne haben.

Quitt kommt aus dem Staunen nicht mehr heraus.

- Danke vielmals! Es ist einen Tick besser als alles, was ich je gesehen habe.

Er stellt die Leiter links vom Eingang an.

- Ich weiß sicher, wo es hinkommt.

Natalia fädelt das Seil ein, wirft einen Seitenblick auf Binz.

- Du bringst mich auf eine Idee.

Er schließt leicht die Augen.

- Was könnte ich tun?

Sie richtet sich auf.

- Du könntest mir helfen, die Plane hochzureichen.

Binz bückt sich.

- Warum bin ich nicht selber darauf gekommen?

Anke steigt auf die Leiter.

- Alles verläuft fast fahrplanmäßig.

Natalia gibt ihr das Seil.

- Schlinge es um die Baumstämme!

Anke streckt den Arm.

- Da sieht man, wie wertvoll es ist, einem Team anzugehören.

Sie befestigt das Seil.

- Ich sitze wie im Adlerhorst.

Quitt verlegt die Leiter.

- Das erste Bild hast du gut aufgehängt.

Anke klettert über die vorspringenden Baumstämme.

- Danke! Es wird sich zeigen, was wir auf der rechten Seite verrichten können.

Sie wirft das Seilende hinunter.

Coco fädelt es durch die Ösen der anderen Bildhälfte ein.

- Es macht Spaß, hautnah zu erleben, wie die Ausstellung entsteht.

Tetyana trippelt die Sprossen der Leiter hoch.

- Reich mir die Plane! Ich führe sie hinauf.

Anke kauert auf den Baumstämmen.

- Ich warte, egal wie lange es dauert.

Coco hat das Seil eingezogen.

- Was sagst du dazu?

Tetyana greift zu.

- Ich kann mir vorstellen, die Plane wie einen Vorhang hochzuziehen.

Joy blickt hoch.

- Das Balkenwerk der Baumstämme bietet viel Raum.

Olgas Blick wandert über die Kuppel.

- Da könnten wir noch mehr aufhängen.

Frings streckt erklärend die Hand vor.

- Ja, aber 2 Bilder sind eine ganze Welt.

Hanja wirft das Haar mit beiden Händen hinter ihre Schultern.

- Mir gefällt die Ausstellung, wie sie ist.

Grau dreht ihr das Gesicht zu.

- Du siehst äußerst glücklich aus.

Sie schlägt ihre Augenlider nieder.

- Ist das so?

Er streckt den linken Fuß lässig nach außen.

- Sicher! Wir haben reichlich Spaß mit den Bildern.

Tetyana bestaunt die Bilder.

- Überlegen wir gemeinsam, wie wir die Ausstellung feiern könnten.

Quitt stemmt die Arme hoch.

- Zum Einstieg lade ich euch ein. Kommt alle in den Kulturraum!

Coco geht hinein.

- Das hebt die Stimmung.

Anke schließt sich an.

- Es gibt nicht oft solche Vernissagen.

Joy folgt ihr.

- Wir nutzen die Chance.

Natalia tritt ein.

- Wir bevorzugen es, im Team zu feiern.

Binz rückt nach.

- Das ist persönlicher.

Olga verschwindet im Kulturraum.

- Wir kennen uns.

Frings heftet sich an ihre Fersen.

- Wir landen in einer Wolke des Glücks.

Hanja spaziert hinein.

- Körper und Geist entspannen sich sanft und nach Herzenswunsch im Kulturraum.

Grau gesellt sich zu ihr.

- Er ruft ein angenehmes Wohlbefinden hervor.

Tetyana hüpft über die Schwelle.

- Du bist sicher auch ein guter Teamplayer.

Quitt begleitet sie.

- Ich arbeite stets daran.

Eine Frau schaut suchend die Straße entlang.

- Hallo, ich bin Urmia Lamprecht.

Sie trägt ein Velourkleid.

- Es gibt einen fantastischen Ort.

Huch lächelt und hebt kurz die Hand.

- Die Wenigsten dürften wissen, wo er ist.

Urmia greift nach seinem Arm.

- Die einzige Ausnahme bin ich.

Ein Mann huscht herbei.

- Hallo, ich bin Samir Abt.

Er trägt einen Glitteranzug.

- Mich darfst du ruhig dazuzählen.

Sie wirft das Haar nach hinten.

- Wieso? Weißt du, was bereits von Weitem lockt?

Abts Finger tippen in der Luft herum.

- Also in Sichtweite, vor unserer Nase befindet sich die Festivalbühne.

Urmia schlägt den Weg ein.

- Mit anderen Worten: Da müssen wir hin.

Abt schließt die Augen.

- Das Gefühl, Mitglied in einem Team zu sein, ist nicht zu übertreffen.

Disteln mit kugeligen Blütenköpfen säumen den Wegesrand.

Urmia schwingt die Arme vor dem Oberkörper.

- Ich genieße das Summen der Bienen.

Abt schiebt die Daumen in die Gürtelschlaufen.

- Mit den Ohren sehen wir besser.

Ein hohes Podest aus mondweißen Planken erhebt sich aus der Wiese. Zahllose Treppen sind angebaut und Leitern angestellt.

Urmia sieht Abt an.

- Weißt du genau, wohin du willst?

Er lacht hell auf.

- Ja! Auf die Bühne!

Sie blickt Huch aus den Augenwinkeln an.

- Ich gucke einmal, was du machst, wenn du vor einer Treppe stehst.

Er stellt den Fuß auf die unterste Stufe.

- Das ergibt sich von selber.

Urmia schiebt ihren Arm unter seinen.

- Auf der Bühne kannst du ganz wunderbar auf dem Rü-

252

cken liegen und nichts tun.

Abt klettert auf die Rampe.

- Oder wenn du den Wunsch hast, nichts als dich selbst zu sein, ist das auch schwer in Ordnung.

Sie führt Huch aufs Podest.

- Es kann losgehen.

Abt öffnet den Mund beim Lächeln.

- Zum Runterkommen gibt es zum Glück Treppen genug.

Urmias Blick ist aufmunternd.

- Wie geht es uns? Was würdest du sagen?

Abt wippt mit dem Schuh.

- Klar, dass wir uns pudelwohl fühlen.

Sie bewegt die Augenbrauen.

- Ich habe die reinste Freude mit euch in diesem Team.

Er lockert die Finger.

- Wir tun, wovon viele nur träumen.

Urmia stemmt den Ellbogen raus, hebt das Kinn hoch.

- Was findest du so umwerfend auf der Bühne?

Abt lässt die Hände sinken.

- Wir haben Zeit zum Entspannen.

Sie blickt Huch freundlich ins Gesicht.

- Möchtest du mein Lover sein?

Eine Frau steigt auf die Bühne.

- Hallo, ich bin Vahida Navel.

Sie trägt einen Bahnen-Rock.

- Ist in der Nähe ein Raumschiff gelandet?

Abt reckt den Kopf nach vorn.

- Suchst du Außerirdische?

Ein heller Lichtfleck fällt auf ihre Stirn.

- Ganz genau! Ich bin um jeden Tipp froh.

Ein Mann springt die Treppe hinauf.

- Hallo, ich bin Quint Zipf.

Er trägt Nietenhosen.

- Ich habe für euch die allerbeste Nachricht.

Urmia holt tief Luft.

- Das kommt selten vor.

Abt beugt sich sehr weit nach vorn.

- Kannst du sie in konkrete Worte fassen?

Zipf zeichnet mit der ausgetreckten Hand Kurven in die Luft.

- Aber sicher! Ich habe ein Raumschiff gesehen.

Vahida sieht ihn groß an.

- Wo?

Er schließt die Füße.

- Erst schwebte es über dem Horizont, dann ein Stückchen tiefer.

Urmia steigt die Treppe hinunter.

- Wir müssen herausfinden, wo es gelandet ist.

Abt springt von der Rampe.

- Wer die Außerirdischen trifft, ist sicher glücklich.

Vahida bietet Huch die Hand an.

- Begleitest du mich?

Huch geht mit.

- Worauf könnte ich jetzt achten?

Sie rafft den Rock.

- Auf die Treppe und die Stufen!

Zipf klatscht auf die Beine.

- Es ist mir ein Vergnügen, euch den Weg zu zeigen.

Ein steiler Pfad führt zur Bergwiese hinauf.

Urmias Augen schimmern.

- Was denkt ihr? Sind die Außerirdischen zuvorkommend?

Abt beugt den Kopf.

- Vielleicht meditieren sie mit uns über das zukünftige Leben.

Die Luft ist weich, duftet nach Thymian.

Das Raumschiff steht im Gras. Die Luke öffnet sich.

Eine Frau steigt aus.

- Hallo, ich bin Elaina Jeske.

Sie trägt eine Ballonmütze.

- Wie geht es euch?

Vahida hat in den Augen ein blitzendes Lachen.

- Gut, danke! Was machst du?

Elaina atmet gierig die frische Luft.

- Wenn du danach fragst, würde ich sagen, ich genieße die Atmosphäre.

Zipf bewegt sich aus der Hüfte heraus.

- Und sonst? Was hast du vor?

Sie hebt die Mütze, wirft die Haare über die Schulter.

- Einfach nur rumstehen oder rumsitzen.

Urmia lehnt sich nach vorn.

- Das wirkt gegen Stress.

Abt nimmt Haltung an.

- Wir haben also viel Gelegenheit, uns näherzukommen.

Elaina steht breitbeinig.

- Zum Glück! Ihr seid mir wichtig.

Sie bleibt an Huchs Gesicht kleben.

- Schnappst du auch gern frische Luft?

Er riecht an einer Blume.

- Ja! Mit jedem Atemzug nehmen wir Düfte wahr.

Vahida lehnt an Huch.

- Welche Blume lockt dich an?

Seine Gesichtszüge straffen sich.

- Geradezu magisch die Heckenrose.

Ein Mann kommt vorbei.

- Hallo, ich bin Hanno Birsch.

Er trägt einen Schlapphut.

- Es gibt immer einen Grund, um einen Ausflug zu starten.

Zipf empfängt ihn mit freundlichem Blick.

- Woran denkst du?

Birsch deutet zum Waldrand.

- Ich weiß, wo die Heckenrose blüht.

Elaina schaut neugierig herüber.

- Wäre das etwas für uns?

Urmia pflückt einen unsichtbaren Apfel aus der Luft.

- Bestimmt! Wir sind flexibel.

Abt neigt den Kopf.

- Wir können beliebige Ziele wählen.

Birsch richtet den Daumen auf.

- Wie schön! Ich bin einfach um jeden Tag froh, an dem ich mit einem Team unterwegs bin.

Der Anstieg beginnt sanft, wird aber zunehmend steiler.

Vahida klettert den Hang hinauf.

- Die Bergwiese ist feenhaft.

Zipf saugt wollüstig den Duft in seine Nasenlöcher ein.

- Das sind die unglaublichsten Blumen, die ich je gesehen habe.

Vogelstimmen klingen aus der Hecke am Waldrand.

Elaina beginnt zu lächeln.

- Sind wir da? Ist es möglich?

Birsch tritt vor einen Strauch.

- Ja, wir sind angekommen.

Urmia stupft Huch.

- Gleich wird dein Wunsch in Erfüllung gehen. Du kannst die Blüte betrachten.

Der Duft steigt in seine Nase.

- Es lohnt sich, ein Ziel vor Augen zu haben.

Eine Frau huscht aus dem Gebüsch.

- Hallo, ich bin Dana Magath.

Sie trägt ein Batikkleid.

- Wollen wir einen Stein suchen?

Abt verschränkt die Arme hinter dem Rücken.

- Das ist manchmal gar nicht so leicht.

Vahida tanzt am Waldrand.

- Aber im Team geht es einfacher.

Zipf hopst durchs Gras.

- Wir haben Zeit und können es ganz entspannt angehen.

Dana schwingt das Bein nach vorn.

- Ist gut! Dann machen wir uns auf den Weg.

Ein Pfad schlängelt sich in den Wald.

Elaina wirft Birsch einen Blick zu.

- Wir müssen herausfinden, welchen Stein wir auslesen.

Er richtet die Augen auf den Boden.

- Also, was machen wir?

Dana bückt sich, hebt einen Kalkstein auf.

- Das ist ein Lochstein.

Sie wendet sich zu Huch um.

- Möchtest du ihn in die Hand nehmen?

Ein Mann dackelt in tänzerischen Zick-Zack-Bewegungen durch den Wald.

- Hallo, ich bin Giuseppe Yak.

Er trägt einen Maßanzug.

- Was wäre, wenn ich ihn tragen würde?

Dana gibt ihm den Stein.

- Finde es heraus!

Sein Gesicht hellt sich auf.

- Er bringt mich zum Träumen.

Urmia öffnet den Mund.

- Wo wollen wir den Lochstein ausstellen?

Abt lässt den Blick schweifen.

- Lasst uns gemeinsam darüber nachdenken.

Vahida legt den Arm um Huchs Hüfte.

- Vielleicht fällt dir eine gute Idee ein.

Eine Frau eilt mit federnden Schritten herbei.

- Hallo, ich bin Fanny Ikeda.

Sie trägt eine Pluderhose.

- Ich kenne eine Kunsthalle.

Zipf legt die Hände mit den Innenseiten aufeinander.

- Wenn du uns den Weg zeigst, sind wir dir sehr dankbar.

Fanny streckt die Beine.

- Ich werde alles für euch tun.

Der schottrige Weg verjüngt sich zu einem Pfad.

Elaina wirkt ruhig und gelassen.

- Durch den Wald zu gehen, ist eine simple Möglichkeit sich zu entspannen.

Birsch weicht herumliegenden Tannenzapfen aus.

- Die Bäume haben eine beruhigende Wirkung.

Am Waldrand erhebt sich eine alte, luftige Halle.

Ein Mann steht mit der Hand in der Tasche am Tor.

- Hallo, ich bin Olof Klack.

Er trägt Sportkleider.

258

- Könnt ihr in meinen Kopf hineinsehen?

Danas Lachen klingt fröhlich.

- Wie kommst du darauf?

Klack beginnt mit erklärenden Worten.

- Ich suche Tag und Nacht einen Lochstein.

Yak schenkt ihm ein aufmunterndes Lächeln.

- Möchtest du ihn ausstellen?

Klack deutet auf den Torpfosten.

- Ja! Genau jetzt hier an diesem Ort beginnt die große Ausstellung.

Eine Frau kommt auf leisen Sohlen.

- Hallo, ich bin Consuela Pires.

Sie trägt eine Wattejacke und bringt ein Stück Schnur.

- Damit könnt ihr den Lochstein aufhängen.

Fanny schiebt die Schnur durchs Loch.

- Da kann nichts schiefgehen.

Klack schlingt einen Knoten.

- Schnur und Stein passen zusammen.

Ein Mann trampelt und hopst vor die Halle.

- Hallo, ich bin Ricky Welp.

Er trägt ein Apfelkostüm und bringt einen Nagel.

- Vielleicht testet ihr einmal, ob ihr ihn brauchen könnt.

Urmia reibt sich die Augen.

- Das ist eine gelungene Überraschung!

Abt nickt freundlich.

- Ich möchte nur Danke sagen.

Eine Frau läuft aus dem Wald.

- Hallo, ich bin Tracy Uhlmann.

Sie trägt ein Jeanskleid und bringt einen Hammer.

- Eine Idee wäre es, den Nagel einzuschlagen.

Vahidas Schultern sacken entspannt nach unten.

- Das stimmt haargenau.

Zipf steht der Mund offen.

- Und zu unserer Freude hast du auch das richtige Werkzeug zur Hand.

Tracy schlägt den Nagel ein.

- Ich mache nur, was euren Wünschen und Bedürfnissen entspricht.

Klack hängt den Stein auf.

- Alle träumen von einem Lochstein. Wir stellen ihn aus.

Elaina schaut ihm direkt ins Gesicht.

- Hast du schon daran gedacht, wie du die Ausstellung eröffnen möchtest?

Er hält sich die Hand vor den Mund.

- Nein, aber eure Meinung interessiert mich.

Birsch streckt die Schultern.

- Ich stelle mir ein schlichtes Fest vor.

Danas Blick wandert langsam suchend herum.

- Die einfachste Form ist immer die schönste.

Yak scheut mit dem Kopf zurück.

- Manchmal ist gerade das Einfache etwas schwierig zu gestalten.

Klacks Arme gehen so weit auseinander, als müssten sie die ganze Welt umfassen.

- Das ist überhaupt kein Problem. Kommt in die Halle!

Fanny tritt ein.

- Platz scheint im Überfluss vorhanden.

Consuela huscht an ihm vorbei.

- Ich mag die spontane Art, wie du uns einlädst.

Welp wirft den Kopf zurück.

- Dass wir heute noch feiern, hätte ich mir in meinen kühnsten Träumen nicht vorzustellen getraut.

Tracy geht in die Halle.

- Ein Fest hebt die Stimmung.

Urmia schließt sich an.

- Wir lassen uns verzaubern.

Abt sagt mit einem Lachen.

- Wir entspannen uns vom Stress.

Vahida begleitet Zipf.

- Dir muss klar sein: Das ist eine einmalige Gelegenheit.

Er nickt freundlich mit dem Kopf.

- Ich weiß! Es ist nicht generell selbstverständlich, dass die Ausstellung mit einem Lochstein beginnt.

Elaina dreht sich nach Birsch um.

- Von jetzt an will ich nur noch eins: Feiern!

Er wetzt in die Halle.

- Wir lassen es uns einfach nur gut gehen.

Dana überlegt, wie sie es ausdrücken soll.

- Man kann mit Sicherheit sagen, dass wir jetzt verwöhnt werden.

Yak zuckt und zappelt sich durch.

- Wir haben allen Grund, uns zu freuen.

Klack steht der Mund offen, als könne er es kaum glauben.

- Dieser Andrang war unvorhersehbar.

Er richtet den Blick locker auf Huch.

- Wie steht es mit dir?

Ein Mann tritt energisch auf.

- Hallo, ich bin Laurent Schill.

Er trägt eine Fantasieuniform.

- Ein Fest ist natürlich besonders begehrt.

Klack zieht den Mund breit.

- Du kennst dich aus. Ich gratuliere dir.

Schill streckt den Arm aus.

- Unterhalten wir uns über Kunst?

Klack verschwindet mit ihm in der Halle.

- Das ist eine glänzende Idee.

Siebzehntes Kapitel

Der Ohrwurm fürs Auge

Eine Frau trifft ein.

- Hallo, ich bin Alesi Vogelsang.

Sie trägt ein Kaminkleid, schubst Huch leicht.

- Ich kann mir lebhaft vorstellen, dass du gern einen Kleiderschrank sehen würdest.

Ein Mann läuft mit langsamen, gestelzten Schritten.

- Hallo, ich bin Thorsten Daum.

Er trägt ein Glitzerjackett.

- Ich bin auf der Suche nach einem Schrank.

Alesi begrüßt ihn kernig mit Handschlag.

- Ist gut! Mit uns gelangst du schnell ans Ziel.

Daum schließt die Augen.

- Ich bin froh, dass ich euch begegnet bin.

Sie dreht sich der Sonne zu.

- Ja dann darfst du uns begleiten.

Entlang des Pfades wachsen wilde Blumen.

Daum leckt über eine Lippe.

- Es wirkt belebend, Mitglied eines Teams zu sein.

Alesi lächelt einladend.

- Soll ich euch verraten, woran ihr erkennt, ob eure Kleider bequem sind?

Er reibt sich vor Freude die Hände.

- Gern! Manchmal ziehen wir gedankenlos etwas an und laufen in die Welt hinaus.

Sie tippt sich mit der Fingerspitze gegen das Kinn.

- Genau! In bequemen Kleidern hingegen genießt ihr das Gefühl der Leichtigkeit.

Daum kneift die Augen zu.

- Ich versuche mich stets zu verbessern.

Der Kleiderschrank steht auf einer ausgedehnten Bergwiese.

Alesi öffnet die Spiegeltür.

- Wichtig ist es, den ersten Schritt zu machen.

Daum zieht die Schuhe aus.

- Wir probieren alles.

Sie nimmt Schlaghosen vom Bügel.

- Es stellt sich die Frage, ob sie dir gefallen.

Er schlüpft hinein.

- Ich bin ganz begeistert.

Alesi tastet Huch mit Blicken ab.

- Ich bin zuversichtlich, dass ich auch für dich etwas Passendes finde.

Eine Frau springt aufgeregt hin und her.

- Hallo, ich bin Estelle Wacker.

Sie trägt ein Safarikleid.

- Was soll ich tragen? Ich bin um jeden Ratschlag froh.

Alesi hilft ihr aus dem Kleid, legt es über die Schranktür.

- Wir gehen es locker an.

Estelle verfolgt gebannt jede ihrer Bewegungen.

- Das käme mir sehr gelegen.

Alesi wählt ein Plisseekleid aus.

- Das könnte dir stehen. Es ist zwar nicht alltäglich, aber auch nicht ungewöhnlich.

Estelle zieht es an.

- Es umhüllt mich wie ein Haus, in dem ich mich wohlfühle.

Daum traut den Augen kaum.

- Es grenzt an ein Wunder.

Ein Mann stapft durch die Wiese.

- Hallo, ich bin Fabius Ilg.

Er trägt Tweedhosen.

- Ich finde einen offenen Kleiderschrank inspirierend.

Alesis deutet auf einen Hut mit einer Feder im Hutband.

- Träumst du eigentlich immer davon, einen Pinocchio-Hut zu tragen?

Ilg holt durch den Mund Luft.

- Ich muss nicht lange überlegen, um diese Frage zu beantworten.

Daum streckt sich.

- Du darfst dir ruhig etwas Zeit gönnen.

Ilg richtet sich auf.

- Das ist freundlich. Aber ich bin entschieden.

Er sagt mit einem winzigen Augenzwinkern.

- Dieser und kein anderer Hut muss es sein.

Estelle nimmt ihn aus dem Regal.

- Deine Träume gehen in Erfüllung.

Ilg setzt ihn auf.

- Ich könnte jauchzen vor Freude.

Eine Frau wiegt sich beschwingt im Tanz.

- Hallo, ich bin Paloma Mende.

Sie trägt eine Schleife im Haar.

- Wie stehen die Chancen, dass ich ein Safarikleid finde?

Alesi klopft leicht mit dem Fuß auf den Boden.

- Gut! Es hängt über der Schranktür und wartet auf dich.

Daum legt beide Handflächen an den Hinterkopf.

- Wir geben dir einen Tipp: Zieh es an!

Estelle reicht ihr das Safarikleid.

- Ich kann mir genau vorstellen, wie es dir steht.

Ilg strahlt Ruhe aus.

- Du kannst kaum etwas falsch machen.

Paloma legt das Safarikleid an.

- Es übertrifft alle Erwartungen.

Alesi nimmt sie in die Arme.

- Es sitzt passgenau.

Daum hält den Atem an.

- Die Verblüffung könnte kaum größer sein.

Ein Mann rennt über die Wiese.

- Hallo, ich bin Quintero Ulf.

Er trägt eine Zirkusuniform.

- Möchtet ihr eine Leuchtreklame lesen?

Estelle sieht ihn von der Seite an.

- Was würde sie uns bringen?

Ulf verbeugt sich elegant.

- Vielleicht kann sie euch zu mehr Experimentierfreude inspirieren.

Ilg stockt der Atem.

- Könntest du uns dorthin führen?

Ulf setzt den Fuß auf einen Stein.

- Gern! Ich bin überglücklich, wenn ihr mitkommt.

Der Weg wird immer enger, der Himmel weiter.

Paloma bestreicht mit dem Finger den Mund.

- Ich genieße den Ausblick in die Landschaft.

Ulf blinkert drollig mit den Augen.

- Es ist schon so: Wer sich auf den Berg einlässt, kommt aus dem Staunen nicht mehr heraus.

Die Leuchtreklame hängt an einem Felsen. Schwungvoll verbindet die rosa Schrift die einzelnen Buchstaben zur Frage.

- Wann planst du zu heiraten?

Alesi sagt mit lauter, fast singender Stimme.

- Rosa ist eine Farbe, die ich liebe.

Daum blickt sie mit leicht gesenktem Kopf an.

- Um sich wahrhaft wohlzufühlen, braucht es allerdings mehr als eine Farbe.

Estelle zeichnet einen Kreis mit der Hand.

- Daran besteht kein Zweifel.

Ilg zieht den Pinocchio-Hut tief ins Gesicht.

- Die Schrift stellt uns nämlich eine wichtige Frage.

Paloma tritt hinter Huch und fasst ihn um die Taille.

- Hast du schon eine Antwort?

Eine Frau bewegt sich marionettenhaft.

- Hallo, ich bin Rosella Nepali.

Sie trägt ein Brautkleid.

- Heiraten ist das Erste, woran ich denke.

Ulf guckt verträumt.

- Das können wir verstehen.

Alesi hebt die Augenbrauen.

- Die Frage ist nur: Wen wählst du aus?

Rosella bleibt stehen.

- Wen empfehlt ihr?

Ein Mann steigt den Hang hinauf.

- Hallo, ich bin Benedetto Hay.

Er trägt ein Cargo-Hemd.

- Ist weiter oben das Hochzeitshaus?

Ulf sieht ihm in die Augen.

- Ganz genau! Wenn du hier umkehrst, bereust du es ein Leben lang.

Hays Augen schimmern.

- Ich würde alles Mögliche tun, nur das nicht.

Daums Blick ist erwartungsvoll.

- Möchtest du etwa heiraten?

Estelle dreht ihr Gesicht nur ganz leicht zur Seite.

- Wir sollten besser niemanden drängen.

Ilg setzt den Hut keck aufs Ohr.

- Es ist nur eine Frage.

Hay schaukelt beim Reden hin und her.

- Sagen wir es so: Ich möchte meinem Traum näherkommen.

Paloma nimmt eine aufrechte Haltung ein.

- Welchen Schritt machen wir als nächstes?

Ulf wischt sich den Handrücken über den Mund.

- Wir könnten uns das Hochzeitshaus von außen ansehen.

Rosella schiebt Huch mit der Hand am Rücken an.

- Was würdest du sagen, wenn du einen Wunsch frei hättest?

Eine Frau tritt auf.

- Hallo, ich bin Yesim Landbauer.

Sie trägt ein Skater-Kleid.

- Ich würde mich gern als Teammitglied betrachten. Geht das?

Alesi reckt ein Bein in die Höhe.

- In jedem Fall! Wir nehmen dich auf.

Daum lässt den Blick zu Yesim schweifen.

- Was ist dein erster Gedanke beim Aufwachen?

Ihre Fußspitze zuckt kurz.

- Es ist immer die gleiche Frage: Wie komme ich ins Hochzeitshaus?

Estelle fährt herum.

- Mit uns natürlich!

Ilg blickt rückwärts, als wollte er sie auffordern, ihm zu folgen.

- Mit einem guten Team erreichst du jedes Ziel.

Yesim streckt sich dem Licht und der Luft entgegen.

- Danke vielmals! Hochzeitshäuser sind nämlich sehr beliebt.

Paloma dreht die Hüfte.

- Du sagst es! Ich könnte zum Beispiel Trauzeugin sein.

Ulf hebt die Hand in den Himmel.

- Gleichzeitig braucht es eine Braut und einen Bräutigam.

Rosella sagt mit weit ausholendem Schwung des Arms.

- Ich habe mein eigenes Hochzeitskleid gemacht.

Hay ringt die Hände.

- Willst du wirklich heiraten?

Ihre Ferse schwebt über dem Boden.

- Ja! Was würdest du an meiner Stelle tun?

Ein verlegenes Lächeln huscht über sein Gesicht.

- Ich würde den Mann meiner Träume suchen.

Rosella zeigt mit ausgestrecktem Arm auf ihn.

- Was wäre, wenn ich dich in allen meinen Träumen sehen würde?

Hay blickt ihr direkt ins Gesicht.

- Dann möchte ich gern der Bräutigam sein.

Sie hebt den Fuß.

- Großartig! Heirate mich!

Er spürt, wie seine Bauchdecke vibriert.

- Ist gut! Aus welchen Blumen soll der Brautstrauß bestehen?

Rosella hakt sich bei ihm ein.

- Ich hätte gern eine Tulpe.

Ein Mann taucht auf.

- Hallo, ich bin Camillo Graul.

Er trägt eine Stoffhose und bringt eine Tulpe.

- Du bist hübsch in deinem Kleid.

Rosella nimmt die Blume in die Hand.

- Danke! Was ist dein Lieblingskleidungsstück?

Er inszeniert mit Augenzwinkern eine Verbeugung.

- Das ist die Hose, die ich genau jetzt trage.

Alesi folgt dem Schild mit der Beschriftung „Hochzeitshaus".

- Wir müssen den Berg hinaufgehen.

Daums Augen leuchten.

- Das ist eine Möglichkeit, sich mit Spaß zu bewegen.

Das Haus steht in einer Wiese voller Wildblumen.

Estelle öffnet die Tür.

- Wie erlebst du die Situation?

Rosella tritt ein.

- Ich finde das Miteinander und das Gemeinschaftsgefühl toll.

Hay hüpft über die Schwelle.

- Möchtest du den Satz mit einem Ausrufezeichen versehen?

Ihre Stimme hallt.

- Unbedingt!

Paloma neigt den Kopf zu Ilg.

- Ich bin die Trauzeugin. Und in welche Rolle möchtest du

schlüpfen?

Er reckt den Finger in die Luft.

- Nachdem ich alles gut durchdacht habe, melde ich mich als Trauzeuge.

Ulf schließt sich ihnen an.

- Das Haus verbreitet einen ganz eigenen Zauber.

Yesim sagt vor dem Eingang zu Graul.

- Die Hochzeit wäre nur halb so schön, wenn deine Tulpe fehlte.

Er dreht sich mit Schwung in der Luft um die eigene Achse.

- Danke! Dann habe ich allen Grund stolz zu sein.

Alesi steuert zielstrebig voraus.

- Für Rosellas Brautkleid kann ich nur lobende Worte finden.

Daum folgt ihr.

- Da ließe sich etwas abgucken.

Estelle nimmt Huch sanft an der Hand.

- Gerne führe ich dich in die Welt des Hochzeitshauses ein.

Eine Frau stößt hinzu.

- Hallo, ich bin Zaida Kirschner.

Sie trägt einen Sommerrock.

- Wartet kurz!

Estelle ringt die Hände.

- Die Hochzeit beginnt gleich. Ich möchte keinen Moment verpassen.

Zaida winkt Huch zu sich heran.

- Und du? Kannst du den flüchtigen Augenblick der Zeit entreißen und einfrieren?

Er schaut zu, wie sich die Tür des Hochzeitshauses schließt.

- Alle müssen selber herausfinden, was mit ihrem Augenblick geschieht.

Zaida lehnt zu ihm herüber.

- Ich hätte da eine Idee. Wollen wir Jagd auf einen Pinsel machen?

Ein Mann lungert herum.

- Hallo, ich bin Onofrio Schuck.

Er trägt eine große Kaffeetasse als Hut und bringt einen Pinsel.

- Braucht ihr ihn?

Zaida legt die Hand auf Huchs Arm.

- Ich hoffe, dass er dir passt.

Er nimmt den Pinsel, streicht mit dem Finger über die Haare.

- Ja, damit könnte ich das Malen genießen.

Eine Frau kommt dahergelaufen.

- Hallo, ich bin Jeanne Karmann.

Sie trägt eine Tracht und bringt einen Topf mit quittengelber Farbe.

- Am Licht zeigt sich dieses Gelb von seiner goldenen Seite.

Zaida steht auf einem Bein.

- Dürfen wir die Farbe brauchen?

Jeanne zeichnet ein Dreieck in die Luft.

- Ja sicher! Soviel ihr wollt und noch etwas mehr!

Schuck lässt den Arm fallen.

- Du bist sehr großzügig.

Zaida reckt sich.

- Was habt ihr gern?

Schuck tippt sich mit dem Zeigefinger an den Kopf.

- Ich mag Pfeile, weiß aber nicht, warum.

Jeanne kehrt den Handrücken nach vorne.

- Da sind wir überfragt.

Zaida atmet tief in den Bauch.

- Für mich ist ein Pfeil eine sehr persönliche Sache.

Schuck hebt mit einer Hand die Kaffeetasse und wischt sich mit dem Rücken der anderen den Schweiß von der Stirn.

- In meinen Augen auch.

Jeannes Blick geht über die weite Landschaft hin.

- Als nächstes suchen wir etwas Markantes.

Zaida wedelt mit den Armen.

- Meinst du vielleicht etwas, das wir mit dem Pfeil markieren könnten?

Jeanne sagt augenzwinkernd.

- Ganz genau! Wir wollen ihn doch nicht auf einen Grashalm malen.

Schuck stellt sich auf die Zehenspitzen.

- Man sollte nicht nur vors Knie gucken.

Ein Felsblock ragt auf.

Zaida dreht das Bein langsam zur Seite.

- Er ist überraschend nah.

Schuck reißt die Augen auf.

- Ich bin mir ziemlich sicher, dass er auf uns wartet.

Jeanne stößt Huch mit dem Ellbogen in die Rippen.

- Wenn ich du wäre, würde ich den Pfeil darauf malen.

Er zieht die Brauen hoch.

- Wie stellt ihr euch das vor?

Zaida schaukelt den Arm.

- Zuerst ziehst du eine waagrechte Linie.

Schuck zuckt mit den Mundwinkeln.

- Dann braucht der Pfeil eine Spitze.

Jeanne öffnet den Topfdeckel.

- Das sind 2 kurze Striche, gespreizt wie Daumen und Zeigefinger.

Huch taucht den Pinsel in die Farbe.

- Danke! Man braucht ein gutes Team, wenn man malen will.

Zaida blickt fröhlich drein.

- Wir wissen, wie es am besten funktioniert.

Schuck lehnt sich erleichtert zurück.

- Ohne Teamwork wäre es kaum zu meistern.

Jeannes Hände schließen sich fest um den Farbtopf.

- Wir sind eigentlich für alles zu haben.

Huch malt einen quittengelben Pfeil.

- Schaut, was ich gemacht habe!

Zaida legt die Hand auf seine Schulter.

- Wir sind sehr stolz auf dich.

Schuck nimmt ihm den Pinsel ab.

- Wir sind ganz zufrieden mit dir.

Jeanne drückt den Deckel auf den Topf.

- Dieser Pfeil verändert unser Leben.

Ein Mann schiebt sich vorwärts.

- Hallo, ich bin Vasile Mall.

Er trägt eine Kapitänsuniform.

- Wenn wir dem Pfeil folgen, kommen wir zu einer Ameise.

Zaida schließt die Füße eng zusammen.

- Hat sie Ohren?

Ein leichtes Lächeln umspielt seinen Mund.

- Soviel ich weiß, hört sie mit Antennen.

Schuck öffnet die Lippen.

- Davon können wir nur träumen.

Jeanne hebt das Becken an.

- Wenn ich noch einmal geboren werde, möchte ich eine Ameise sein.

Mall winkt nur leicht mit dem Kopf.

- Also dann kommt mit mir!

Am Rand des Weges wuchern Blumen.

Zaida schnuppert an einer Blüte.

- Ich höre gern Grillen zirpen.

Schuck tastet an seine Wange.

- Ich liebe es, wenn Vögel zwitschern.

Die Wiese schmiegt sich an den Waldrand.

Jeanne hebt einen Finger.

- Muss man besondere Vorkenntnisse haben, um eine Ameise zu beobachten?

Mall bückt sich.

- Nein, das können alle machen.

Eine Ameise kommt aus einem Waldameisenhügel.

Zaida fragt Schuck.

- Würdest du gern im Wald wohnen?

Er drückt die Kaffeetasse tief ins Gesicht.

- Sicher! Das ist ein Ort, worin du wirklich ungestört bist.

Jeanne legt die Arme an den Körper.

- Für uns ist es ein Glück zu gucken, wie die Ameise geht.

Mall setzt einen freundlichen Blick auf.

- Ich hätte nie gedacht, dass mir das Beobachten so viel Spaß macht.

Eine Frau wandert aus dem Wald.

- Hallo, ich bin Fiorella Yildiz.

Sie trägt ein Yogakleid und bringt eine quadratische Holzplatte.

- Kann es sein, dass ihr sie bemalen wollt?

Zaida tippt mit dem Zeigefinger an die Schläfe.

- Ja! Das ist eine grandiose Idee!

Schuck riecht das Holz.

- Wir haben eine Leidenschaft: Malen.

Jeanne nimmt den Deckel vom Farbtopf.

- Ein Gesicht würde ich spannend finden.

Mall zieht den Fuß an.

- So etwas geht mir auch durch den Kopf.

Fiorella lehnt die Platte gegen einen mächtigen Baum.

- Ich interessiere mich sehr für Gesichter.

Zaida umarmt Huch innig.

- Vor meinem geistigen Auge entsteht das Bild bereits.

Er fühlt ein Knistern in der Luft.

- Manchmal geschieht etwas überraschend schnell.

Schuck reicht ihm den Pinsel.

- Das verspricht viel Spaß.

Huch malt 2 Ringe als Augen, einen Strich als Nase, einen Bogen als Mund und zieht einen Kreis darum.

- Wollen wir es mal so probieren?

Jeanne streckt den Daumen nach oben.

- Das Bild ist sehr eindrücklich.

Mall klatscht sich vor Freude auf die Schenkel.

- Gratuliere, du hast es geschafft!

Fiorella umfasst Huch mit beiden Händen und drückt ihn an sich.

- Du übertriffst die Erwartungen.

Zaida schaut ihn aufmunternd an.

- Wir sind begeistert.

Schuck kümmert sich um den Pinsel.

- Wir sind ein eingespieltes Team und verstehen uns fast wortlos.

Ein Mann springt aus dem Wald.

- Hallo, ich bin Eddie Nil.

Er trägt ein Bärenkostüm.

- Habt ihr auch schon mit dem Gedanken gespielt, das Bild auszustellen?

Jeanne sagt binnen eines Wimpernschlags zu.

- Ja! Warum sollen wir nicht einmal etwas Besonderes wagen?

Mall streckt die Arme zur Seite.

- Da benötigen wir keine Bedenkzeit.

Nil hebt das Bild auf.

- Das Kunstmuseum ist genau das Richtige.

Fiorella schiebt die Brauen in die Stirn.

- Müssen wir einen weiten Weg auf uns nehmen?

Er biegt auf einen schmalen Waldpfad ab.

- Nein! Keine Sorge, es liegt in der Nähe!

Hell schimmern die Blätter der hohen Bäume.

Zaida blickt in die Wipfel.

- Wer einen Ort der Ruhe sucht, geht in den Wald.

Schuck umarmt einen Baum.

- Er lädt wahrhaft zum Träumen ein.

Eine kleine Kuppel guckt über die Bäume hinweg, als würde sie nach dem Team Ausschau halten.

Nil hält den Atem an.

- Ich wundere mich, wie schnell das Kunstmuseum in Sicht kommt.

Jeanne staunt mit großen Augen und offenem Mund.

- Ich kann unser Glück noch gar nicht fassen.

Mall streckt das rechte Bein nach hinten aus.

- Ausstellen dürfen ist etwas Wunderbares.

Das Kunstmuseum befindet sich in einem bonbonfarbenen Haus.

Fiorella kippt nach vorn.

- Es wirkt wie ein Ohrwurm fürs Auge.

Nil spreizt die Finger ab.

- Das stimmt! Ich kann den Anblick nie mehr vergessen.

Eine Frau steht im Türrahmen.

- Hallo, ich bin Sirin Capello.

Sie trägt ein Ballonkleid.

- Was mir zum perfekten Glück noch fehlt, ist ein Bild.

Zaida hebt den Arm.

- Das muss dich nicht weiter bekümmern.

Schuck holt Luft.

- Bilder sind unsere Leidenschaft.

Jeanne richtet sich auf.

- Mach dir keine Gedanken!

Malls Auge gleitet über das Team.

- Wir kommen nicht mit leeren Händen.

Fiorella zeigt auf Huchs Bild.

- Willst du es ausstellen?

Nil hält es hoch.

- Ist das eine gute Idee?

Sirin dreht mit geschlossenen Augen eine Pirouette.

- Was für eine Frage!

Sie nimmt es ihm aus der Hand.

- Alles was ich will, ist genau dieses Bild.

Zaida tänzelt mit Wippen und Hüpfen.

- Du hast sicher ein Auge dafür, wo und wie wir es am besten platzieren.

Achtzehntes Kapitel

Der riesige Nussbaum

Ein Mann tritt aus dem Kunstmuseum.

- Hallo, ich bin Adrien Ulm.

Er trägt Cargo-Hosen und bringt einen Klappstuhl.

- Sucht ihr eine schnelle und effektive Lösung?

Schuck formt die Hände vor dem Bauch zur Raute.

- Ganz genau! Du weißt, was wir brauchen.

Sirin stellt das Bild auf den Stuhl.

- Wenn ihr einverstanden seid, würden wir es gern neben dem Eingang ausstellen.

Jeanne wirft einen Blick auf Mall.

- Könntest du bitte deine Meinung sagen?

Er senkt die Augen.

- Der Klappstuhl macht es zum echten Hingucker.

Fiorellas Zeigefinger gleitet über die Fingerkuppen der linken Hand.

- Manchmal braucht es den zähen Willen, den rechten Ort zu finden.

Nil zieht den Mundwinkel leicht nach oben.

- Dann kommt das Bild zur Geltung.

Sirin streckt die Hände in die Luft.

- Es ist Gold wert!

Ulm wiegt sich mit heftigen Kopfbewegungen hin und her.

- Das müssen wir feiern.

Sie steht vor der offenen Tür.

- Gerne lade ich euch zur Vernissage ins Kunstmuseum ein.

Zaida tritt ein.

- Unser Traum hat sich erfüllt!

Schuck huscht hinterher.

- Wer hätte das gedacht!

Jeanne geht ins Kunstmuseum.

- Womit haben wir das geschafft?

Mall begleitet sie.

- Mit Teamwork hat es geklappt.

Fiorella bleibt einen Moment in der Tür stehen, fragt Nil.

- Was bedeutet dir diese Einladung?

Er legt das Gewicht auf den rechten Fuß.

- Alles.

Sirin hält Huch den Ellbogen zum Einhaken hin.

- Ich habe mich noch nie verliebt.

Eine Frau tippelt zum Eingang.

- Hallo, ich bin Heike Tiro.

Sie trägt einen Catsuit.

- Habt ihr euch schon einmal in einem Strandkorb ausgeruht?

Sirin öffnet den Mund weit.

- Nein, bisher noch nicht!

Ulm schnappt nach Luft.

- Aber es tönt verlockend.

Sie wirft einen letzten Blick auf Huch und verschwindet im Museum.

- Nach der Vernissage kommen wir sofort an den Strand.

Ulm hüpft hinterher.

- Dann fläzen wir uns als Erstes gleich in den Korb.

Heike dreht das Gesicht zu Huch.

- Und du? Nimmst du deine Füße bewusst wahr?

Er macht es spielerisch vor.

- Ja, ich spüre, wie sie auf dem Boden stehen.

Sie schmiegt sich an ihn.

- Vom Strandkorb aus kannst du den See beobachten.

Huch rollt die Zehen ein.

- Ich verstehe, was du meinst.

Er wischt mit der rechten Hand über den linken Arm.

- So könnte es also darauf hinauslaufen, den Nachmittag zu verbummeln.

Heike berührt sein Bein.

- Ganz genau! Der See lädt zum Ausruhen ein.

Sie wendet sich querfeldein einem Wiesenpfad zu.

- Am Strand kann ich einfach sein, ohne dass ich das Gefühl habe, es gäbe irgendetwas zu tun.

Eine kleine Felsspalte gewährt einen Durchschlupf zur Lagune. Das Wasser schimmert smaragdgrün.

Heike streift Huch über den Mittelfinger der linken Hand.

- Wollen wir uns neugierigen Blicken entziehen?

Ein Mann streunt zwischen den Felsen.

- Hallo, ich bin Dag Quast.

Er trägt ein Poloshirt.

- Darf ich dabei sein?

Heike schreitet mit wiegenden Schultern durch die Felsspalte.

- Sicher! In unserem Team machen alle so viel wie möglich gemeinsam.

Quast folgt in höflichem Abstand.

- Haargenau so geht es mir durch den Kopf.

666

Am Ufer dreht sie sich nach Huch um.

- Kommst du?

Er bewegt sich zeitlupenhaft langsam.

- Das ist eine Welt, die weit weg zu sein scheint.

Der Sand ist so weiß und fein wie Puderzucker.

Heike schaut den Fischen im Wasser zu.

- So sieht das Paradies aus.

Quast dreht sich in selbstvergessenem Tanz.

- Soll ich sagen, wie es mir geht?

Sie zeichnet eine Seifenblase in die Luft.

- Wir bitten dich darum.

Er zieht die Schuhe aus.

- Ich bin fasziniert.

Heike weist auf den Strandkorb.

- Für manche muss er auf jeden Fall karibikblau sein.

Quast legt sich hinein.

- Hier kann ich optimal entspannen.

Sie nimmt neben ihm Platz.

- Relaxen hat noch nie jemandem geschadet.

Eine Frau erreicht den Strand.

- Hallo, ich bin Rosina Waldhauser.

Sie trägt einen Gymnastikanzug.

- Was möchtet ihr lernen?

Heike zieht den Rand des Strandkorbs mit dem Finger nach.

- Im Moment passen wir auf, dass wir nicht in eine Stresssituation kommen.

Quast senkt den Arm ab.

- Daher genießen wir vor allem die Pause.

Rosina streichelt Huch über den Rücken.

- Und du? Bist du im Stress?

Er geht einen Schritt zur Seite.

- Ich verstehe die Frage nicht ganz.

Über ihr Gesicht huscht ein Lächeln.

- Was hältst du davon, ein Mandala aus farbigem Sand zu malen?

Huch guckt erstaunt.

- Wie würde das gehen?

Rosina hakt sich mit dem Arm ein.

- Das siehst du gleich. Der Strand lässt nämlich keine Wünsche offen.

Sie bewegt sich wie eine Ballerina über den Sand.

- Wir könnten miteinander ein paar Schritte gehen.

Huchs Stimme klingt frisch.

- Ich teile deine Meinung.

Ein Mann spaziert durch die Lagune.

- Hallo, ich bin Ingmar Zahn.

Er trägt Socken, Anzug, Aktentasche, alles Ton in Ton.

- Wo fühlt ihr euch am wohlsten?

Rosina schaut ihn unverwandt an.

- Hier am Strand.

Zahn öffnet die Aktentasche.

- Ich habe Sand mitgebracht.

Sie setzt den gestreckten Fuß mit der Spitze zuerst auf.

- Ist er blau?

Er schaufelt eine Handvoll aus der Tasche.

- Ja, brillantblau.

Rosina weist auf sich selbst.

- Wenn ich sehe, dass jemand blauen Sand hat, empfehle ich, ein Mandala zu malen.

Zahn stellt die Aktentasche vor Huch auf den Boden.

- Probiere ihn aus!

Huch stützt sich mit den Händen und den Knien auf dem Boden ab.

- Könnt ihr mir beibringen, wie man ein Mandala macht?

Rosina lässt die Arme locker hängen.

- Tu, was du willst!

Zahn atmet tief durch.

- Male einfach mal wild drauf los.

Huch überkreuzt die Beine im Schneidersitz.

- Was hält ihr von einem Kreis?

Sie ermuntert ihn mit einem Augenaufschlag.

- Ein Kreis ist eine gute Sache.

Zahn geht in die Hocke.

- Er bringt uns sofort in einen gelassenen Zustand.

Huch nimmt Sand aus der Aktentasche, lässt ihn durch die Finger rieseln, bis ein großer Kreis entsteht.

- Wie geht es euch, wenn ihr mir zuschaut?

Rosina kniet nieder.

- Eine friedvolle Stimmung breitet sich aus.

Zahn legt den Zeigefinger an die Oberlippe.

- Man fühlt sich geborgen und beglückt.

Eine Frau kommt wiegenden Schrittes.

- Hallo, ich bin Geraldine Balliger.

Sie trägt ein Hüfttuch und bringt einen Sandsack.

- Ihr macht gerade etwas, ja?

Rosinas Stimme hüpft auf und ab.

- Wir malen ein Mandala.

Zahn steht auf.

- Das erstaunt dich möglicherweise.

Geraldine öffnet den Sack.

- Im Gegenteil! Ich kann euch bananengelben Sand anbieten.

Rosina springt auf.

- Wir haben Glück!

Zahn zieht die Sandalen aus und spielt mit seinen Zehen Piano.

- Gelb hat uns gefehlt.

Geraldine stellt den Sack neben Huch hin.

- Es würde mich sehr überraschen, wenn du nicht auf diese Farbe gewartet hättest.

Er klaubt eine Handvoll Sand heraus.

- Schönen Dank dafür!

Rosina kneift ihn in den Arm.

- Es wäre doch das Beste, wenn du jetzt einen gelben Kreis in den blauen malen würdest.

Zahn hält sich die linke Hand an die Stirn.

- Warum solltest du nicht auch einmal etwas Besonderes wagen?

Geraldine winkt mit den Augen.

- Du bist frei das zu tun, was dir gefällt!

Huch lässt aus dem rieselnden Sand einen neuen Kreis entstehen.

- Die Farben entführen uns in eine zauberhafte Welt.

Ein Mann winkt schon von Weitem zur Begrüßung.

- Hallo, ich bin Lars Prinz.

Er trägt Badeschlappen und einen kleinen Eimer.

- Ich bin überzeugt, dass ihr farngrünen Sand braucht.

Rosina schnellt nach vorn.

- Unbedingt! Grün bietet sehr viele Möglichkeiten.

Zahn sagt mit spitzem Zungenschlag.

- Wir lassen uns kein Vergnügen entgehen.

Prinz reicht Huch den Eimer.

- Damit machst du die Welt auf jeden Fall um einen Farbtupfer reicher.

Huch malt einen grünen Kreis in den gelben.

- Danke! Ich werde den Sand gern ausprobieren.

Geraldine legt Huch eine Hand auf den Rücken.

- Das Farngrün beruhigt.

Prinz geht langsam in die Knie.

- Alle Menschen nehmen die Farben anders wahr.

Eine Frau wandelt über den Sand.

- Hallo, ich bin Odette Quechua.

Sie trägt ein Jacquard-Kleid und bringt einen Topf.

- Ich schlage dir vor, einmal meinen feuerlilienorangen Sand anzuschauen.

Sie hebt den Deckel ab.

- Greif zu, wenn dich die Lust überkommt.

Huch guckt in den Topf.

- Wie lässt sich am besten eine Entscheidung treffen?

Odette blickt in die Runde.

- Was denkt ihr darüber?

Rosina kippt das Becken nach hinten.

- Das Orange ist umwerfend.

Zahn wirft ein Bein hoch.

- Wir genießen die atemberaubende Leuchtkraft.

Geraldine beugt den Oberkörper vor.

- Sie geht unter die Haut.

Prinz dämpft die Stimme.

- Das ist eine Farbe, die unser Leben vollkommen verändert.

Odette schubst Huch sanft an.

- Du siehst: Mein Sand bezaubert das ganze Team.

Huch fügt einen kleinen orangen Kreis in den grünen ein.

- Das ist fast so, als wären sich alle einig.

Ein Mann setzt einen Fuß vor den anderen.

- Hallo, ich bin Tai Vock.

Er trägt Cargo-Shorts.

- Hättet ihr gern einen Steinway Konzertflügel?

Rosina gräbt ihre Füße in den feinen Sand.

- Was würden wir damit anfangen?

Zahn fährt sich mit der Hand durchs Haar.

- Mir fällt etwas ein: Wir könnten einen Song komponieren.

Geraldines Lächeln erhellt die ganze Lagune.

- Daher brauchen wir unbedingt ein Klavier.

Prinz hebt den Blick.

- Genau! Alle Menschen sind Komponisten.

Vock versetzt den ganzen Körper in Bewegung.

- Wollt ihr mir folgen? Wir werden den Flügel bald erreichen.

Der Weg verläuft unter hohen Bäumen am Wasser entlang.

Odette wandert durch den Pulversand.

- Ich freue mich aufs Komponieren.

Rosina inhaliert den Duft des Sees.

- Schon der Gedanke daran vergnügt mich

Zahn fährt mit den Händen an seinem Leib entlang.

- Dabei können wir uns entspannen.

Ein Schmetterling flattert übers Wasser zum Steinway.

Geraldine verharrt in der Betrachtung.

- Auf den ersten Blick wirkt er geschlossen.

Prinz öffnet den Tastaturdeckel.

- Ich könnte es mir so denken, dass man zuerst die Tasten betrachten muss.

Odette rückt die Klavierbank zurecht.

- Das Spielen sollte nicht zu stressig sein.

Vock beugt den Oberkörper.

- Nun steht der Flügel bereit.

Rosina schiebt das rechte Bein über das linke.

- Jetzt müssen wir nur noch zu einem Song kommen.

Zahn bewegt beim Sprechen kaum die Lippen.

- Was würde uns inspirieren?

Geraldine schließt die Augen.

- Wir könnten dem Vogelgezwitscher lauschen.

Prinz blickt aufs Wasser.

- Oder die Wellen rauschen hören.

Odette klopft mit der Hand auf die Bank.

- Wer könnte sich ans Klavier setzen?

Vock wackelt mit dem Kopf.

- Es ist höchste Zeit, darüber nachzudenken.

Rosina nimmt Huch an der Hand und führt ihn zum Steinway.

- Komponierst du einen Song für uns?

Huch schlägt einen Ton an.

- Gern! Ich habe eine gute Idee.

Zahn kreischt vor Vergnügen.

- Mehr müssen wir nicht hören!

Geraldine tanzt um den Steinway herum.

- Aus wie vielen Tönen besteht dieser Song?

Prinz öffnet den Mund.

- Nur aus einem.

Odette streichelt Huch über den Handrücken.

- 1 ist eine natürliche Zahl.

Vock lässt die Finger flattern.

- Du hast unser Lieblingslied gespielt.

Huch steht auf.

- Wirklich?

Eine Frau macht kleine Schleifschritte.

- Hallo, ich bin Elenora Nervet.

Sie trägt ein Kapuzenkleid.

- Ich glaube, dass ihr ein Buch benötigt.

Rosina bewegt die Unterarme auf und ab.

- Das könnte sein.

Zahn lässt das Fußgelenk kreisen.

- Wir haben Sinn für Bücher.

Geraldines Augen glänzen.

- Wie kommen wir zum Buch?

Prinz schaut Elenora fragend an

- Hast du eine Idee?

Sie belastet das linke Bein.

- Alles, was ihr tun müsst, ist, ein paar Schritte weit zu gehen.

Odette richtet die Ellenbogen auf gleiche Höhe aus.

- Wir sind gut zu Fuß.

Vock bewegt sich sanft und leicht wie in Zeitlupe.

- Wir sind es gewohnt.

An einer Bank mit Blick auf das tiefgründig schimmernde Wasser endet der Weg.

Elenoras Finger tippen in der Luft herum.

- Da liegt das Buch.

Rosina sagt nach einem langen, sehr festen Blick in Zahns Augen.

- Was würdest du tun, wenn dich Abenteuerlust und Neugier treiben?

Er schlägt das Buch auf.

- Es öffnen, natürlich!

Geraldine entdeckt eine Figur.

- Sie ist mit wenigen Strichen gezeichnet.

Prinz beugt sich über die aufgeschlagene Seite.

- Es gibt sie tatsächlich, die kleinen, versteckten Strichmännchen.

Odette legt den Daumen ans Kinn.

- Ein Traum ist wahr geworden!

Vock reibt sich die Augen.

- Das ist schlichtweg atemberaubend!

Das Strichmännchen bewegt sich aus dem Buch heraus.

- Hallo, ich bin Claude Meck.

Es trägt eine Schiebermütze.

- Ich bin quicklebendig und voller Tatendrang.

Rosina bedeckt den Hals.

- Die Verblüffung ist groß.

Zahn stößt geräuschvoll Luft aus.

- Doch die Freude ist noch größer.

Eine Frau tritt aus dem Schatten.

- Hallo, ich bin Keira Feddersen.

Sie trägt ein Makramee-Kleid.

- Traut ihr euch, neue Wege zu gehen?

Geraldine legt die Hände oberhalb der Schenkel an den Körper.

- Aber ja! Das Wandern macht uns Spaß.

Prinz sagt mit erhobenem Kopf.

- Spazierengehen kann beim Entspannen helfen.

Keira schreitet redend voran.

- Ist gut! Dann lade ich euch zu einem faszinierenden Streifzug ein.

Odettes Blick streift Vock.

- Wie klingt das für deine Ohren?

Er reibt die Nase.

- Wie Musik!

Ein Pfeil weist auf einen lichten Nussbaumwald. Leere Schalen säumen den Trampelpfad.

Elenora kümmert sich ums Strichmännchen.

- Du bist frisch aus dem Buch geschlüpft. Wie fühlst du dich?

Meck fegt im Slalom um die Stämme.

- Meine Freude kennt keine Grenzen.

Keira sagt mit halb geschlossenen Augen.

- Das Wunderbare an diesem Wald ist, dass er einen riesigen Nussbaum enthält, der alle anderen überragt.

Sie weist auf einen gigantischen Stamm.

- Ist es angenehm in seinem Schatten?

Rosina wirft einen Blick in den Wipfel.

- Wir fühlen uns wohl.

Zahn formt mit runden Armen eine Mondscheibe.

- Wer Schatten will, der ist hier richtig.

Ein Mann folgt dem Trampelpfad.

- Hallo, ich bin Uwe Ying.

Er trägt eine Lammfellweste.

- Kaffee vollbringt ein kleines Wunder. Möchtet ihr es sehen?

Der Ton in Geraldines Stimme deutet Staunen an.

- Gern! Wie funktioniert es?

Ying läuft voraus.

- Einfach! Kommt mit!

Prinz lässt die Arme schlenkern.

- Manchmal lohnt es sich, etwas Neues zu lernen.

Der Weg steigt zuerst ganz sacht, dann immer steiler an. Odette führt mit beiden Händen parallele Schlängelbewegungen durch.

- Wir gehen lieber langsam.

Vock sieht aus dem Wald hinaus in die Ferne.

- Damit sich alle entspannen können.

Eine Frau lugt hinter einem Baum hervor.

- Hallo, ich bin Hanka Quickborn.

Sie trägt ein Nachmittagskleid und bringt Leinwand, auf einen Keilrahmen gespannt.

- Wer weiß, vielleicht könnt ihr sie brauchen.

Elenora lässt die Schultern runterfallen.

- Danke, das könnte ja plötzlich der Fall sein.

Meck richtet sein Augenmerk auf den Stoff.

- Ich bin immer wieder aufs Neue von Leinwand fasziniert.

Keira streicht ihr Haar zurück.

- Sie passt zum Keilrahmen.

Ying schiebt die Stirn in Falten.

- Passt schon, aber was können wir damit machen?

Ein Mann stolziert über Wurzeln hinweg.

- Hallo, ich bin Anselm Schwarz.

Er trägt eine Musikantenuniform und bringt eine kleine Tasse.

- Es ist nur noch wenig Kaffee darin.

Rosina lehnt sich an Huch.

- Die Farbe dürfte dir gefallen.

Seine Augen sind weit geöffnet.

- Welche Farbe denn?

Sie schenkt ihm einen verstohlenen Blick aus den Augenwinkeln.

- Kaffee!

Schwarz reicht Huch die Tasse.

- Wenn du malen möchtest, aber über viele Kilometer keine Farbe und kein Pinsel zu sehen sind, was würdest du dann tun?

Huch wiegt die Tasse in der Hand.

- Ich würde Kaffee trinken und warten, bis ein Team vorbeikommt.

Geraldine schmiegt sich an ihn.

- Das Team ist doch schon da.

Zahn tippt an die Tasse.

- Die Farbe auch!

Hanka legt die Leinwand auf eine sonnige Felsenbank.

- Schütte den Kaffee darüber!

Prinz zieht die Schultern hoch und den Körper zusammen.

- Dabei kannst du viel Neues lernen und entdecken.

Odette lächelt schlau.

- Es genügt, wenn du die Tasse schwenkst oder leicht kippst.

Vock zeigt mit den Fingern an.

- So kannst du das stilvolle Runterkommen üben.

Elenora blinzelt mit den Augen.

- Das Ereignis ist winzig, läuft in kurzer Zeit ab.

Meck balanciert auf einem Bein.

- Wir hoffen, dass du es so außerirdisch gut findest wie wir.

Huch gießt ein bisschen Kaffee auf die Leinwand.

- Gleich sehen wir, ob es klappt.

Der Kaffee fällt auf die Leinwand, fleckt und spritzt.

Keira guckt Huch an.

- Was sagst du? Ist es gelungen?

Seine Hand beschreibt kleine Kreise in der Luft.

- Ja, der Kaffee hat das Bild getroffen.

Ying nimmt Huch die Tasse ab.

- Du kannst sie mir überlassen.

Eine Frau kommt zur Felsenbank.

- Hallo, ich bin Delphine Rada.

Sie trägt ein Printkleid.

- Das tollste Abenteuer ist es, ein Bild zu entdecken.

Hanka begegnet ihrem Blick.

- Gefällt es dir?

Delphine greift mit dem Arm in die Luft.

- Und wie! Seid ihr schon mal auf den Gedanken gekommen, es in die Kunstgalerie zu bringen?

Schwarz schließt die Finger einer Hand zusammen.

- Nein, bis jetzt noch nicht! Aber es könnte einmal überlegt werden.

Delphine verbiegt den Körper.

- Denkt in aller Ruhe nach! Ich habe es gar nicht besonders eilig.

Rosina stützt den Kopf mit der Hand.

- Eine kleine Reise an den Rand des Waldes würde uns sicher guttun.

Neunzehntes Kapitel

Der zartblaue Fluss

Zahn berührt mit dem Zeigfinger die Nasenspitze.
- Das Wandern entspannt.
Geraldine sagt mit halb gesenkten Lidern.
- Und wenn wir bei der Kunstgalerie ankommen, sind wir bestimmt glücklich.
Prinz kippt das Becken nach hinten.
- Dann spricht alles dafür!
Odette beugt sich über die Leinwand.
- Dürfen wir das Bild anfassen?
Vock ringt die Hände.
- Ist der Kaffee schon trocken?
Elenora spielt mit den Zehen.
- Möglich wäre es.
Meck hangelt von Ast zu Ast.
- Das Bild liegt die ganze Zeit an der Sonne.
Keira fährt sich durch die Haare.
- Wer sich traut, sollte kurz einen Flecken berühren.
Ying streift mit der Fingerkuppe einen Spritzer.
- Es ist erstaunlich, wie gut die Leinwand den Kaffee aufnimmt.
Hanka hebt das Bild sorgfältig auf.
- Da passiert nichts mehr.
Schwarz bekommt leuchtende Augen.
- Ich würde am liebsten gleich aufbrechen.

Delphine vergewissert sich.

- Macht es euch etwas aus, wenn ich vorangehe?

Rosina verschränkt die Hände hinter dem Rücken.

- Im Gegenteil!

Zahn stimmt einen heiteren Ton an.

- Es vergnügt uns.

Der Weg hebt und senkt sich sanft.

Geraldine atmet die Luft durch den Mund aus.

- Es eilt nicht.

Prinz lächelt sanft.

- Wir haben unser eigenes Tempo.

Odette stellt die Frage auf.

- Ist es gut fürs Team?

Vock kreist das Fußgelenk.

- Sicher! Das schweißt uns zusammen.

Am Waldrand steht ein Haus, dessen Fassade knallpink leuchtet.

Delphine springt über eine Wurzel.

- Da sind wir schon!

Elenora schließt die Knie.

- Manchmal wundert man sich, wie schnell man zur Kunstgalerie kommt.

Meck bewegt die Arme nach vorne.

- Ein schöneres Haus hätte ich mir nicht vorstellen können.

Die Tür öffnet sich.

Ein Mann tritt ins Freie.

- Hallo, ich bin Wito Ins.

Er trägt einen Nadelstreifenanzug.

- Vielleicht finden wir gemeinsam heraus, welche Galerie für euch die Richtige ist.

Keira lässt die Schultern nach vorn fallen.

- Dein Haus sieht umwerfend aus.

Ying hält die Hand weit offen.

- Darum möchten wir unser Bild bei dir ausstellen.

Ins drückt die Oberschenkel zusammen.

- Darf ich es sehen?

Hanka zeigt ihm die Leinwand.

- Natürlich! Wir sind sehr stolz darauf.

Er starrt es aus großen Augen an.

- Das ist ohne Zweifel das beste Bild für meine Galerie.

Eine Frau schleicht auf Zehenspitzen.

- Hallo, ich bin Zelda Gagel.

Sie trägt eine Seidenbluse und bringt einen Hammer.

- Ich bin einfach hierhergekommen.

Schwarz lockert den Kragen mit dem Zeigefinger.

- Dürfen wir dich um einen Gefallen bitten?

Zelda wirft den Kopf zurück und lacht.

- Woran denkt ihr? Das wüsste ich gern.

Delphine winkelt die Arme vom Körper ab.

- Du kannst uns vielleicht helfen, ein Bild aufzuhängen.

Zeldas Hand umklammert den Hammer.

- Wo möchtet ihr es haben?

Ins weist auf die Außenwand.

- Wähle einfach die Stelle, die du am besten findest.

Ein Mann schlurft beim Gehen.

- Hallo, ich bin Bernd Löhr.

Er trägt eine Paradeuniform und bringt einen Nagel.

- Gibt es Sachen, die in eurem Leben wichtig sind?

Rosina reißt die Hände hoch.

- Der Nagel steht ganz oben auf unserer Liste.

Löhr wirft ihn wie ein Jongleur in die Luft.

- Gute Teams zeichnen sich dadurch aus, dass sie genau wissen, was sie wollen.

Zelda fängt den Nagel auf.

- Du machst uns eine unglaublich große Freude.

Sie geht zur Wand und schwingt den Hammer.

- Einen Nagel einzuschlagen ist so unfassbar schön, positiv und wundervoll.

Zahn reißt erstaunt die Augen auf.

- Du hast es einfach drauf.

Zelda tritt zurück, verbeugt sich.

- Was sagt ihr?

Geraldine prüft den Nagel.

- Er steckt fest in der Wand.

Prinz tippt sich mit dem Zeigefinger an die Nase.

- Das hast du verblüffend gut hinbekommen.

Hanka hängt das Bild auf.

- Wer etwas davon versteht, weiß, wie schnell eine Ausstellung gemacht wird.

Odette lässt die Zunge bei halboffenem Mund sichtbar über die Zähne kreisen.

- Sie ist ganz auf unsere Wünsche zugeschnitten.

Vock verschränkt die Arme vor dem Bauch.

- Und sie kann sogleich beginnen.

Ins deutet in den Empfangsraum.

- Zur Eröffnung lade ich euch gern zu einer kleinen Feier ein.

Elenora tritt mit Meck ein.

- Feierst du gern?

Er bewegt den Arm in einer großen Kreisbewegung.

- Ich tu nichts lieber als das.

Keira fragt Ying.

- Überlegst du dir, ob du die Einladung annimmst?

Er flitzt durch den Eingang.

- Ganz im Gegenteil! Sie stößt bei mir auf offene Ohren.

Hanka geht mit Schwarz hinein.

- Freust du dich?

Er wackelt mit den Hüften.

- Und wie! Ich kann mein Glück kaum fassen.

Delphine läuft zielstrebig auf Ins zu.

- Du weißt das Team zu verzücken.

Er nestelt an seiner Krawatte.

- Danke! Ich bin auch ein klein wenig stolz auf mich.

Zelda verschwindet in der Kunstgalerie.

- Wenn eine Feier ansteht, dann wollen alle dabei sein.

Löhr deutet ein Kopfnicken an.

- Ich fühle mich hier wohl.

Rosina schaut sich den Empfangsraum an.

- Was macht die Atmosphäre so toll?

Zahn steht eine Zeit lang auf einem Bein.

- Manchmal liegt es am Licht.

Geraldine legt den Kopf leicht zur Seite.

- Es ist letztendlich alles eine Frage des Teams.

Prinz richtet den Blick gegen die Decke.

- Menschen, die gern zusammen sind.

Odette setzt einen Fuß auf die Schwelle.

- Ich werde das Gefühl nicht los, dass wir auch hineinge-hen sollten.

Vock schlendert durch den Eingang.

- Du hast recht! Dann treffen wir pünktlich zum Beginn der

Feier ein.

Ins lenkt den Blick zu Huch.

- Jetzt bist du an der Reihe. Meine Kunstgalerie bietet allen Platz.

Eine Frau duckt sich durch windschiefe Büsche.

- Hallo, ich bin Priska Ohnesorge.

Sie trägt ein Tüllkleid, sagt zu Huch.

- Ich habe eine Idee.

Ins zieht sich zurück.

- Besprecht euch ruhig! Es macht nichts, wenn ihr etwas später zur Feier kommt.

Priska umfasst Huchs Hände.

- Ich möchte dir Mut machen.

Ein Mann hechelt aus dem Wald.

- Hallo, ich bin Abel Theis.

Er trägt ein Schirmchen auf dem Kopf.

- Genau darum geht es im Team.

Sie legt die Arme an den Körper.

- Worum?

Theis nimmt das Schirmchen ab und senkt den Kopf.

- Dass die Menschen aufeinander zugehen, mutig den ersten Schritt machen.

Eine Frau kreuzt auf.

- Hallo, ich bin Kali Lebrecht.

Sie trägt eine Yoga-Hose.

- Ich bin sehr froh, euch zu treffen.

Priska ruft ihr zur Begrüßung zu.

- Wir sind glücklich, dich zu sehen.

Theis dreht sich um.

- Es ist nett, dich kennenzulernen.

Kali fragt mit funkelndem Grinsen.

- Möchtet ihr beginnen, euer Leben zu verändern?

Priska springt vor Freude in die Luft.

- Das ist unstrittig ein schöner Zeitvertreib.

Theis haut sich vor Lachen auf die Schenkel.

- Wir lassen nichts unversucht.

Kali wirft den Kopf in den Nacken.

- Dann zeige ich euch eine Off-off-Bühne, die alle Sehnsüchte erfüllt.

Priska wendet den Blick zu Theis.

- Was sagst du dazu?

Er lässt die Arme an der Seite erschlaffen.

- Das ist ein sehr guter Vorschlag.

Kali dreht die Hüfte.

- Wäre es für euch in Ordnung, wenn wir stracks aufbrechen?

Priska schaut sinnend in die Ferne.

- Was meint ihr?

Theis schleudert die Arme nach oben.

- Wenn man anfängt, sich für die Bühne zu interessieren, darf man keine Sekunde zögern.

Schmetterlinge tanzen entlang des Weges.

Kali hält kurz inne.

- Wir gehen mit offenen Augen durch die Bergwiese.

Priska stützt sich mit beiden Händen zu den Seiten ab.

- Da ist es ganz malerisch.

Theis betrachtet die Wolken.

- Am Himmel läuft ein Film ab.

Die Off-off-Bühne steht im Grasland. Links und rechts gehen 2 lange Stege ab.

Kali spielt mit ihren Haaren.

- Wir sind angekommen.

Sie zieht Huch am Arm.

- Was geht in deinem Kopf vor?

Ein Mann läuft über die Wiese.

- Hallo, ich bin Jay Umpf.

Er trägt eine Jeansjacke.

- Je schneller ich gehe, desto mehr Gedanken habe ich im Kopf.

Kali hüpft den linken Steg empor.

- Machst du dir auch Gedanken darüber, wie du auftreten willst?

Umpf springt von der rechten Seite auf die Bühne.

- Sicher! Ich bleibe ständig in Bewegung.

Priskas Schritte hallen auf dem linken Steg.

- Wir kommen dem Traum näher als viele andere.

Theis balanciert auf einer Leiter.

- Die Bühne zieht uns magisch an.

Kali stößt die Luft aus.

- Worin besteht ihr Geheimnis?

Umpf schüttelt die Arme.

- Es ist die Atmosphäre, das Drumherum.

Eine Frau kreuzt auf.

- Hallo, ich bin Roxana Volare.

Sie trägt das Kostüm einer Zirkusprinzessin, sagt zu Huch.

- Alle stehen auf der Bühne, außer dir. Hat das einen Grund?

Er schreibt mit dem Fuß einen unsichtbaren Kreis über den Boden.

- Manchmal kann ich mich einfach nicht für einen Steg

entscheiden.

Priska hält die Hände zum Trichter an ihren Mund.

- He, ihr 2! Wie wäre es mit einem eigenen Weg?

Theis streckt die Handflächen nach außen.

- Wollt ihr über die Rampe klettern?

Roxana deutet zum Wald am Rand des Graslands.

- Es hat ein Schild in den Bäumen.

Kali umschlingt mit dem Spielbein das Standbein.

- Das ist sicher lesenswert.

Umpfs Blick wandert von einem Gesicht zum anderen.

- Wisst ihr was? Nach unserem Auftritt kommen wir nach.

Roxana wirft das Haar mit beiden Händen hinter ihre Schultern.

- Vielleicht treffen wir uns dort.

Priska bewegt ihren Oberkörper hin und her.

- Die Chancen stehen gut, dass wir uns wiedersehen.

Theis zieht die Augenbraue heftig nach oben.

- Das steht außer Frage.

Roxana setzt ein mildes Lächeln auf.

- Niemand weiß es.

Kali hebt sacht die Hand.

- Aber alle hoffen, dass unser Team zusammenbleibt.

Ein schmaler Pfad, der in die Wiese eingewachsen ist, führt zum Wald hinunter.

Roxana gibt einen begeisterten Jauchzer von sich.

- Der Wald ist ein Traumziel.

Huch strafft den Körper.

- Wir sind da sicher auf einem guten Pfad.

Der Wind rauscht durch die Eichenblätter.

Roxana stellt die Beine auswärts wie eine Balletttänzerin.

- Gleich sehen wir das Schild.

Huch hält gespannt den Atem an.

- Wo ist es?

Sie berührt leicht seinen Oberarm.

- Finde es heraus und lass dich von der Schrift überraschen.

Huch blickt sich um.

- Vielleicht ist es so auffällig, dass es mir förmlich ins Auge springt.

Tatsächlich ist von weitem ein großes Schild an einem Baumstamm zu sehen. Darauf steht.

- Loslassen, Stress abwenden.

Roxana hängt sich bei Huch ein.

- Ich versuche mich in dich hineinzuversetzen, um deine Welt zu verstehen.

Ein Mann bahnt sich einen Weg durch grünes Dickicht.

- Hallo, ich bin Baptist Eis.

Er trägt ein Karo-Hemd.

- Es gibt verschiedene Möglichkeiten, sich locker zu halten.

Roxanas Fersen zeigen leicht nach innen.

- Welche würdest du uns empfehlen?

Eis zeichnet mit dem Finger einen Kreis in die Luft.

- Ihr fühlt euch sofort entspannt, wenn ihr eine Blume anschaut.

Sie fragt nach.

- Irgendeine? Oder denkst du an eine bestimmte Blume?

Er bewegt die Schultern leicht nach vorn.

- Ja! Der Sonnenhut hat etwas Bezauberndes. Ihr werdet es spüren.

Roxana dreht sich wie eine Balletttänzerin auf der Stelle.

- Weißt du, wo er blüht?

Eis gibt ein Handzeichen.

- Sicher! Wir machen einen kleinen Bummel und sind schon dort.

Rauschende Wipfel flankieren den Weg.

Roxana hört in den Wald hinein.

- Die Bäume beruhigen uns.

Eis überkreuzt leicht die Beine.

- Wir sollten immer den Lebensraum suchen, der uns am meisten entspricht.

Am Waldrand geht ein verwilderter Garten fast nahtlos in die Wellen aus Gras über.

Roxana schaut sich um.

- Die Blumen erfreuen mich.

Eis geht über viele Steinstufen zum Sonnenhut hinauf.

- Sein leuchtendes Pink ist unwiderstehlich.

Sie ergreift Huchs Hand, streicht sanft darüber.

- Manchmal kommt richtig Leben ins Team.

Eine Frau prescht in den Garten.

- Hallo, ich bin Imke Feldhaus.

Sie trägt eine geschlitzte Abendrobe und bringt ein Blatt.

- Braucht ihr Papier?

Roxana kehrt ihr den Kopf zu.

- Warum nicht!

Eis berührt mit dem Daumen die Kuppe des Zeigefingers.

- Das ist eine einmalige Chance.

Imke gibt ihm das Blatt.

- Ihr könntet ein Papierschiff falten.

Roxana wendet sich an Huch.

- Weißt du, wie das geht?

Ein Mann beschleunigt seinen Gang.

- Hallo, ich bin Wolfert Gaal.

Er trägt Lederjeans.

- Überlasst es mir!

Eis reicht ihm das Papier.

- Warum?

Gaal faltet es in der Mitte.

- Ich habe es im Gefühl.

Roxana schnipst mit den Fingernägeln.

- Deine Hände sind geschickt.

Eis reckt die Nase.

- Du erfüllst alle Erwartungen.

Imke breitet die Arme aus.

- Der Falz ist einwandfrei.

Gaals Hand gleitet über das Papier.

- Danke! Es ist kinderleicht, ein Schiff zu falten.

Roxana bewegt die Hüfte im Kreis.

- Gleich hast du es geschafft.

Eis zieht die Augenbrauen hoch.

- Haben wir ein neues Ziel?

Imke wischt sich mit dem Arm über den Mund.

- Ja, wir könnten das Papierschiff beschriften.

Gaal betrachtet es.

- Was meinst du damit genau?

Roxana hebt nur kurz den Finger in die Höhe und lässt ihn wieder sinken.

- Denkst du an ein bestimmtes Wort oder an einen Satz?

Eine Frau dringt in den Garten ein.

- Hallo, ich bin Norma Hagemeister.

Sie trägt einen Bikini und bringt einen Farbstift.

- Wer will ihn haben?

Eis fragt Huch.

- Möchtest du prüfen, wie sich der Stift anfühlt?

Huch nimmt ihn in die Hand.

- Er wirkt anregend.

Imke legt ihren Kopf an seine Schulter.

- Es ist leicht, mit einem Farbstift zu schreiben.

Gaal wischt mit einer Handbewegung das Laub vom eingewachsenen Gartentisch und legt das Papierschiff darauf.

- Hast du das Gefühl, dass der Tisch die rechte Höhe hat?

Huch guckt neugierig.

- Ich denke schon.

Norma rückt einen Gartenstuhl.

- Ich glaube, ich kann dich überzeugen.

Huch setzt sich.

- Das hast du erreicht.

Roxana senkt den Kopf.

- Wie wirst du das Schiff beschriften?

Er beugt den Ellbogen.

- Ich bin ständig auf der Suche nach neuen Möglichkeiten.

Eis blickt ihm über die Schulter.

- Wenn du draufgängerischer, weniger langsam wärst, hättest du bereits etwas geschrieben.

Huch räumt ein.

- Ja, das stimmt.

Imke reibt sich die Hände.

- Wir geben dir einen Tipp.

Gaal guckt in die Wolken.

- Schreibe einfach: Ich bin ein Unikum.

Norma schenkt ihm ein aufmunterndes Lächeln.

- Das ist der Satz, der genau zutrifft.

Roxana applaudiert kräftig.

- Und wie! Das Schiff ist in seiner Art etwas Besonderes.

Eis bewegt sich wie in Trance.

- Es ist vielleicht sogar einmalig.

Huch blickt das Papierschiff an.

- „Ich bin ein Unikum" sind 4 Wörter.

Imke sagt mit gurrender Stimme.

- Sie finden sicher Platz.

Gaal spornt ihn an.

- Ich glaube, du schaffst das.

Huch setzt den Stift an.

- Es braucht ein wenig Zeit.

Norma gehen die Augen auf.

- Es macht Spaß, Buchstaben entstehen zu sehen.

Ein Mann beschleunigt seine Schritte.

- Hallo, ich bin Manfred Zell.

Er trägt ein Narrenkostüm.

- Sucht ihr einen Weg zum Fluss?

Roxana leckt die Lippen.

- Ja! Wir möchten unser Papierschiff aufs Wasser setzen.

Eis faltet die Hände hinter dem Kopf.

- Es sollte in der Strömung treiben.

Zell tritt nur mit den Fußspitzen auf.

- Der Fluss ist ganz in der Nähe. Wir sind sekundenschnell dort.

Imke blickt Gaal an.

- Freust du dich?

310

Er ergreift das Papierschiff.

- Ich bin in Hochstimmung!

Der Weg wuchert langsam zu.

Norma rennt ausgelassen mit den Armen winkend Zell nach.

- Wie ist es am Fluss?

Er legt den Kopf seitlich auf die Schulter.

- Einfach herrlich! Der Wind wird euch abkühlen.

Der zartblaue Fluss rauscht.

Roxana fragt Eis.

- Wie erlebst du das Ufer?

Bei seiner Hand geht der Daumen hoch.

- Hier kann ich entspannen.

Imke tritt auf den Bootssteg.

- Legst du das Schiff aufs Wasser?

Gaal bückt sich.

- Sofort! Viel wird davon abhängen, dass es gleich in die Strömung gerät.

Norma wirft fröhliche Blicke auf den Fluss.

- In solchen Momenten braucht es eine Prise Glück.

Zell schlüpft aus seinen Schuhen.

- Es wird schon gelingen.

Roxana atmet hörbar aus.

- Wir sind voller Optimismus.

Eis reißt die Arme hoch.

- Gleich wird es so weit sein.

Das Papierschiff treibt davon.

Imke klatscht.

- Gratuliere, du hast es geschafft!

Gaal nimmt lässig den Applaus entgegen.

- Das ist ein echtes Erfolgserlebnis, aber für uns alle. Wir sind ein Team.

Eine Frau trudelt ein.

- Hallo, ich bin Gerlind Sanchez.

Sie trägt ein Cargo-Kleid.

- Vielleicht habt ihr Abenteuerlust.

Normas ganzer Körper spannt sich an.

- Aber sicher! Wir sind auf einer Erkundungstour.

Zell blickt mit blauen Augen.

- Wohin gehst du?

Roxanas Stimme klingt beschwingt.

- Wir folgen dir überallhin.

Gerlind stemmt die Finger beider Hände wie ein Dach gegeneinander.

- Manchmal denke ich, es wäre gut, neue Kleider anzuschauen.

Eis klopft sich den Staub vom Hemd.

- Genau! Warum sollte man sich nicht von althergebrachten Mustern lösen?

Sie deutet mit der Hand an aufzubrechen.

- Dann machen wir doch einen Ausflug zum Garderobenständer!

Zwanzigstes Kapitel

Die Wunder der Luft

Der Weg folgt dem Fluss.
Imke blickt vergnügt um sich.
- Es gefällt uns am Ufer.
Gaal lauscht dem Glucksen nach.
- Wir hören auf einmal jedes Geräusch im Wasser.
Eine Weide lässt ihre Äste tief hängen.
Norma hält den Finger in den Wind.
- Mit jedem Atemzug nehmen wir den Geruch des Flusses wahr.
Zell läuft barfuß.
- Wer an diesem Ufer wandelt, vergisst Raum und Zeit.
Der Garderobenständer steht auf einer Sandbank.
Gerlind fährt sich mit der Hand durch die Locken.
- Sucht euch etwas aus!
Ein Mann erscheint.
- Hallo, ich bin Qi Welz.
Er trägt eine Seglerhose.
- Es verschlägt mir die Sprache!
Roxanas Brauen spannen sich an.
- Wieso? Was ist?
Welz geht zu Eis.
- Dein Karo-Hemd kann als einzigartig beschrieben werden.
Eis zieht es aus.

- Willst du es haben?

Welz legt es an.

- Gern! Danke! Endlich geht mein Traum in Erfüllung.

Er spiegelt sich im Fluss.

- Ich sehe mich in einem richtigen Karo-Hemd!

Imke dreht die Hand um die Armachse.

- Es sitzt tadellos.

Gaal stochert mit dem Fuß im Sand.

- Wo wir gerade dabei sind, uns mit dem Hemd zu beschäftigen, sollten wir prüfen, was der Garderobenständer hergibt.

Norma zupft sich die Haarsträhnen aus dem Gesicht.

- In meinen Augen kann man das Karo-Hemd mit nichts toppen, es sei denn mit einem Sporthemd!

Zell stöbert.

- Etwas in der Art müsste doch aufzutreiben sein.

Gerlinds Blick gleitet über die Kleider.

- Stell dir vor, wir hätten eine glückliche Hand und würden es mit einem Zufallsgriff ergattern.

Welz sperrt die Augen auf.

- Das könnte für einen atemberaubenden Moment sorgen.

Roxana klaubt ein Hemd vom Bügel.

- Es sieht einem Sporthemd täuschend ähnlich!

Eis schlüpft hinein.

- Danke vielmals! Ich bin zufrieden.

Eine Frau durchstreift die Sandbank.

- Hallo, ich bin Donna Calmund.

Sie trägt einen Dress.

- Welche Tiger habt ihr am liebsten: Blaue, grüne, gelbe

314

oder rote?

Imke dreht ihr die Hüfte zu.

- Uns hat es der grüne angetan.

Um Gaals Mundwinkel zuckt links ein kurzes Lächeln.

- Am schönsten wäre es, einen zu treffen.

Donna wendet sich zum Gehen.

- Dann darf ich euch in seine Welt führen.

Nach wenigen Metern verliert sich der Weg im Wald.

Norma folgt Zell mit den Augen nach.

- Wo fühlst du dich am wohlsten?

Er winkelt das Bein an, das auf einer Wurzel steht.

- Hier unter den mächtigen Baumkronen.

Von den gewundenen Ästen wächst Moos herunter.

Gerlind bestaunt den Waldboden.

- Unser Team ist frei von Stress.

Welz senkt die Augenlider.

- Im Wald entwickelt sich der Gemeinschaftssinn von selber.

Ein farngrüner Tiger schleicht geduckt durchs Unterholz.

Seine Bewegungen wirken wie in Zeitlupe.

Donna setzt den Fuß behutsam auf.

- Da kommt er!

Sie schmiegt sich an Huchs Arm.

- Möchtest du auf ihm reiten?

Ein Mann nähert sich auf Zehenspitzen.

- Hallo, ich bin Yagiz Lorch.

Er hat 8 Arme und trägt Golfhosen.

- Lasst euch verblüffen und verzaubern!

Roxana schüttelt verwundert den Kopf.

- Reitest du?

Lorch macht ein pfiffiges Gesicht.

- Genau das habe ich vor.

Er schwingt sich auf den Rücken des Tigers.

- Kommt mit! Der Tiger bereitet ganz viel Freude.

Eis läuft hinterher.

- Das klingt wie ein vielversprechender Anfang.

Imke schnippt mit den Fingern, sagt zu Gaal.

- Hab Vertrauen in dich selbst und sei nicht zu schüchtern!

Er folgt ihr.

- Du hast recht.

Norma heftet sich an seine Fersen.

- Manchmal müssen wir einfach alles hinter uns lassen.

Zell fällt in einen leichten Laufschritt.

- Wir könnten im Wald ein neues Leben beginnen.

Gerlind schließt sich an.

- Davon träumen viele Menschen.

Welz geht beflügelt.

- Das ist wie Musik in meinen Ohren.

Donna schubst Huch im Vorbeilaufen.

- Langweilig wird es nicht.

Er bleibt stehen und schaut ihr nach.

- Es hat ganz den Anschein.

Eine Frau duckt sich unter dem Wildwuchs durch.

- Hallo, ich bin Tara Popow.

Sie trägt ein Faltenkleid.

- Hand aufs Herz: Hast du einen Schritt nach vorne gemacht?

Huch zieht die Schultern hoch.

- Eher nicht.

Tara berührt seinen Fuß mit dem Schuh.

- Ich möchte dich dazu ermutigen.

Er streift eine Haarsträhne aus dem Gesicht.

- Was müsste ich deiner Meinung nach denn tun?

Sie lächelt mit hochgezogenen Wangen.

- Du musst das Leben mal Kopf stehen lassen.

Ein Mann durchmisst den Wald mit eleganten Schritten.

- Hallo, ich bin Jerry Ahl.

Er trägt ein Seglerhemd.

- Seid ihr daran, ein Team aufzubauen?

Tara wölbt die Unterlippe vor.

- Ja! Hast du eine Idee, wie wir neue Mitglieder finden?

Ahl tippt in der Luft herum.

- Aber sicher! Wir reisen zur Hochzeitsinsel.

Sie lehnt zurück.

- Wie kommen wir dorthin?

Er weist auf einen Pfad.

- Wir gehen diesen Weg entlang.

Tara lauscht auf das Blätterrauschen im Wind.

- Warum trägst du ein Seglerhemd?

Ahl hebt beide Arme.

- Das lockt Segelboote an.

Sie kann sich das Lachen kaum verbeißen.

- Ist das dein Ernst?

Er strahlt bubenhaft.

- Gewiss! Die Boote haben eine feine Witterung für den Stoff.

Der Wald umgibt den See. Das Wasser spiegelt die Bäume.

Tara tritt auf den Bootssteg.

- Ich genieße die Aussicht.

Ahl sammelt die Finger zu einer Spitze und klopft wie ein Specht an einen Pfosten.

- Man muss nur am richtigen Punkt stehen.

Ein Segelboot scheint fast zu schweben.

Sie hält sich die Hand vor den Mund.

- Es verschlägt mir glatt die Sprache.

Er gibt sich gelassen.

- Es läuft nach Wunsch.

Eine Frau lenkt das Boot zum Steg.

- Hallo, ich bin Olivia Unterberg.

Sie trägt ein Golfkleid.

- Darf ich euch auf eine Reise voller Abenteuer mitnehmen?

Tara steigt ein.

- Genau das wäre der Zauber, der uns begeistert.

Ahl springt ins Boot.

- Ich will auf jeden Fall dabei sein.

Olivia ermuntert Huch.

- Es wäre schön, wenn du mitkämst.

Ein Mann hoppelt wie ein Hase über den Steg.

- Hallo, ich bin Konrad Chen.

Er trägt ein Tennisshirt.

- Ich will die Hochzeitsinsel sehen.

Tara steht gespannt neben dem Mast.

- Das verbindet uns.

Ahl beugt sich weit über die Reling.

- Wir gehören zusammen.

Olivia schlingt ein Seil um den Pfosten.

- Ich bin ein Teammensch und versammle am liebsten alle Menschen um mich.

Eine Frau schießt aus dem Wald.

- Hallo, ich bin Elin Meisner.

Sie trägt ein Hanfkleid, fragt Huch.

- Warum willst du ins Boot gehen?

Er dreht sich um.

- Das habe ich mich auch gefragt.

Tara fasst sich an den Kopf.

- Richtig! Niemand drängt auf rasches Handeln.

Ahl lächelt zufrieden unter dem Segel hervor.

- Vielleicht wollt ihr euch lieber erstmal am Ufer austauschen und kennenlernen.

Olivia löst das Seil.

- Macht euch keine Sorgen um die Überfahrt!

Sie dreht das Segel.

- Ich komme euch später abholen.

Das Boot nimmt Fahrt auf, gleitet in den See hinaus.

Chen ruft.

- Lasst euch Zeit!

Elin blickt dem Segelboot nach.

- Mich beschäftigen vor allem Aliens.

Sie streift Huch mit dem Finger am Handrücken.

- Vielleicht treffen wir einen.

Huch lehnt zurück.

- Wer kann sagen, was in der Zukunft passiert.

Ein Raumschiff wassert zeitlupenartig langsam und lautlos neben dem Bootssteg.

Ein Mann öffnet die Luke.

- Hallo, ich bin Wolfgang Grad.

Er trägt eine Strickweste.

- Lasst euch nicht stören.

Elin streckt die Hand aus.

- Du störst nicht. Jetzt sind wir zu dritt in unserem Team.

Grad klettert auf den Steg.

- Wie entspannen wir uns am besten?

Eine Frau durchstreift schnellen Schritts den Wald.

- Hallo, ich bin Yukiko Dubois.

Sie trägt einen Jeansrock.

- Entspricht es euren Wünschen, etwas zu relaxen?

Elin kreuzt die Arme über der Brust.

- Ja! Wir möchten eine Pause einlegen.

Grad legt Daumen und überwölbte Finger an die Stirn.

- Und neue Energie würden wir auch gern tanken.

Ein Lächeln erhellt Yukikos Gesicht.

- Dann führe ich euch zu einer Bucht.

Waldreben hängen über den Weg.

Elin lauscht dem Klang der Wellen nach.

- Ich freue mich richtig auf Entspannung, Strand und Müßiggang.

Grad schlägt sich auf die Oberschenkel.

- Du bringst mich zum Träumen.

Felsen rahmen die Bucht ein. Strandmatten liegen auf dem hellen und feinen Sand.

Yukiko lacht mit weit aufgerissenem Mund.

- Hier sind wir!

Elin streckt sich auf einer Matte aus.

- Ich werde ein Nickerchen machen.

Grad legt sich hin.

- Ich vollbringe einmal am Tag eine gute Tat.

Yukiko lässt sich nieder.

- Und was ist das?

Grad schließt die Augen.

- Relaxen.

Elin klopft auf die Strandmatte, die in Reichweite liegt, ruft Huch zu.

- Kann ich mit dir reden?

Ein Mann stapft über den Sand.

- Hallo, ich bin Bert Loy.

Er trägt einen Turban.

- Ich kann stundenlang zuhören. Du findest keinen besseren Partner als mich.

Sie schließt die Lider.

- Vielleicht sind einfach nur Ausspannen und Genießen angesagt.

Loy fläzt sich auf die Matte.

- Ich weiß genau, was du magst.

Eine Frau geht einen Schritt schneller.

- Hallo, ich bin Natascha Heinke.

Sie trägt ein Jersey-Kleid, tritt Huch auf die Fersen.

- Was wäre, wenn du einen Buchstaben in den Sand ritzen würdest?

Er neigt den Kopf zurück.

- Viele Geschichten ranken sich um Buchstaben.

Ein Mann findet den Weg zum Strand.

- Hallo, ich bin Rocky Quick.

Er trägt einen Zweireiher und bringt ein Schilfrohr.

- Es ist leicht!

Natascha lehnt sich an Huchs Schulter.

- Du wirst begeistert sein.

Huch ergreift das Rohr.

- Welchen Buchstaben wünscht ihr?

Eine Frau kommt mit federnd tänzelndem Gang.

- Hallo, ich bin Florence Sanna.

Sie trägt ein Karokleid.

- Ritze ein „H".

Huch legt den Unterarm über die Stirn.

- Wieso denn ein „H"?

Natascha verzieht die Lippen zu einem Lächeln.

- Wir finden, der Buchstabe passt zu dir.

Quick schmiegt die Arme auf Bauchhöhe an den Leib.

- Dein Name könnte zum Beispiel mit einem „H" beginnen.

Florence berührt Huchs Achsel.

- Falls er anders anfängt, ist es für uns auch kein Problem.

Natascha lacht perlend.

- Wir schauen dir einfach gern zu, wie du in den Sand schreibst.

Huch ritzt ein „H".

- Ein kleiner Buchstabe kann die Welt verändern.

Quick nimmt ihm das Schilfrohr ab.

- Ich bin froh, dass es dir gedient hat.

Florence hüpft um das „H".

- Ohne Zeichen würde das Leben nur halb so viel Spaß machen.

Ein Mann hastet durch den Strand.

- Hallo, ich bin Iso Vag.

Er trägt eine Beintaschenhose und bringt einen Bassgeigenkoffer.

- Das ist genau der richtige Zeitpunkt, um ihn zu öffnen.

Natascha betrachtet die Riegel.

- Ich finde es vernünftig, sich erst vertraut zu machen.

Quick lockert eine Schnalle.

- Ich habe mich selber übertroffen.

Florence geht in die Hocke.

- Zu meiner Überraschung sind die Verschlüsse kinderleicht zu bedienen.

Vag hilft mit.

- Sie sehen nur auf den ersten Blick etwas sperrig aus.

Natascha schaut vergnügt auf seine Finger.

- Es ist spannend, einen Bassgeigenkoffer aufzutun.

Quick breitet die gestreckten Beine aus.

- Wir sind ein Team, das gern neue Mitglieder gewinnt.

Florence guckt Vag an.

- Möchtest du Anschluss finden?

Vags Arme wippen.

- Gern! Das gibt mir neue Energie.

Natascha strahlt Lockerheit aus.

- Wir nehmen dich auf.

Quick zieht die Schulter zurück und das Kinn hoch.

- Du erweiterst unser Team.

Florence streckt und reckt sich.

- Ich hoffe, du fühlst dich wohl bei uns.

Vag hebt den Deckel des Koffers.

- Bestimmt! Ich schätze das Beisammensein.

Natascha scharrt mit den Füßen im Sand.

- Du bist der Einzige, der eine Bassgeige hat.

Quick trommelt sich mit der rechten Hand auf die Schulter.

- Das ist der schönste Bass, den ich je gesehen habe.

Florence neigt und beugt sich.

- Wir beobachten neugierig, wie du die Geige herausnimmst.

Vag hebt sie aus dem Koffer.

- Hoffentlich dauert es euch nicht zu lange. Ich bin der König der Langsamkeit.

Natascha drückt die Knie durch.

- Das automatenhafte Hantieren widerstrebt dir.

Quicks betastet die Bassgeige.

- Spielst du selber?

Florences Oberkörper kippt immer weiter nach vorne.

- Oder lässt du uns spielen?

Vag reicht Huch die Geige.

- Ich gebe sie gern weiter.

Er klaubt den Bogen aus dem Koffer.

- Das entlastet mich.

Natascha blickt Huch ins Gesicht.

- Gleich kannst du beginnen.

Er spreizt einen Finger ab.

- Es wäre mir lieber, wenn jemand von euch den Bass nimmt.

Quick führt die Arme vor der Brust zusammen.

- Wieso denn?

Florence senkt den Blick.

- Das sehen wir ganz anders.

Vag gibt ihm den Bogen.

- Lass dich nicht aufhalten!

Huch streicht über eine Saite.

- Ausprobieren kann man alle Instrumente.

Natascha presst ihr Handgelenk an Huchs Hand.

- Du entlockst der Geige einen wunderbaren Klang.

Quick lässt seinen Oberkörper nach vorn kippen.

- Auf atemberaubende Weise erzählt dein Song eine ganze Geschichte.

Huch streckt die Fußspitze vor.

- Moment! Ich bin erst daran, mich einzustimmen.

Florence bewegt sich im Kreis.

- Dein Song hat einen Vorteil gegenüber vielen anderen.

Vag nimmt ihm die Bassgeige ab.

- Er ist kurz und prägt sich ein.

Natascha macht die Augen zu.

- Wir hören gern kurze Stücke.

Quick zieht die Schuhe aus.

- Sie bleiben länger ihm Ohr.

Florence kniet in den Sand.

- Man kann davon träumen.

Vag legt die Geige in den Koffer.

- Oder eigene Texte dazu ersinnen.

Eine Frau begibt sich zum Strand.

- Hallo, ich bin Zenia Puccini.

Sie trägt eine Leopardenhose.

- Versteht ihr euch als Relaxteam?

Natascha verbiegt den Finger.

- Ja! In jeder Hinsicht.

Quicks Kopf fällt auf die Schulter.

- Nichts ist wichtiger als sich zu entspannen.

Zenia atmet flach.

- Ist gut! Die Stühle, die ich euch empfehle, lassen sich ganz normal zum Relaxen benutzen.

Florence bohrt mit den Augen Löcher in die Luft.

- Empfiehlst du uns Liegestühle?

Zenia bringt ihre Augen zum Leuchten.

- Seht sie euch selber an!

Vag greift nach dem Bogen.

- Bist du auch begeistert?

Huch dreht nur leise den Zeigfinger.

- Das könnte sein. Aber ich habe noch eine Frage.

Er wendet sich an Zenia.

- Wo führst du uns hin?

Ihre Stimme ist ein helles Zwitschern.

- Die Stühle stehen am anderen Ende der Bucht.

Natascha klatscht.

- Ich mache mich gern über neue Trends schlau.

Quicks Ellbogen gehen nach hinten.

- Da kommen wir sicher voll auf unsere Kosten.

Florence kichert glockenhell.

- Bequeme Stühle sind immer beliebter.

Vag versorgt den Bogen im Koffer, klappt ihn zu.

- Was muss ich mir eigentlich unter dem Wort „bequem"
vorstellen?

Zenia verdreht verstohlen die Augen.

- Erwartet ihr etwas Bestimmtes oder seid ihr vollkommen
offen?

Natascha beginnt zu schwärmen.

- Also für mich wäre es bequem, wenn die Schwerkraft aufgehoben würde.

Quick vollführt weit ausholende Bewegungen.

- Ich wünschte, ich hätte einen Stuhl zum Fliegen.

Florence drückt sanft Huchs Arm.

- Bist du schon einmal auf einem Stuhl geflogen?

Er hat das unvergleichliche Staunen im Gesicht.

- Nein. Wie geht das genau?

Vag schultert den Bassgeigenkoffer.

- Ich stelle es mir so vor: Ich setze mich auf eine Wolke und lasse mich tragen.

Ein sandiger Weg führt zum Ende der Bucht. Das Wasser schimmert sattblau.

Zenia tritt zu einer Reihe Stühle, die am Ufer stehen.

- Sie werden euch bestimmt Flügel verleihen.

Natascha setzt sich.

- Wer mit dem Relaxen anfangen möchte, fragt sich vielleicht, welcher Stuhl für ihn der richtige ist.

Rocky nimmt Platz, hebt ab.

- Es funktioniert!

Sie schießt über ihn hinaus.

- Was für ein rasanter Start!

Er hält sich an der Sitzfläche fest.

- Du sprichst mir aus der Seele.

Florence schwebt auf dem Stuhl in den Himmel.

- Das hätte niemand auch nur im geringsten ahnen können.

Vag legt den Koffer in den Sand, fliegt auf dem nächsten Stuhl hinterher.

- Es ist wunderlich.

Zenia blickt Huch ins Gesicht.

- Schon komisch, dass du noch keinen Stuhl ausgewählt hast!

Ein Mann jagt zum Stuhl, den sie anweist.

- Hallo, ich bin Kaspar Uhl.

Er trägt einen Dreiteiler.

- Wie wäre es, wenn ich mich setzen würde?

Zenia zwinkert.

- Kurzweilig könnte es werden.

Er lässt sich vom Stuhl in die Höhe tragen.

- Der Start sorgt für eine gewisse Sportlichkeit.

Sie folgt ihm mit dem letzten Stuhl.

- Hier liegt auch der Reiz der Sache.

Eine Frau schlendert durch die Bucht.

- Hallo, ich bin Ella Achte.

Sie trägt ein Mandalatuch.

- Möchtest du an den Stamm eines Mammutbaums lehnen, mit den Händen über die Rinde streichen?

Huch entgegnet nach kurzem Zögern.

- Gibt es hier einen Mammutbaum?

Ella legt den Zeigefinger über das rechte Auge.

- Ich verrate dir, wo du fündig wirst.

Er geht mit ihr.

- Danke! Das wäre mir ganz recht.

Durch Ginster und Gebüsch klettert der Pfad zügig hinauf.

Ihre Augen beginnen zu strahlen.

- Der Baum wird dich zum Staunen bringen.

Huch schaut in den Himmel.

- Das lässt sich wunderbar mit einem Spaziergang verbinden.

Dunstschwaden umhüllen den riesigen Mammutbaum.

Ella schmiegt die Hand an den Stamm.

- Gibt es ein schöneres Glück als dieses?

Ein Mann stößt dazu.

- Hallo, ich bin Till Pusch.

Er trägt eine Feinstrickmütze.

- Da muss ich nicht lange überlegen.

Sie zieht ganz kurz ihre linke Wange hoch.

- Was steht denn auf deiner Wunschliste?

Pusch hält den Arm leicht vom Körper weg.

- Es übertrifft alles, was du dir jemals erträumt hast, wenn du einen weißen Stein findest.

Ella hält die Schultern locker.

- Ich bin stets offen für alle Dinge.

Sie guckt Huch an.

- Und du?

Er räkelt sich am mächtigen Stamm.

- Wir können über einen Stein springen oder ihn anschauen. Da sind wir ganz frei.

Eine Frau steuert zielstrebig zum Mammutbaum.

- Hallo, ich bin Jodie Duchesse.

Sie trägt eine Samt-Hose.

- Wann immer ihr wollt, zeige ich euch einen weißen Stein.

Ella lässt den Blick schweifen.

- Dann gehen wir los!

Pusch lockert den Kragen mit dem Zeigefinger.

- Wir sind für jede Hilfe dankbar.

Mit einem Anstieg beginnt ein malerischer Trampelpfad.

Jodie verbeugt sich.

- Ihr seid ein vorbildliches Team.

Ella blickt neugierig.

- Wie kommst du darauf?

Jodie zuckt nur mit den Achseln.

- Niemand entscheidet so schnell wie ihr.

Pusch kreuzt die Beine.

- Wir kommen gut aus miteinander, sind fast unzertrennlich.

Heidekraut überzieht die Wiese.

Ella dreht den Kopf zu Pusch.

- Wie gefällt dir der Weg bis jetzt?

Er guckt sich lächelnd um.

- Ich liebe diesen Hang.

Jodies Haare leuchten.

- Ich mag den Duft der Wiesenblumen.

Ella entspannt sich.

- Ich möchte am liebsten stehen bleiben und tief einatmen.

Pusch streckt die Beine.

- Das machen wir alle. Es eilt ja nicht.

Jodie blinkert.

- Ich kann euch ein kleines Geheimnis verraten.

Sie deutet auf den Boden.

- Hier liegt ein weißer Stein.

Ella bückt sich.

- Er ist sehr hübsch.

Pusch wendet sich an Jodie.

- Vielen Dank für deine Hilfe!

Sie wechselt das Standbein.

- Das ist doch selbstverständlich! Ich gebe immer gern einen Tipp.

Ella schlägt die Hände über dem Kopf zusammen.

- Wir sind wirklich ein gutes Team.

Pusch hebt den Stein auf.

- Ich bin begeistert.

Jodie biegt sich wie ein Baum im Wind.

- Halte ihn locker, nicht verkrampft.

Ein Mann gelangt auf verschlungenem Weg zur Bergwiese.

- Hallo, ich bin Leander Bahr.

Er trägt Gipser-Hosen.

- Darf ich euch in die Welt der Graslandbühne entführen?

Ella wackelt mit den Zehenspitzen.

- Müssen wir etwas mitnehmen? Ein Kleidungsstück oder irgendwas?

Bahr macht einen großen Ausfallschritt.

- Das ist nicht nötig.

Jodie hakt sich bei Huch unter.

- Welche Rolle möchtest du spielen?

Er sucht nach Worten.

- Ich mime gern den Beobachter.

Pusch hüpft von einem Bein auf das andere.

- Wie ist das, wenn wir alle als Zuschauer auftreten?

Bahr öffnet und schließt die Hand.

- Damit steht ihr gut da.

Ella fragt Pusch.

- Freust du dich auf unseren Auftritt?

Pusch legt den Stein in die linke Hand.

- Ein Traum geht in Erfüllung.

Bahr kippt mit dem Oberkörper leicht vor und zurück.

- Was nun bleibt, ist die Frage, ob ich euch die Bühne zeigen darf.

Jodie gibt das Zeichen zum Aufbruch.

- Ja sicher! Wir bitten dich darum.

Ein Trampelpfad führt durch die Bergwiese.

Ella rastet kurz.

- Ich liebe die Blumen über alles.

Pusch stützt sich auf seine angewinkelten Knie.

- Wenn wir genau hingucken, können wir die Bienen sehen.

Die Graslandbühne befindet sich auf einer Anhöhe. Sie ist mit einem Stahlrohrgerüst zum Klettern, Wippen und Schaukeln versehen.

Jodie klettert hinauf.

- Es ist packend, auf der Bühne zu stehen.

Bahr betritt die Rampe.

- Ich begleite euch überallhin, wenn ihr das wollt.

Ella setzt sich auf eine Schaukel.

- Unser Team ist offen für neue Mitglieder.

Pusch erklimmt das Gerüst.

- Wir sind sehr unkompliziert.

Jodie wippt.

- Alle sind willkommen.

Bahr schaut sich sichtbar zufrieden um.

- Ich hoffe, ihr habt ebenso viel Spaß wie ich.

Ella schaukelt.

- Ja sicher! Die Bühne hält viele Überraschungen bereit.

Pusch liegt entspannt auf den Brettern.

- Hier wollen wir unseren Traum vom Relaxen verwirklichen.

Bahr lehnt ans Geländer.

- Naturfreunde können die Landschaft weit überblicken.

Jodie sieht Huch vor der Bühne stehen.

- Warum zögerst du? Komm hinauf!

Ella winkt ihm.

- Damit wird die Zusammengehörigkeit nach außen besser sichtbar.

Pusch formt eine Hand zum Trichter.

- Das stärkt unser Wir-Gefühl.

Jodie legt die Hände auf die Knie.

- Kommst du oder kommst du nicht?

Eine Frau stellt sich neben Huch.

- Hallo, ich bin Germaine Chico.

Sie trägt ein Tageskleid.

- Möchtet ihr ein Boot sehen, das durch die Luft schwebt?

Bahr rudert mit den Ellbogen.

- Deine Frage verblüfft uns.

Germaine sagt ohne mit der Wimper zu zucken.

- Das kann ich verstehen.

Ihre Hände scheinen auf einer unsichtbaren Leiter nach oben zu greifen.

- Die Wunder der Luft verblüffen immer wieder aufs Neue.

Ella geht in die Knie.

- Da erwarten uns große Überraschungen.

Pusch legt sich die Hände auf die Augen.

- Kraft sammeln ist also angesagt.

Fernab